残笺碎语

——书信里的人和事

章用秀 著

天津社会科学院出版社

图书在版编目（CIP）数据

残笺碎语 ：书信里的人和事 / 章用秀著. -- 天津 ：天津社会科学院出版社，2020.3
ISBN 978-7-5563-0631-2

Ⅰ. ①残… Ⅱ. ①章… Ⅲ. ①书信－研究－中国－当代 Ⅳ. ①I207.6

中国版本图书馆CIP数据核字(2020)第016541号

残笺碎语 ：书信里的人和事
CANJIAN SUIYU: SHUXIN LI DE RENHESHI

出版发行：天津社会科学院出版社
地　　址：天津市南开区迎水道7号
邮　　编：300191
电话/传真：（022）23360165（总编室）
（022）23075303（发行科）
网　　址：www.tass-tj.org.cn
印　　刷：北京盛通印刷股份有限公司

开　　本：787×1092　毫米　1/16
印　　张：12.25
字　　数：215千字
版　　次：2020年3月第1版　2020年3月第1次印刷
定　　价：58.00元

自 序

几乎所有的人都知道，由于互联网通讯、智能手机闯入我们的生活，传统的书信正在无奈地淡出我们这个世界。而随着这种交际与情感方式的丢失，人们对旧时留下的信函、家书也愈加珍视起来。

2005 年 4 月，中国文艺家协会、中国国家图书馆、中华炎黄文化研究会、中国文物报社等共同发起抢救民间家书工程，决定面向海内外公开征集散落在民间的中国家书。截至 2005 年 11 月，组委会共征集到的家书已超过 3 万封，内容涉及亲子、敬老、手足、爱情、军旅、华侨、两岸等各个方面。其中，最早的书信出自明代，最动人的乃是近百封抗日将士与其亲友的通信。作为文化遗产，这些书信拉近了人与人之间的距离，使时间的隧道得以穿越，使一大批生动鲜活的历史资料得以保存。

2009 年 5 月，抢救民间家书项目落户中国人民大学，书信征集将长期进行。9 月，中国人民大学在校内博物馆成立家书文化研究中心。不久，中国人民大学博物馆家书陈列“打开尘封的记忆——中国民间手写家书展”隆重开幕。此次家书展通过十一部分勾勒出中国民间手写家书的发展轨迹，多角度展示了丰富的书信文化。通过一封封具有时代特色的书信，折射出道德、伦理、礼仪、教化等中国传统文化的精华，包含着热爱祖国、遵纪守法、诚实守信、艰苦奋斗、崇尚科学、友爱和谐的理念，闪耀着中华民族美德的光辉。

近一两年来，《见字如面》《信中国》《中国情书》等书信类节目在电视台相继播出。《见字如面》所播出的每一封信都在打开历史的一个片段，每一个片段也都是人们曾经或将要经历的。有人说:“这档文化类综艺节目之所以走红,靠的就是简单的读信,信件直指人心。”《中国情书》节目以情书为纽带,不仅还原了历史时代的文化背景,也打通了生活在不同时代背景下的人们在情感上的共鸣。节目给观众呈现了周恩来总理、杨开慧、巴金、丁玲等历史长河中闪光人物令人感动的情书故事,让人们在纸短情长中感悟人性的光辉,于尺素情话里追寻千年文脉。

以历史的眼光看,书信的史料价值、认识价值、文学价值和艺术价值是不容置疑的。鲁迅先生曾说,书信是“较近于真实”的文字,“从作家的日记和尺牍(书信)上,往往能得到比看他的作品更明晰的意见”。我认为,书信是人的内心和他经历的事的最为真切的表露和最为原始的记录。书信不是为了发表,故而讲真话的多。特别是名人信札,大都时代特征鲜明,其中有不少与历史事件相关联。有的一封信就包含一个故事,反映一个或若干个历史事件;有的记载着某人的心路历程和人生轨迹,足可考证一个人或一段历史;还有的信札本身就是重大历史过程的见证。

书信是在特定情况下写给特定对象、论述特定观点的,故而能真切反映出写信人的综合素质、思想观念,折射出此人的人生哲学和价值取向,足可供人借鉴。信札“发于心而止于书”,又是真情实感的自然流露。尤其是父母与子女间、兄弟姐妹间来往的信札,几乎都包含着亲情、家教、家风等中国传统文化的精华,字里行间洋溢着割不断的骨肉深情。从欣赏意味来看,写信的人大都“随心所欲”,在不经意中展现其赏心悦目的韵致。许多名人,即使是著名书画家,在书写信札时也并不刻意追求某种书法效果,更不带任何表演性。然而正是这种自然流畅、不事雕琢的文字才最能体现书写者的真心境、真性情和真功夫。

本人是信札的收藏者。我收藏的信札一部分是从艺术品拍卖市场购得或是别人转让的,还有相当一部分是当年一些名家寄给我的信函,我大多保留下来。前者包括近代著名教育家严修、民国天津“四大书家”之一孟广慧及姜筠、瞿宣颖、容庚等人的书札,后者有书法家龚望、吴玉如、李鹤年,词人寇梦碧、张牧石等当代名人的信札。我对本人收藏的这些信札做了深入的考证与探讨,发现了不少极具文献价值的内容,如民国初年严修保护天津文庙、孟广慧鉴定古印等,足可填补史料的缺失，实可谓历史的宝藏。

本书可以说是我收藏和研究信札的一个小结。全书分为两大部分。上编为“旧札钩沉”，收文20篇，主要是以旧时代的名人信札钩沉历史事件，从中挖掘出一些动人的故事以及写信人的心态和社会背景。这部分信札，多是我个人的藏品，有的则是友人给我提供的。下编为“见字谈往”，所涉及的全部为他人寄给我的信。从这些信的内容中，从我个人与写信人的交往中，牵发出近现代某些艺术家、文人学者的内心世界和对文学艺术的见解，勾画出他们的人生经历、性格、为人和成就，并从信的字里行间和所表达的情感中，展现出社会的变革、前进的脚步。

网络时代已经到来，但书信文化并未消失。书信这个载体所承载的那份文化、感情和内涵，永远是我们民族绝唱千古的精神财富。

章用秀

2018年国际读书日

目　录

下编　见字谈往

上编

旧札钩沉

严修:"以免又费交涉"

我曾从拍卖会上先后购得两通严修先生的信札,这是其中的一通。信中写道:"堲容县长大人惠鉴:顷据文庙看守人报告,有宪兵五十人欲来占住,已在门外粘条等语。前求县长代请督办告示务祈转恳速即发下,及其未来之前豫为粘贴,以免又费交涉,至祷至盼。渤此代谒,顺请春安。弟严修顿首谨上。正月初六日。"此信未见地点和年代,但从内容上看,当在民国初年,其所言之文庙明显为天津东门里的文庙。

严修(1860—1929),字范孙,天津著名教育家,是天津近代教育事业奠基之一。

文庙又称孔庙,本是纪念和尊祀孔子的庙宇。天津文庙建于明代,以后历经扩建和重建。清人曾以"中堂严肃素王尊"描述天津文庙的庄严和当年祭孔活动的隆重。步入儒气十足的天津文庙,不禁产生一种庄重虔诚的神情。每当春秋的上丁祭日,以知州或县长为首的地方官及绅士、学校师生聚集在大成殿前,依次面北而立,地方首脑为主祭官,殿内设香案,供牛、猪、羊等三牲祭品,参加的人要向孔子牌位行三跪九拜礼,祭祀开始要唱祭祀歌,司仪恭读祝文。农历八月二十七日是孔子的生日,此次祭礼

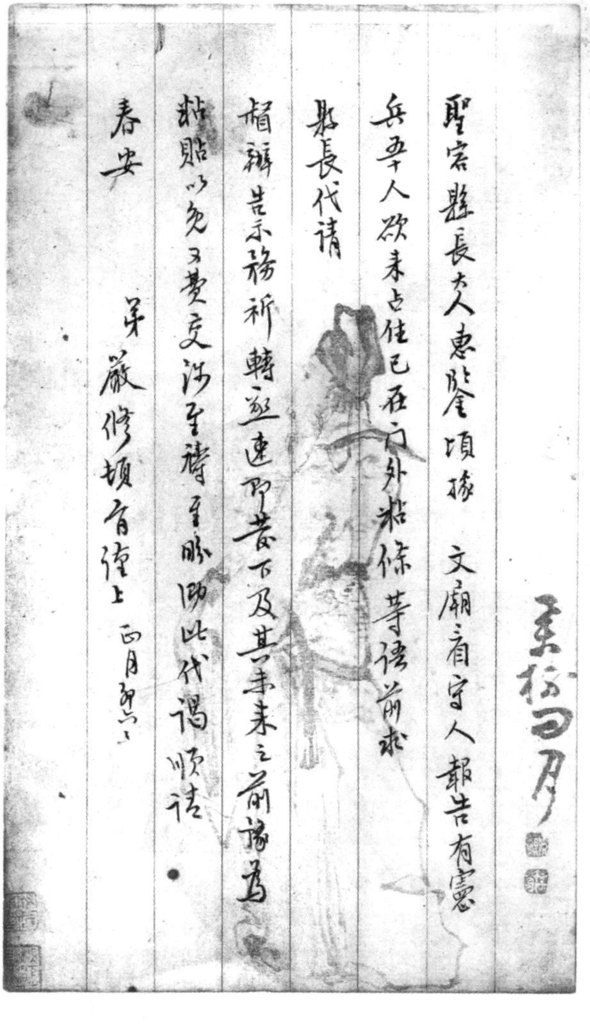
聖容縣長大人惠鑒 頃據 文廟看守人報告有憲
兵五十人欲來占住已在門外粘條 等語前來
縣長代請
指揮告示務祈轉飭速即帶下及其未來之前諭為
粘貼以免多費交涉至禱至盼即此代謁 順請
春安
弟嚴修頓首謹上 正月初六

严修致聖容县长信札

最为隆重，地方官员都要到文庙参拜，届时“钟鼓齐响，笙歌共鸣”。有人说：“天津祭孔赛过年，典礼程序三十三，子夜时分开大祭，轻歌曼舞敬圣贤。”然而，这样一个庄严神圣之所，却“有宪兵五十人欲来占住”，令严修十分不安，农历正月初六他即写信告知天津县长，请其采取措施，加以阻止。

从当时的社会背景来看，宪兵占住文庙，又在门外贴条，并不奇怪，亦非偶然。民国前期，“废庙”之风波及全国。民国十八年（1929 年）天津刊行的《社会月刊》载有《天津市淫祠邪祀调查》一文，特别提到：“本局自奉部令调查本市淫祠邪祀，以便设法取缔后，当即派员将本市内各区之淫祠，全数调查。”尽管文庙不属于“淫祠邪祀”，且当局仍组织人们在这里祭孔，本不在取缔之列，但世风所及，宪兵对文庙也同样不放在眼里，也要像对佛教寺院那样严加管控。彼时大悲禅院的不少房子不就被法院、消防队和警察占用了吗？幸而严老先生振臂一呼，具有六百多年历史的天津文庙没有遭到破坏。

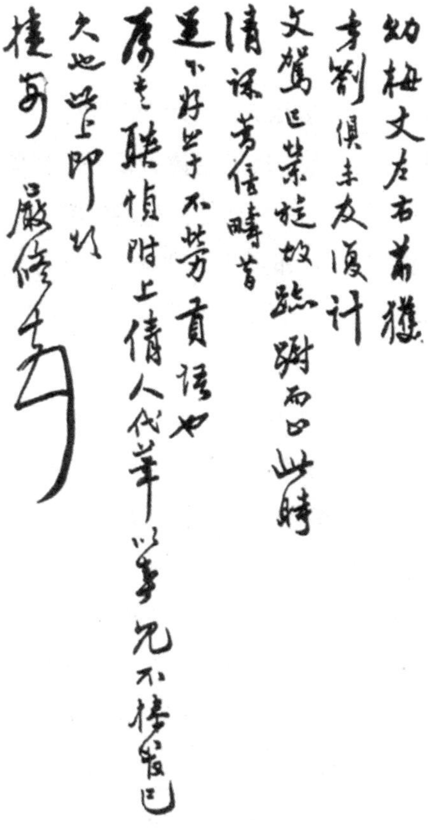

严修致赵元礼信札

也许有人认为，严修保护文庙是在维护儒家的教育思想，并将此事与他晚年倡组崇化学会、城南诗社联系起来。他一向提倡新学，接受新鲜事物，有胆有识地改进传统教育，他怎么能这样“顾此失彼”呢？其实如果深入其精神世界就会发现，严修并不是晚年趋于保守，而是在自我检讨后，坚持了一以贯之的价值取向。正如陈宝泉先生所言，严修晚年之留意国学，与当年之提倡新学，“其用心正无以异”。鉴于国学陵替，他在生命的最后一段时间，再次在家中办学，创立了崇化学会，正是为了补偏救弊。经过反思，他认为：“新学与旧学，交攻如对垒。我思不必然，实事但求是。”有人说：“严修的主张是由中国思想体系内部生发而来，所以他从来都不主张彻底打倒旧道德、旧文化。但严修并不是执拗的卫道士。他宽容通达，承认信仰自由，认为人有信仰孔教、耶教或各种主义的自由。”严修的这封信也说明了这一点。

严修："吾邻画手两曹氏"

全国人大、政协"两会"期间，一位来自新疆的代表谈到了民族团结。她说：我们五十六个民族要像石榴籽一样紧紧抱在一起。这话让我想起了严修先生。

我存有一件严修先生的短笺，是写给津门教育家、书画家曹鸿年先生的。上面写道："吾邻画手两曹氏，前有香士后恕伯。水云先生去已久，松寿主人今赫赫。水云第以画竹名，松寿于画无不精。况兼诗字擅三绝，未免前贤畏后生。严修拜稿。"

曹鸿年（1879—1956），字恕伯，晚年改号宏年，别号如心居士，书斋馆名"松寿轩"，天津人，回族。1879 年 7 月 11 日出生在一个小商人的家庭。幼年好学，受教于顾叔度先生，学习诗、文、书法，后在严氏学塾就学。19 岁又从王鼎平学国画。1900 年在家设馆，招生授课。对书法、绘画、诗、词等均造诣甚深，又擅长金石篆刻。曹鸿年在艺术上的成就，也传到南方。创立上海书画会的钱云鹤，慕名向他征求书画，他寄去竹、兰等作品，刊入神州吉光集浙江嵊县郑昶所著《中国画学全史》一书。1924 年曹鸿年选出各体字、各种画共 12 帧，论书法、论画法、论篆刻等著作，历年所作诗、词、楹联，论教育的文章，以及有关他个人经历的文稿，编为《松寿轩第一集》。严修先生得知后，欣然书写这一短笺，以表祝贺，并以此作为该书之序。

短笺实为严修作的一首七言律诗。诗中对两位回族书画家给予高度评价。其所称"香士"乃天津清代画家曹香士。香士先生，回族，善写竹石，有逸气，高额曰"水云山庄"。"松寿主人"即曹鸿年。他篆、隶、行、楷、魏碑、大草兼工。写行

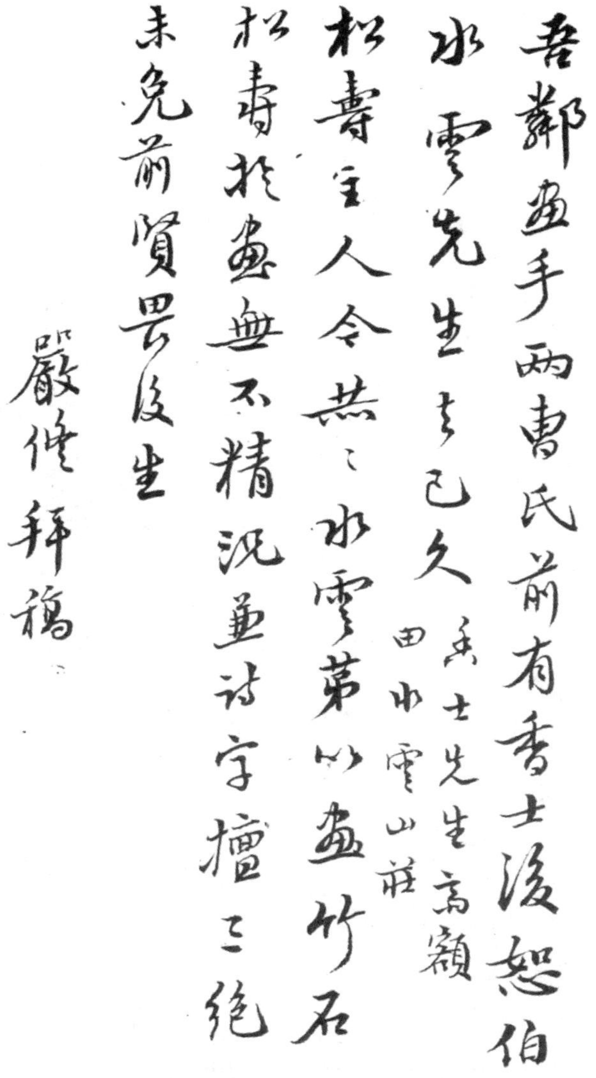

严修拜稿

书时悬肘中锋，力追“钟、王”。书联好作边跋，遍布两侧。所画竹兰山水，理法双清，且能左手书画，还擅作指画。自刻图章“临碑帖三百多种”“学书画五十余年”。民国时《湖社月刊》曾多次刊发他有关碑刻的文章。

严修书法

曹鸿年画竹菊

“吾邻画手两曹氏”,不仅是对两位回族朋友的赞赏,更体现了严修与回族朋友友好相处、不分彼此的亲密关系。严修一贯尊重回族兄弟。家住药王庙大街的杨桂山,回族,与天津多位文人交往,对天津历史掌故知之甚多,被誉为津城口述“活字典”。他出身城市贫民，读一年私塾后便辍学务工，先后与人合伙干过酱菜园和小饭馆，后被录用为邮局邮差。严修知道杨桂山每天要到清真南大寺做礼拜，就提出要为清真南大寺拿乜帖（善款）。有些回族群众觉得让汉族非穆斯林人士拿乜帖心里过意不去，就婉言谢绝了。严修为此写了一副对联表明愿望："事前为主鉴，身后有人评。"这副对联的含义是造物主能知能鉴。回族群众一看就知严修诚意，不仅收下了善款，还专门制成匾额悬挂于大寺。这段佳话见证了严修与杨桂山的交往，也见证了回汉两族同胞相互尊重、和睦相处、互为支持的真挚情谊。

有人说：严修一生有两个方面最为人称道，一是道德风范，一是教育贡献，因此被称为“教育界之道德家”。严修去世后第二天，天津《大公报》发表社评称，严先生“不愧为旧世纪一代完人”。历史学家傅斯年曾欲作北洋时期历史《民国北府记》，计划独做传者二十余人，其中以严修为“清正”列传之首。

姜筠:“饶有清苍之气”

姜筠绘山水

姜筠(1847—1919),安徽怀宁(今安庆市)人。原名诗,字颖生,号宜轩、宜翁,别号大雄山民、大雄山人。光绪十七年举人,官礼部主事。工书画,兼善篆刻。书法苏轼,山水宗王翚。精于鉴别,收藏甚富。1913 年梁启超在京雅集词人诗友于万牲园,举行癸丑上巳修禊,姜氏为作图纪念。《望云轩名画》收其作品。

姜筠与天津颇有渊源。津人陆文郁将他载入天津书画家之列。其《天津书画家小记》称:“姜颖生又名诗,安徽人,工山水。”姜筠的绘画作品在天津流传较多。我还曾见到一幅他与天津书画家尹澐于甲戌年(1874 年)合作的山水画《云山悬瀑》,可见他与天津文人学者、书画家交往之深。

我藏有姜筠的一件书札,系写给“小忽雷阁主人”的,其中写道:“宣统庚戌九月九日,小忽雷阁主人招饮,以新得乐器小忽雷见示,并读国朝梦鹤居士所编《小忽雷传

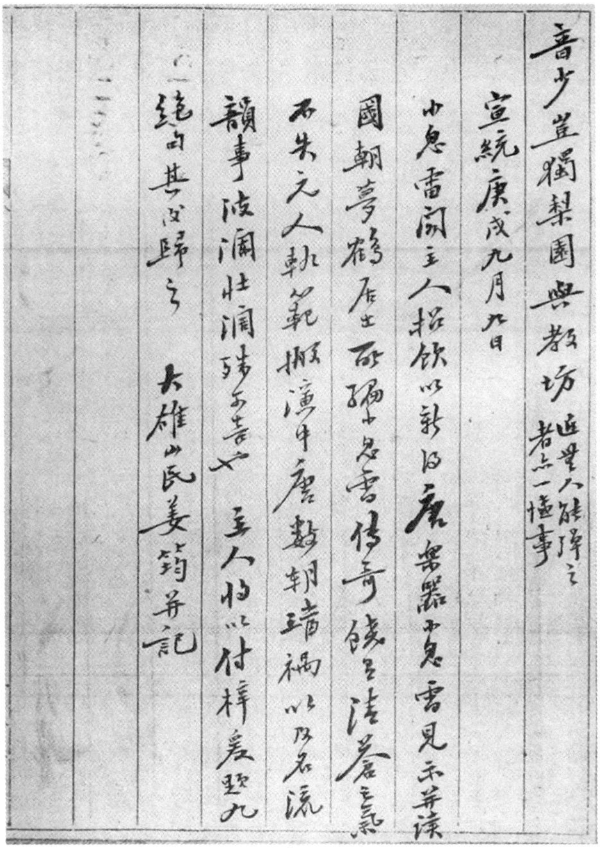
音乡豈獨梨園與教坊 近世人能擇之者亦一擅事
宣統庚戌九月九日
小忽雷閣主人招飲以新得唐樂器小忽雷見示並談
國朝夢鶴居士所譔忽雷傳奇頗有清蒼之氣
不失元人軌範搬演中唐數朝瑞禍以及名流
韻事波瀾壯闊殊可奇也 主人將以付梓屬題九
絕句其後歸之 大雄山民姜筠並記

姜筠书札之一

奇》,颇有清苍之气,不失元人轨范,搬演中唐数朝瑺祸,以及名流韵事,波澜壮阔,殊可奇也。”

姜筠的这一书札道出了一个关于“小忽雷”的故事。

清康熙年间,孔尚任在北京厂甸游逛,无意中发现一只造型古雅的琵琶,爱不释手,毅然典当衣服换钱将其买下。这件古乐器便是唐代著名的“小忽雷”。后来,他和顾彩以此为线索写成了《小忽雷传奇》这部传世名作。到了清朝末年,“小忽雷”辗转传到一位收藏家手中。这位收藏家取号“小忽雷阁主人”。一天,小忽雷阁主人特别高兴,特将友人请至家中,欣然出示这件宝物并当场演奏。姜筠的这一手迹记述了当时的盛况。

姜筠的这一书札还提到，他应忽雷阁主人之嘱，题以绝句，“藉博赏音一笑”，其诗亦写在此书札中。其中一首云：“礼乐文章一例摧，人间何事不心灰。谁能暂洗风琴耳，来听唐家两忽雷。”另一首云：“五松七竹九菖蒲，绝妙知音诗酒徒。莫共俗流说雅玩，纵教掩口一胡卢。”

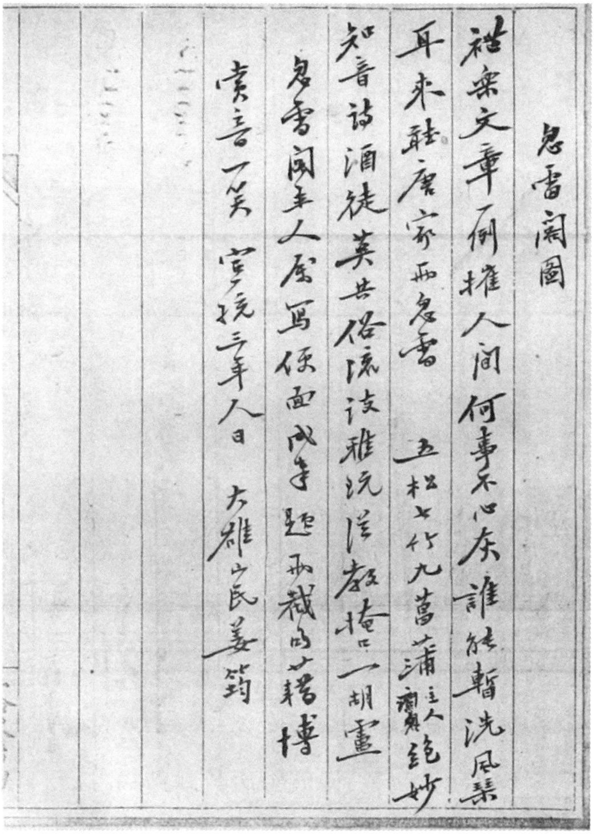
忽雷閣圖
禮樂文章一例摧人間何事不心灰誰能暫洗風琴
耳來聽唐家兩忽雷　五松七竹九菖蒲主人屬題絕妙
知音詩酒徒莫共俗流說雅玩縱教掩口一胡盧
忽雷閣主人屬寫便面成手題兩截以博
賞音一笑　宣統三年人日　大雅山民姜筠

姜筠书札之二

姜筠所言及其诗作，真实记录了发生在晚清的这一文坛雅事，并为其增添了色彩。

孟广慧:“雅宜楼石章”

孟广慧

我藏有这样一通信札,名为函件,却也不妨说是一件现代意义上的“文物鉴定书”。其右边粘有一白文“雅宜楼”印拓。左边以行书写道:“雅宜楼石章,友人持此评定,疑为明代雅宜山人王宠图书。云巢姻世兄雅鉴,定生。”钤长方形“广慧”白文印。书写者为近代津门“四大书家”之一的孟广慧。

孟广慧(1868—1941),字定生。八岁能写擘窠大字,十二岁摹写何绍基书法,成年后致力于书法益勤,能博各家之长,为津门临写南帖北碑第一高手。早在民国初年举办的全国书法展览中,孟广慧的作品已被评为“亚东第一”。1915 年在美国旧金山举办的巴拿马太平洋万国博览会上,他的参赛作品(六条屏)名震海外,大受赞赏。一次,全国书法名家赴南京笔会,孟广慧即席书写十联,每联各摹一家,十联共摹写十家笔法,无不形神毕肖,观者大为惊异,以为旷世罕见。

孟广慧既是书法家,又何以为他人做文物鉴定呢?其实这一点都不奇怪。俗话说:“没有那金刚钻,就不会揽那瓷器活儿。”孟确实有鉴宝古物的本领。有

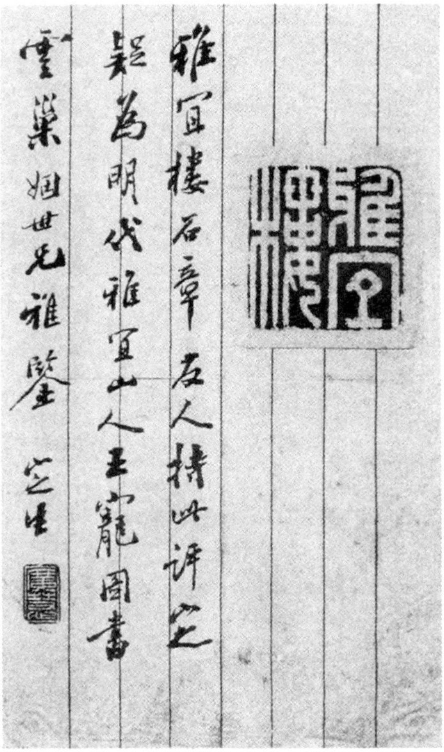
雅宜樓
雅宜樓石章友人持此評定
疑為明代雅宜山人王寵圖書
雪葉姻世兄雅鑒 定生

孟广慧信札

一次，一个古董商拿了一副王文治（梦楼）的对联请他鉴定，他按来件临仿后经过装裱加工处理，同挂室内，古董商再来取时难辨真伪，说他是用照相机拍的，他风趣地说，照相机也比不上我的眼睛。据孟的哲嗣孟昭联先生讲，孟广慧自幼喜好古物，在他两间小平房内摆满了各朝代的出土文物，有战国钱币、汉代砖瓦及字画、古砚、古墨等。其斋号“錞于室”就是因为他收藏有汉代乐器錞于而得名。他还收集各个朝代的书法用纸、扇面、信笺。王襄老人曾说：“忆昔年访定老于錞于室，适为人作书，见其几案之上，殷契与汉碑杂陈，知君研求殷墟有素。”

孟广慧发现和鉴别甲骨一事尤可看出他的学识与见地。1898 年冬，古董商人范寿轩来到王襄家，孟广慧在座，谈及河南安阳出土的“带字古片”，孟判定其为古简，并推知为殷商时代用于占卜的原始文字，便让范去收集。次年范将安阳出土的殷契带到天津求售，孟、王各买一些。据说孟前后共收藏甲骨 431 片，而且是“传世甲骨中最早出土的部分”。陈梦家《甲骨文综述》中也说，“最早鉴定与收藏甲骨的，应推孟广慧与王襄”。孟、王知道甲骨比王懿荣早三个季度。

孟广慧鉴定古物本领绝非“一日之寒”。孟广慧家学渊源。其二叔继勋为前清举人，累官至湖北盐法道按察使。此人能书善画，且收藏碑帖、字画、文玩甚富，交游极广。笔者收藏有孟继勋的一副对联，可见其书法功底。继勋每逢接待宾客和古玩商，照例为广慧设一座，令其旁听，因此广慧见闻益广，接触了诸多古物，也熟识了古董商人。因其眼力好，能鉴别古物出处、年代、价值和真伪，当年

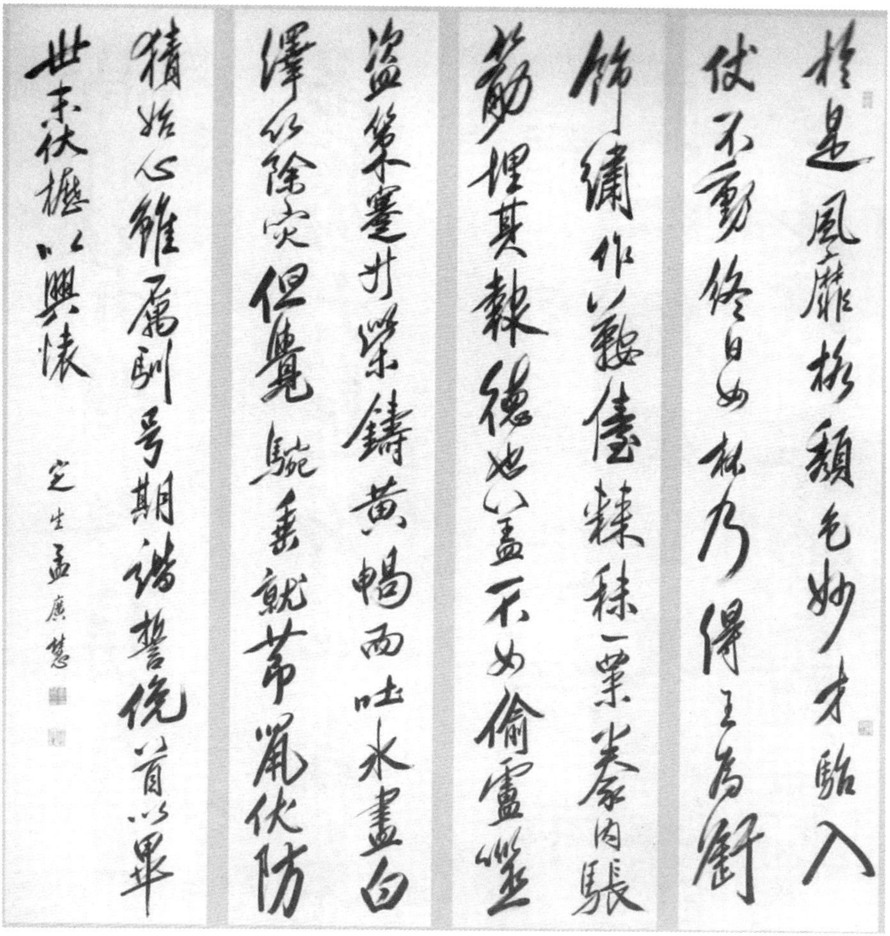

孟广慧行书四条屏

求他鉴赏古物的朋友和古董商人终日出出进进，络绎不绝。

孟广慧在给“云巢”的信里断定那“雅宜楼”印的作者是王宠，也确能证明他的眼力。王宠是明代书画家，号雅宜山人。他生活的时代正是中国流派印章刚刚兴起之时。从“雅宜楼”印拓上看，其印风与王宠同时的文彭、归昌世印作相近，故经孟广慧评定，“疑为明代雅宜山人王宠图书”是有道理的。“云巢姻世兄”显然是孟的亲戚。我在《孟广慧书法遗作集》中见有此上款的对联，可见二人关系。“雅宜楼”印被留存至清末民国也实属难得。

孟广慧隶书七言联

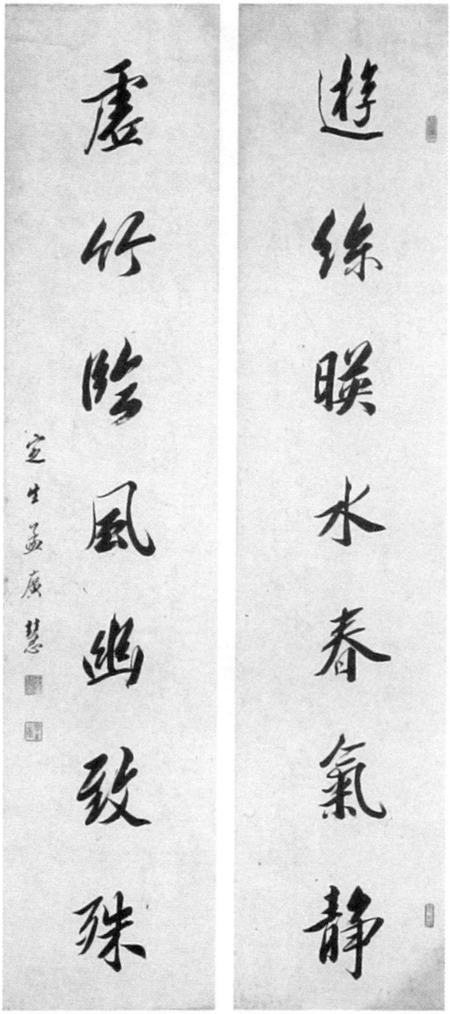

孟广慧行书七言联

赵元礼:“梦蝶蝶不知”

赵元礼

在一次古籍版本拍卖会上,我拍得一件赵元礼的手迹,乃赵的弟子姚彤章为其弟姚彤诰所绘蝴蝶索题,赵给其弟子所做的回复,写在张兆祥为文美斋所画信笺上,虽然篇幅不大,却也勾出津门一桩往事。

赵元礼(1868—1939),字体仁、幼梅,号藏斋。与华世奎、孟广慧、严修并称“津门四大书家”。1900 年,他出任天津育婴堂负责人。1902 年任工艺学堂庶务长。不久赴日本考察实业,其后又遍游江南各地考察纱厂。1909 年他被任命为滦州矿地公司经理,中国红十字会天津分会第一任会长,济良所董事,崇化学会董事。晚年与严修、林墨青等组织城南诗社。除去种种社会头衔之外,他真正能够让后人记起的身份则是一位书法家。

赵元礼曾于清光绪末年在鼓楼东“世进士第”姚家教家馆。姚家为天津世族,兼营盐业。赵所教生徒有姚彤章、姚彤诰、姚彤绶、姚金镛等。因李叔同二嫂为姚家“姑奶奶”,李石曾(同治帝师傅李鸿藻之子、国民党元老)与姚家为近亲,也一同在姚家从赵读书习文。林子青编著的《弘一法师年谱》特别提到,李叔同 1894 年十七岁“从天津名士赵幼梅学词”。

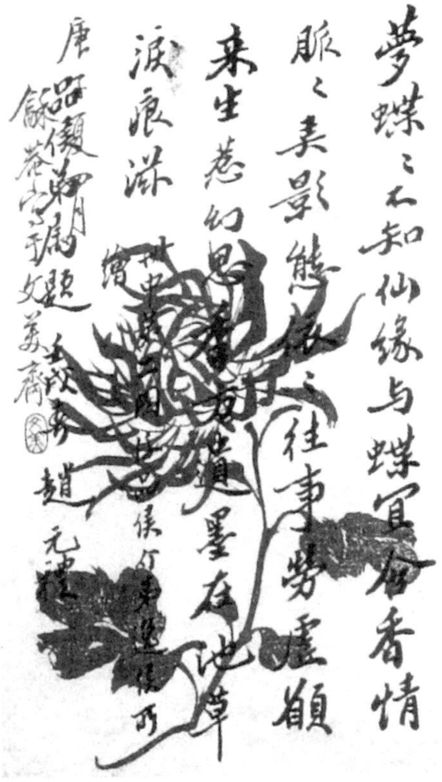

赵元礼信札

姚彤章(1874—1942),字品侯。他是长芦纲总姚学源的儿子,因学源胞兄剑泉无子,将长子彤章过继为嗣,礼聘浙江台州府知府徐士銮三女为媳。迎亲时,肩舆两行,一直排列至鼓楼前。时任军机大臣的李鸿藻命专差从北京送来上好的袍、套、靴、帽、补褂、朝珠及白银等。青年时代的姚彤章深受赵师影响,其诗书一如其师,亦宗东坡。他精于鉴赏,收藏甚富,《河北博物院院刊》《语美画刊》中多刊有他收藏的古砚、鼻烟壶、字画等。辛亥后,他在北京任团城古物保存会委员,在天津任河北博物院院长等。

姚彤诰(1880—1913),字召臣,幼年从赵元礼读学。他与李叔同、李石曾、朱易谙(朱宪彝之父)诸人意气相投,过从甚密,并与书画家马家桐、孟广慧不时研究金石、书画、诗文、治印。刻瓷尤堪称绝,能在各式文玩瓷器上,刻出山水人物、花鸟虫鱼,布局新颖,刀法流畅,令人爱不释手。

赵元礼的这通信札的主要内容是应姚彤章之嘱为姚彤诰的绘画作品而作的一首五言律诗。诗云:"梦蝶蝶不知,仙缘与蝶宜。含香情脉脉,弄影态依依。往事劳虚愿,来生若幻思。季方遗墨在,池草泪痕滋。"落款"壬戌",即1922年,当时彤诰已不在人世。这就是说彤章请老师为其弟遗作题诗。赵在诗中表面是说蝴蝶,实则道出了师生间深厚的情谊,字里行间流露出对已故弟子的怀念。就在赵元礼年届69岁那年,早已皈依佛门的李叔同书《华严经》集联为恩师祝寿。姚、李等"师兄弟"与"旧师"赵元礼的交往真可谓师生关系的典范!

据称赵元礼生平好友广交,座上客常满,偶有求书者,辄为之伸毫引纸,顷刻而成,必使之满意而去。曾与人谈论有关书法各事,以昭示后人。他曾以最得意之《藏斋居士临观海堂帖》印本赠予友朋,精到之处,直逼东坡。其后有多人题诗。杨僧若称:“东坡画字如有神,藏斋学之能乱真。”陆辛农称:“幼梅写苏于天津称第一。”

赵元礼的晚年正是强敌压境、世变方殷的时候,他积极以煦育汲引人才为己任。如严范孙创立的天津崇化学会,在严逝世后,他与华世奎等继续维持,经常到会,与主讲章式之等商谈如何加强国学的研究,对培养后学起过积极的作用。

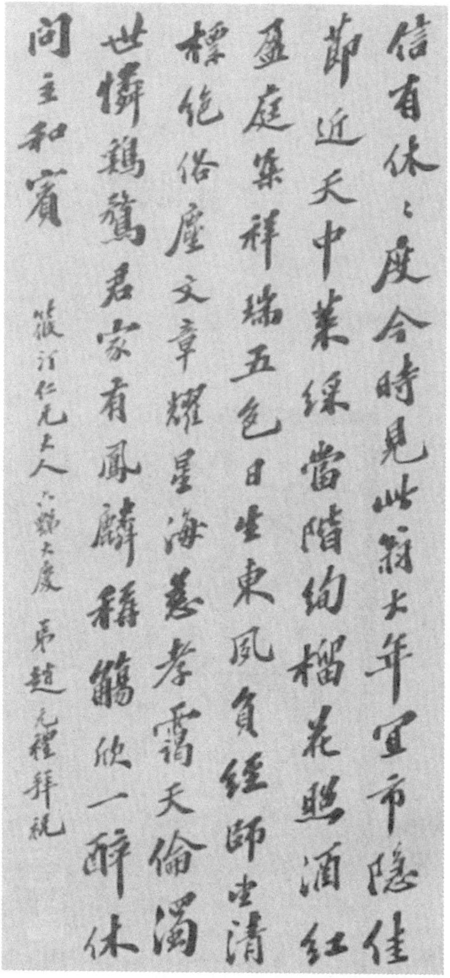

赵元礼书法

甘眠羊:“前托代售之书”

甘眠羊信札

我存有民国时期甘眠羊写给聂融斋的信。信中说:“兹恳者前托代售之书,上编即存九部(正九续十),拟连续编凑足念部(续集尚存二百余部),赶旧历十二月十五前后交起卸行(信面应如何写法待示)寄到(能有较捷寄法尤希明示),尊处年关紧逼,万分着急。”

写信人甘眠羊,其本名为甘厚慈,原名韩,一名迈群,眠羊一作“绵羊”或“瞑羊”,为其字号。同治十年(1871 年)生人。原籍福建,生于江苏,居于天津。甘眠羊或曾做过官,因见后来有人为他所著书作序称“甘眠羊司马”。司马系一军职,清时称府同知为司马。但他未上任,“一官抛弃卧烟霞”。甘与举人杨风藻相有善,二人论交四十年,“讲求经世之学”。民国十六年(1927 年)出版的《新天津指南》,前有杨风藻所撰《题词》,谓甘眠羊云:“见身不作宰官身,勃勃须眉挹古芬;肄武贤郎参校政,书香桥梓更平分。”又《题词》:“闭门风雨坐青毡,阅世春秋守砚田;除却此身无长物,一枝斑管总丰年。”注云:“君由军功以知县指分直隶,竟未入仕途一步。”

甘眠羊在清末民初的天津书坛颇有地位。在天津，“四大写家，华（世奎）、孟（广慧）、严（修）、赵（元礼）”的说法出现之前，流传过另一种提法，叫做“四大写家，华、杜、甘、赵”，华是华世奎、赵是赵元礼，杜是杜之堂，甘便是甘眠羊。津门老画家姜毅然这样评价甘的书法：“初学翁方纲，后变其法自成一派。”天津北马路“当行公所”匾即为甘眠羊所书。书法家李鹤年说，他早年即为甘的弟子，19 岁那年，经光明汽水厂（山海关汽水厂前身）经理张捷三和甘眠羊引荐，又与其弟延年一起拜孟广慧为师。甘眠羊善于指书，题曰“眠羊爪痕”，或文“羊爪”。《甘眠羊重订润例》称：“迩来间接求书，纷至沓来，大有山阴道上应接不暇之势。”近年来，他的书法作品也不时亮相于艺术品市场，还曾在央视的“一锤定音”节目中出现，专家对他的书法给予点评。

甘眠羊信札

当年的甘眠羊不仅是位“和华世奎齐名”的书法家，更是位热衷于文献资料收集整理的编辑出版家。他在天津河北望海楼后创办绛雪斋书局，自称“绛雪斋主人”，专事编书出版发行工作。曾先后编辑出版了《李傅相壮游日记》《皇朝经世文新增时务汇编》《皇朝经世文新编续集》《北洋公牍类纂》《北洋公牍类纂续编》《癸卯官商快览三百六十种》《新天津指南》《甘眠羊快览》等。所编诸书多属政书类时论文，极具史料价值。他编辑的《北洋公牍类纂》正续编，是一部记录 20 世纪初清廷“新政”在北洋贯彻执行状况的史料汇编，内容翔实、具体，较为真实地反映了袁世凯主政北洋期间实施“新政”的方方面面。2013 年此书由罗澍伟先生点校出版。笔者翻阅此书，四巨册，近两千页，足见其“工程量”之大，我想

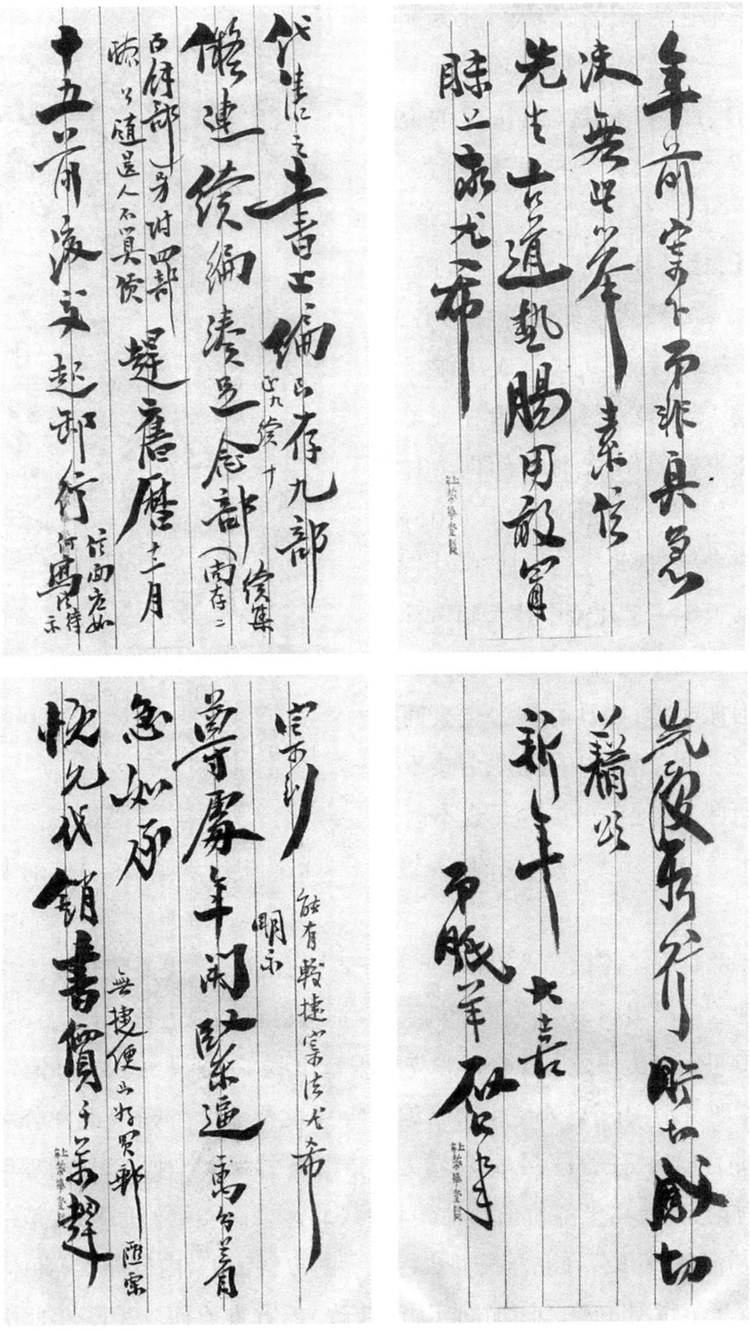

甘眠羊信札

这很可能是甘眠羊一生中付出心血最大的一件事了。

从甘的这封信里得知，甘眠羊既搞图书编辑，又从事图书销售。“前托代售之书”，“赶旧历十二月十五前后交起卸行”，这都说明，甘氏不是那种只知埋头写书、编书的文人学者，他也是一位很有经营头脑的售书人。同时也说明，近代的天津，文化人的商品意识也在不断增强，文人开办书局已经不是新鲜事。当年，末科状元刘春霖、华世奎等都曾在天津开过书局，传播文化，他们经营的书局距甘的绛雪斋并不很远。巢章甫先生《海天楼艺话》里说：“甘初编印国民快览，岁出一集。历书而外，搜罗日用文字图表，以充实之，人以为便，销行亦广。”巢章甫先生居津有年，从他的记述可见甘眠羊编书与售书并行不悖，兼而做之。从地理位置来看，甘眠羊的绛雪斋就在旧三岔河口附近。袁世凯就任直隶总督期间，为印发《北洋官报》，成立了北洋官报局，即与绛雪斋为邻。如今，海河岸边的旧书市场也大致没有离开这里，这也是历史传承和文化渊源吧。

甘眠羊行书对联

梁启超:“为你成就学业起见”

梁启超在饮冰室写作

1912年10月,梁启超结束了长达十五年的海外流亡生活,从日本神户乘船回国。8日,抵达天津。在津住了十几天后赴北京,后又从北京回到天津,打算“总住津,不住京”。从1914年到1929年病逝的十五年中,梁启超基本上是在天津度过的。其子女思庄、思达、思懿、思宁、思礼,也都是在天津上的小学、中学或大学。

梁启超的部分著作

俗话讲“人无三代富”,意思是说再有钱有势的名门望族,能够相传三代就相当不容易了。如果是文化家庭,两三代亦是很难维持的。但是,作为近代著名思想家和百科全书式学术大师的梁启超,不仅他这一代辉煌,而且他的九个儿女也个个成才,涌现出了三位声名卓著的院士。

梁启超注重家庭教育和对子女文化知识的培养,同时对每个子女又给予莫

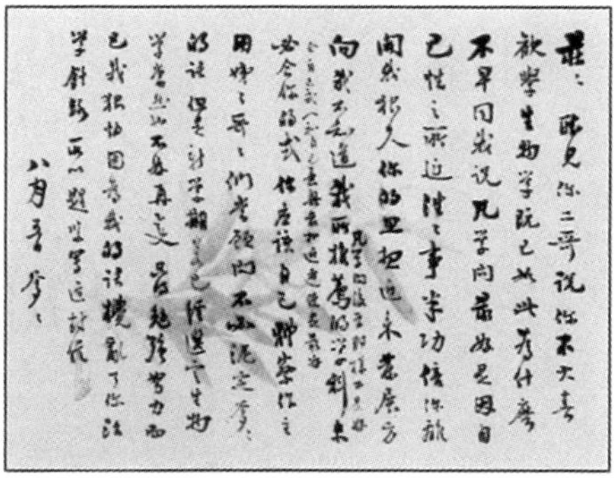

梁启超写给女儿梁思庄的书信

大的体贴和无微不至的关怀。他曾给自己的儿女写过许多关爱他们的信函，这里仅举其中的一封。

致梁思顺、梁思庄的这封信写于1925年4月17日，梁思顺是梁启超的长女，梁思庄是他的次女。信中说："宝贝思顺、小宝贝庄庄：你们走后，我很寂寞。当晚带着忠忠听一次歌剧，第二日整整睡了十三个钟头起来，还是无聊无赖，几次往床上睡，被阿时、忠忠拉起来，打了几圈牌，不到十点又睡了，又睡了十个多钟头。"又说："思顺离开我多次了，所以倒不觉怎样，庄庄这几个月来天天挨着我，一旦远行，我心里着实有点难过。但为你成就学业起见，不能不忍耐几年。"

信中提到姐妹俩之"远行"是去加拿大。在写这封信的前一年7月，李蕙仙逝世，给全家带来了巨大的悲痛。梁启超在丧妻之后首先想到的是孩子们怎么办，那时思庄才16岁，正好思顺的丈夫周希哲被政府派往加拿大任总领事，于是梁启超就叫思顺把思庄带到加拿大去读书，此时家中只有四子思达，三女思懿，四女思宁和年幼的思礼，而她们的哥哥、姐姐均先后出国留学。

思顺、思庄出国后，梁启超时时牵挂她们。尤其是思庄，她是在国外的五个孩子中最小的一个，梁启超十分惦记她，不但经常给她写信，还多次给她题写条幅，专门在条幅上抄写一些自己作的诗和给她的信，并裱成精巧的小型手卷寄给远在异国的思庄。

梁启超的儿女合影

要他们"滴自己的汗，吃自己的饭"，同时又充满了亲情与疼爱，梁启超就是这样对待他的子女。

李叔同："入山以来，时且驰想"

少年时代的李叔同

1898 年李叔同初到上海，应许幻园之邀，住在许家"城南草堂"东院，二人情同手足。其后，许、李并蔡小香、袁希濂、张小楼结为"天涯五友"，成金兰兄弟。

李叔同去上海前，在天津还有一位十分要好的结拜兄弟，他叫李绍莲。李叔同虽然已经披剃为僧，但始终没有忘记他。李叔同在浙江、福建时曾给天津的亲友寄过多封书信，其中的一封便是写给李绍莲的。

致李绍莲信写于温州，时间是 1923 年，李叔同出家后的第五年。信中说："岁云暮矣，积阴凝寒。言念仁者，渺在天末。末由省展，惆怅如何？岁月不居，衰老浸至。儿时知交，大半迁逝。墓门青草，巷口斜阳，人事无常，可为悲叹！惟有仁者，时相承问。辄深旧雨之想，每怀朝露之懔。余与仁交垂三十年，相知以心，亲逾骨肉。入山以来，时且驰想。为忆仁者，滞情尘罔，匪仰如来之慈力，宁脱忍域之苦轮。念佛一门，诚为津要矣。曩邮《印光法师文钞》，当达记室。幸有清暇，研味其趣。或有未达，毋遗下问。原穷凡智，以酬来旨。”

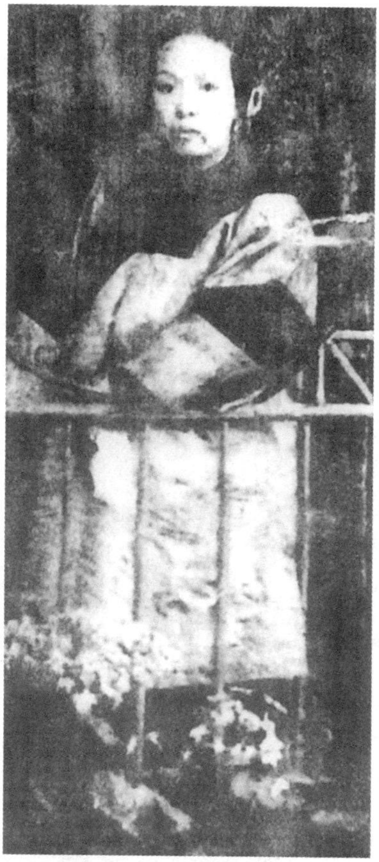

李叔同夫人俞氏像

李叔同当年的这位盟兄弟李绍莲，说来也并非是今天人们常说的那种“名人”。他原是天津西头怡和斗店附近“大树李家”的后代，后迁居南开二纬路。成年后在天津盐业银行当经理或副理。出于对这位盟兄的真诚与信任，李叔同离开天津后，特意托付李绍莲照顾他的妻子俞氏及他的儿子，并对俞氏说，有什么困难事就找李三大爷（李绍莲）。俞氏和李绍莲的夫人（三妈妈）要好，三妈妈有两个孩子，他们和李叔同的两个儿子李准、李端也能玩在一起。一般到了每年暑假，娘儿仨即去那里住些日子。

李叔同出家前对家乡天津和亲朋已流露出深深的怀念。“春去秋来，岁月如流，游子伤漂泊。回忆儿时，家居嬉戏，光景宛如昨。茅屋三椽，老梅一树，树底迷藏捉。高枝啼鸟，小川游鱼，曾把闲情托。儿时欢乐，斯乐不可作。儿时欢乐，斯乐不可作。”歌词《忆儿时》其实就是他对故园的眷恋。“长亭外，古道边，芳草碧连天。晚风拂柳笛声残，夕阳山外山。天之涯，地之角，知交半零落，一斛浊酒尽余欢，今宵别梦寒。长亭外，古道边，芳草碧连天。晚风拂柳笛声残，夕阳山外山。”一曲《送别》也是他对朋友真情的流露。遁入空门后，李叔同严守戒律，但他并非“不食人间烟火”。他与天津的亲友依然有通讯联系，他对盟兄李绍莲也是“时且驰想”。1923 年的这封信深深表达出

李叔同夫人俞氏偕子李端（左）李圣章夫人邹氏偕女李孟娟（右）（摄于1911年）

“相知以心，亲逾骨肉”的深情厚谊。但这时的李叔同总是规劝他的故旧（如李石曾、严修、许幻园、杨白民等）研习佛书，并书赠佛语，对李绍莲同样如此，故信中又以“念佛一门，诚为津要”谆谆相告。

李叔同的结发妻子俞氏比李叔同年长两岁。其父做茶叶行生意，住天津南运河西头芥园庙附近的青龙庙胡同。俞氏在娘家行五，一哥哥，行三，早亡；一个妹妹行六，身有残疾（瘫痪），一生未嫁。

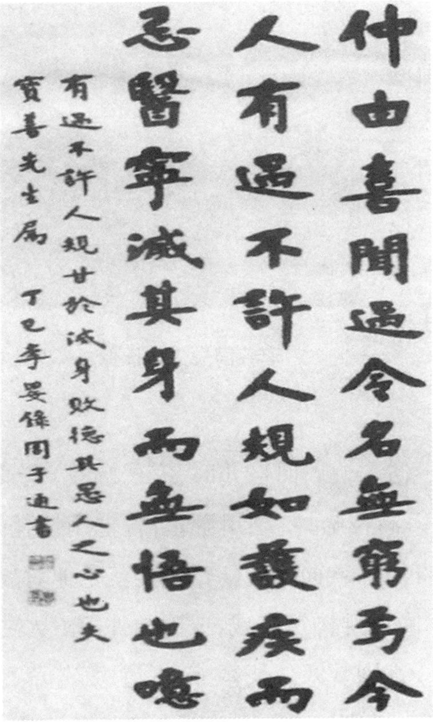

1917年（丁巳）李叔同书录周子通书赠友人

姐弟三人为一母所生。另有同父异母兄弟三人，一位叫俞霭青（行五），在南开中学当过庶务，后信基督教，和张伯苓一起办仓门口教会；一位（行六）在侯家后开杂货铺；一位（行七）在英商仁记洋行做事。李叔同18岁时由母亲王氏做主，与俞氏结婚。从种种迹象看，李绍莲很可能与俞家关系很近，其居处亦与俞家相距不远。

1898年，李叔同奉母王氏，携妻俞氏，南下上海。俞氏生三子，长子乳名葫芦，行八，早年夭亡。次子李准，行九。三子李端，行十。1905年，李叔同的母亲王氏在上海病故。李叔同携眷扶柩乘轮回津，母亲丧礼完毕，即于八月东渡日本留学。1910年李叔同学成后回津任教一年左右，再次南下上海，辗转苏、杭、浙、闽，一去三十年，最终未曾归来。俞氏及李准、李端二子则一直生活在天津。李叔同出家为僧，对生活在天津的俞氏刺激很大。俞氏于1922年旧历正月初三日故去，终年44岁。李叔同的哥哥李文熙将俞氏病故的事以信函告知在温州的李叔同，嘱其返津一次。李叔同于正月二十七日上书庆福寺的寂光长老，称“前数日，得天津俗家兄函，谓在家之妻室已于正月初旬谢世，嘱弟子返津一次，但现在变乱未宁。弟子拟缓数月，再定行期，一时未能动身也。”当时正值直奉之战，道路阻隔，使其返津不成。当然，他与李绍莲最终也未能谋面。

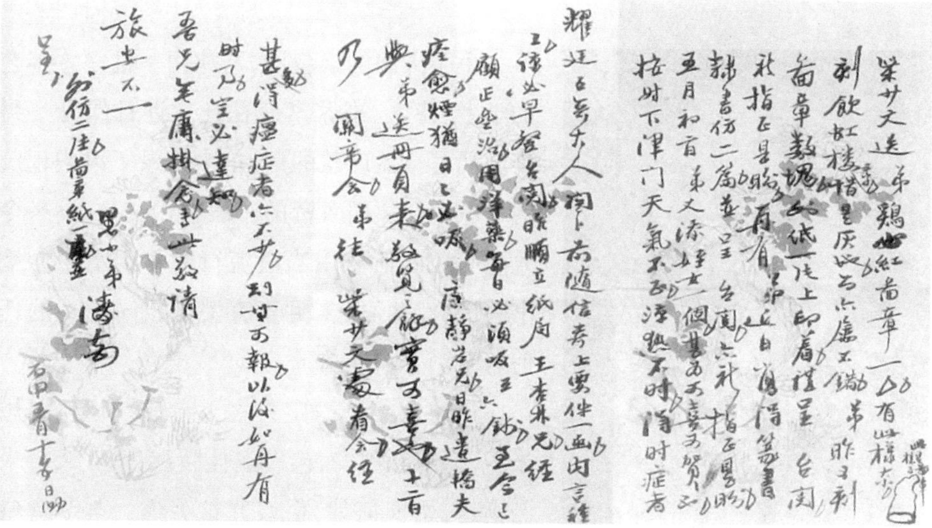

李叔同信札

李叔同:“合拍小影已修作”

李叔同——弘一法师

生于天津的李叔同,与津门一批多才多艺的学者、诗人、书家素有往还。近日偶见一封李叔同写给孟广慧的信,信中记录了风华正茂的李叔同与津门乡贤的一段亲密交往,读来令人感叹。此信取用当时流行的木刻水印信笺书写,共计两页,未见于有关李叔同生平的任何著录。

信的全文是:“定哥之下自违:谈宴,渴想米积,遥维起居安善,餐卫佳胜甚、休。荣行未乃诣送,恧愧何如,俗政冗忙劳人。草草疏略之咎,尚祈鉴谅,何幸。合拍小影已修作,竣功奉麈一副,察入是祷,朔风多厉,诸讹珍重自爱,忽布福请,旅安不备,愚弟成蹊。”信后附小字曰:“再,此次因有捎包,故由信局转妥,以后来往信件印字邮局为妙。”

此信文词古雅,书风典丽,虽然简短,但内中所透露出的社会背景、李叔同与乡贤情缘及其于收信人孟广慧之间的特殊关系,今天看来,极有考证和研究价值。其一,信未落写信地点,但其中提到“此次因有捎包”才随包而传递,至“以后来往信件”当通过邮局邮寄。可知此信是由远在千里之遥的外埠带到天津的。其二,李与孟过从非同一般。从对孟以“定哥”相称(孟广慧字定生)而自己谦称

“愚弟”且署幼名“成蹊”，以及信中“渴想米积，遥维起居安善”等祈祝平安、表示牵挂一类的语句中，明显看出李对孟的钦佩之情和两人的亲密关系。其三，信未落时间，但从信中所言事宜及“荣行未及诣送”“俗政冗忙劳人”之类的话语来看，此信当写于李叔同在杭州师范任教期间。另据记载，孟广慧壮年游历浙、苏、闽、鄂等南方各省、名山大川，杭州乃其必到之处。孟本人在言及叔同之诗中也有“江南话别酒家春”之句，可知孟曾到过李叔同在江南的住所，再按李叔同出家前在南方的经历来推断，此处乃杭州无疑。时间当是1912年至1918年出家之前的一段时间内。孟来到杭州探望津门故旧是情理之中的事。其间，对金石治印夙有癖好的李叔同与半师半友的孟先生盘桓多日。李信所言“合拍小影已修作，竣功奉廛一副”应是李叔同在杭期间孟前来探望时他们的合影小照。

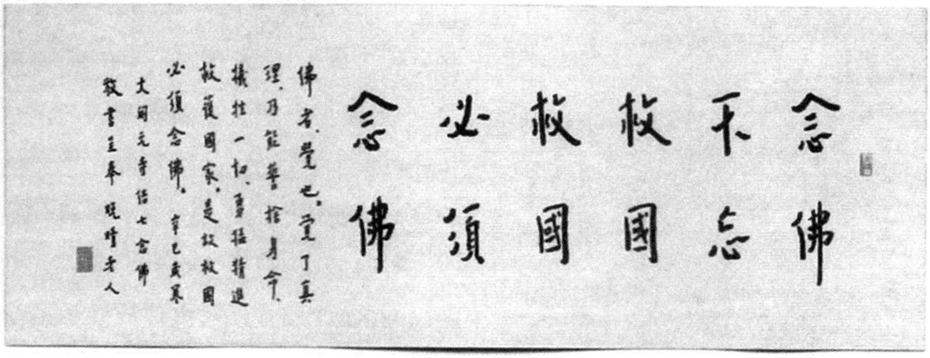

弘一法师手书横幅

李叔同与孟广慧濡染相习，获益多多，不仅从这封信中可以得见，也从李早年金石书画的风格和取向中看出其渊源及所受影响。李早年固然在津门书印名家唐育垕门下学习书法篆刻有年，并深受徐耀廷的影响。但他也确从孟广慧身上学到不少东西。孟精于金石考订，眼界开阔，1899年秋与乡贤王襄共同从古董商范寿轩手中购得甲骨，精心收藏，世人知有“殷契”自此始。而由天津迁居上海不久的李叔同亦迷恋于金石，恰恰是在这年的同一时间，李叔同在上海街头购得甘林瓦砚，遍征海内名士题词。孟对各种碑帖、字体了如指掌。据说天津有个叫张捷三的人，买到一套《三希堂法帖》，共32册，请孟题签，孟共题32签，字体无

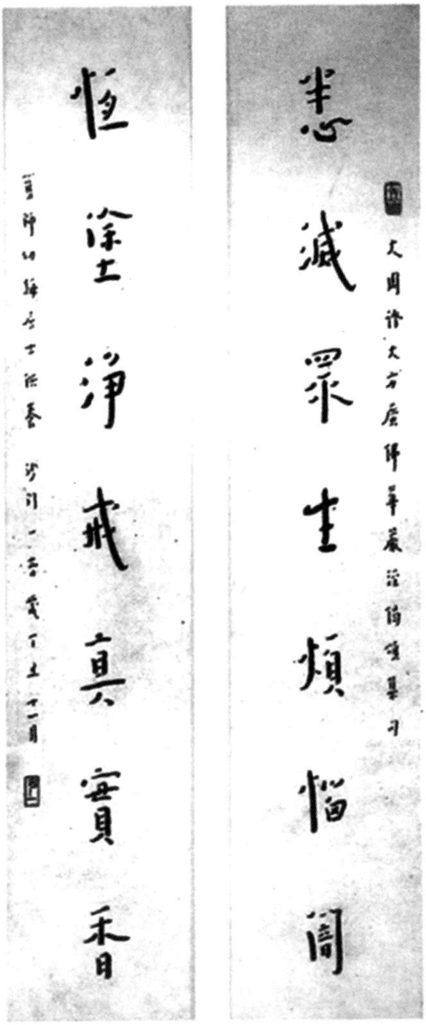

李叔同出家后寄给天津的老师赵元礼的对联

一相同，略懂书法的人一看便知道哪个签是学谁的字。李叔同的书法亦是博采众长，其早年，真草隶篆，无所不能，无所不精；金石碑版，广收博取，无所不窥。笔者观李叔同早年所写隶书，与孟的八言隶书联两相对照，觉得其风骨神态颇有相通之处。

当然，对李叔同这样一位聪明绝顶的旷世奇才，他早年在天津所吸收的艺术营养应该是多方面的。他转益多师，其所学所取也断非唐育垕、孟广慧、徐耀廷等人。津人王襄、王钊、华世奎、马家桐、李采蘩、赵元礼、王新铭等人的书法和金石考古方面的成就，都能在李叔同的身上见到他们的影子。尤其是近代中西文明的贯通、中年艺术教育的实践及现代美学思想的熔铸，更使成熟后的李叔同异军突起，不断超越前贤，书法篆刻等所取得成就渐为孟广慧等辈所不及。这一点从后来孟为李叔同治印所写的题记中一见分晓。丙子（1937 年）端午节，孟广慧拜观弘一大师李叔同的几方印拓后，颇多感慨。追忆往事，赋诗以记：“江南话别酒家春，开卷无言忆故人。记得心心相印处，雪泥鸿爪认前因。”“心心相印”道出了两人“同声相应、同气相求”的友情与乡情，“雪泥鸿爪”实指大师出家前在杭州的那次会面。孟在写此诗时李叔同早已皈依佛门，成为一代宗师。孟广慧的诗句赞颂了李叔同在篆刻艺术上的造诣，同时也证实了当年李写给他的那封信之所指与所言。

而从种种迹象来看，出家后的李叔同也并未断绝与孟广慧等津门师友的联系。弘一晚年曾给在天津的俗侄李麟玺寄来《李息翁临古法帖》及其他物品。《李息翁临古法帖》是1927年为纪念李叔同出家10周年出版的。该书由李叔同的好友夏丏尊从李叔同在俗时临写的百余通书法选出几十通编辑而成，反映了李叔同的早期书风。书印成后，李叔同让上海文明书局寄出二十册给李麟玺，让其转交给津门好友，其中一册有李麟玺的题跋："庚午闰月，家叔在宁波百官横塘镇嘱沪书店寄友人代印手书锌版本廿册，其一敬呈定翁夫子大人留阅。受业李麟玺谨识。"从题记上看，这部书无疑是赠送给孟广慧的。

李叔同："一曰心朴，一曰遗德"

李叔同

李叔同有一位嫡孙，他是李叔同的长子（前有一子，早夭）李准的儿子，名李曾慈。他的名字是他的祖父李叔同给起的。

1930年旧历二月初五，天津河东（今属河北区）粮店后街"桐达李家"的大宅里，出生了一个男婴。这男婴的父亲是李叔同的长子李准。李准和叔叔李端联名给已出家为僧12年的李叔同去信，禀报家中添丁、他老人家喜得长孙的事，并恳求赐名以增福寿。不久，即接到李叔同的回信，是一卷用宣纸写的小横幅，上下高约一尺，左右横写了"曾慈"两字，各约二寸见方。接着，又顺向竖写几行墨笔小字（每字约八分见方），其中有："一曰心朴""一曰遗德"八个字。最左边竖行署"沙门演音"（每字约六分见方），下钤竖文长方形的"弘一"朱印。这一小横幅后来被装裱成轴，被长期保存起来。

李叔同亲笔为俗孙赐名"曾慈"，寓有纪念李叔同的生母王氏之深意。李叔同的生母名王凤玲，生于1861年旧历四月二十一日，是李叔同的父亲李世珍的侧室（其一生前后至少有妻妾四人）。清光绪五年（1879年），年67岁的李世珍

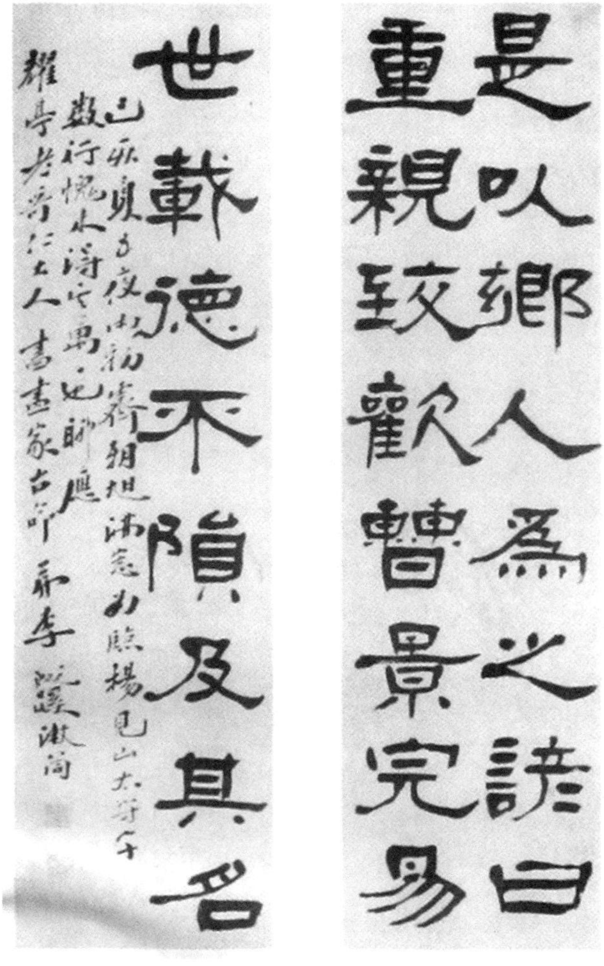

李叔同 20 岁(1899 年)时隶书节录曹全碑二条屏以赠徐耀廷

纳年仅 19 岁的王凤玲为妾。光绪六年旧历九月二十日(1880 年 10 月 23 日)生下李叔同。光绪十年(1884 年)李世珍病故,王凤玲年仅 23 岁。李叔同后来对其弟子丰子恺说:“我的母亲很多,我的母亲——生母很苦。”系指王凤玲在李氏大家庭中所处的地位低下。光绪二十四年(1898 年),李叔同携眷奉母南迁上海。1905 年旧历二月初五(3 月 10 日)王凤玲在上海城南草堂病逝,终年 44 岁。李叔同携妻儿,带着全部家什,将母亲灵柩送回天津。在天津,李叔同力排众议,为母亲办“文明葬礼”。母亲的去世,使李叔同陷入极度的伤痛中。为表示自己的哀痛和对母亲的纪念,他给自己改名哀,字哀公。多少年以后,每每想起母亲,他总是流露出悲哀与忧愁。他有一把黑色已褪成暗灰色的布雨伞,收藏在套袋里,袋的两头紧缩,有带子可以背在身上。这把伞是他母亲的遗物,他一生南来北去,都要随身携带,如同伴随母亲一样。李叔同一直怀念自己的母亲,为俗孙起名“曾慈”就是让他不能忘记他的曾祖母,谆谆告诫自己的后代,务要“心朴”“遗德”。

广洽法师和李端一家在李叔同故居合影。中排右二为林子青先生,右三为龚望先生。

李曾慈在5岁之前住在粮店后街60号李氏大宅院里。在这段时间,李曾慈一家五口(父、母和姐中慧、妹中敏)和他叔叔李端、郑氏夫妇,都住在前院,即原来“桐达钱铺”五间东房和五间大客厅的院子里。李曾慈一家住两明一暗的三间北房,李端、郑氏住两明一暗的三间南房。5岁时离开故居后,常随母亲乘人力车从南市到旧河东来收房租。在天津西开小学和中学上学时,因受学校美术老师王希增的影响,对绘画、书法、篆刻都有较大兴趣,也得到父母的支持,虽然家境日窘,也肯为他延师学习,课余时曾从一高姓老中医学书法,到一位郭姓文士家学绘画,请张兆麟先生为家馆,教英文和《古文观止》《左传》等功课。1946年在天津工商学院附中高中毕业后,开始教书,和大姐中慧一起,共同维持一家五口人的生活。迁居北平后,曾到革命大学学习,于抗美援朝后参加战勤工作,后仍以教书和绘画为主。“文化大革命”中受波及,全家随他到京郊平谷县落户。生活日用多靠中敏一家接济帮助。1980年落实政策,其女儿李年顶替他走上工作岗位。

李叔同:“津门连日阴雨”

珍藏在天津博物馆的李叔同的 16 封信,是李叔同早年写给老邻居、老朋友徐耀廷的。徐耀廷比李叔同年长 23 岁,是李家的管家和账房先生。徐不但善于理财,而且擅长书画金石,李叔同常向其问询艺事。1896 年大约有四五个月的时间,徐在张家口办事,李的这 16 封信大都写于这段时间。信中反映了李、徐二人不分彼此的亲密关系和 17 岁的李叔同孜孜于书法篆刻的情形。对于这些信札,以往人们多注重其中有关李叔同虚心求教、潜心求学的内容,以探讨李在青年时

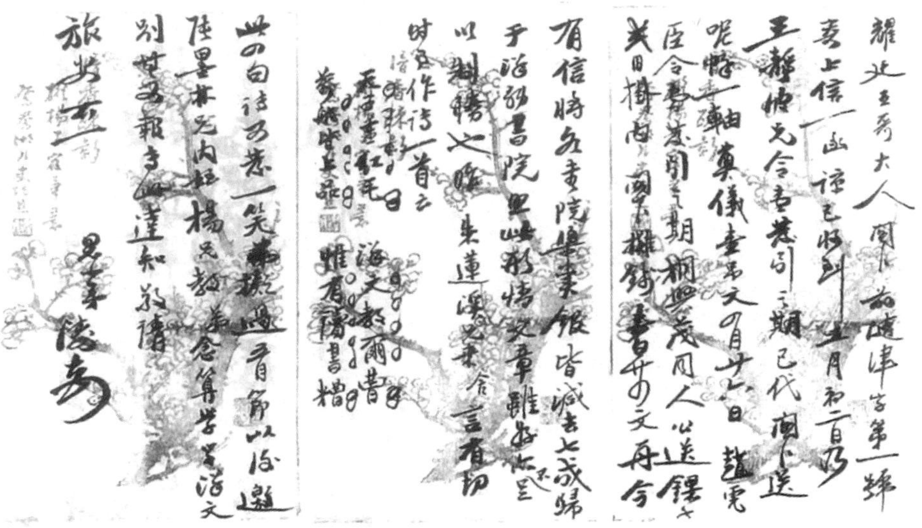

李叔同致徐耀廷信札

代的言行。但细细读来，信札还涉及不少熟人近况、社会见闻及家中琐事等，这对我们认识一百多年前天津的世风民俗和人文地理也是不可忽视的历史史料。

信中多处提到天津的气候变化。如旧历五月十五日信中说：“时下津门天气不正，凉热不时，得时症者甚多，得瘟症者亦不少。”六月初六信中说：“津门连日阴雨，时气不正。”六月十五信中说：“十二日午后大雨一阵，十三日午后又大雨，至十四日早方住。按：十三日夜间下雨时，又加以大风，甚是寒凉，至十四日午晴天后又甚炎热，若此忽凉忽热，人实在受病不浅。”八月初五信中说：“前初五日午后一点钟，大雷大雨间，又加以核桃大冰雹，甚属利（厉）害，至三点雹雨俱止，而雷声犹然盈耳，至晚上八点钟雷声初息，而顷刻大雨顷（倾）盆，至今日早六点钟方止，居然云开雾散矣。”八月十六日信中说：“中秋色减。本月十四日晚，忽云光四合，雷声隐隐，顷刻大雨如注，至十五日早寅刻方止，一切卖瓜果者未免减色矣。至已刻云开雾散，红日东升，虽天气晴明乎，而已道路泥泞矣。”这些内容无意中透露出彼时津门多雨，时而阴雨连绵，时而暴雨如注而过后即晴，兼有冰雹突现，可知百年前北地津沽的天气状况，与近年常常干旱少雨气候不可同日

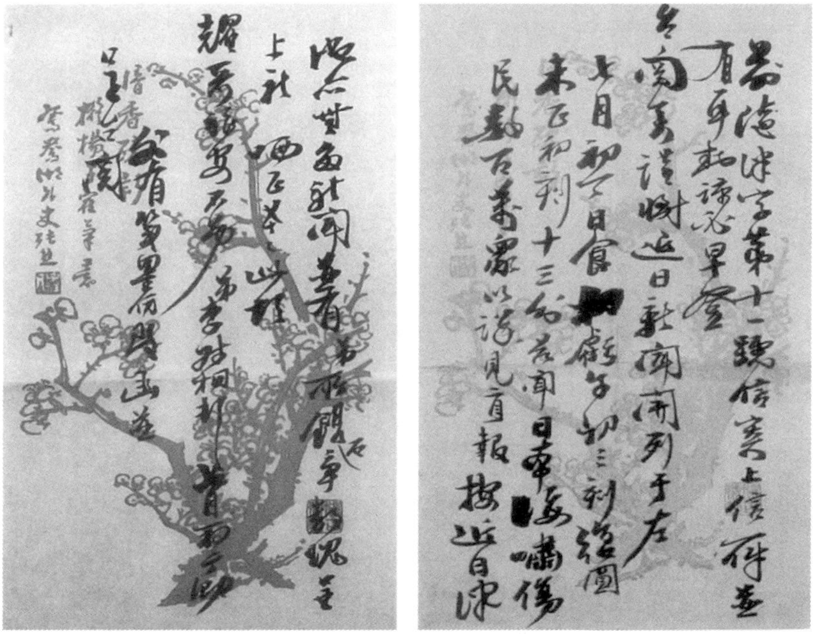

李叔同致徐耀廷信札

而语。

信里有关地震和内涝的信息尤其令人关注。六月十五日信中说："本月十二日晚九点钟，津门地动，甚属可怕。"当月另一信中称："今年五月间天气甚勤，每日必下雨一回，大小不等，河里张（涨）水不少，已平漕（槽）。"七月十五日信称："河中水势，每日必落一二寸，至今天气晴明，谅无奈也。小盐店（在粮店前、后街的北面——作者注）口子昨日将开，幸有德和米局周掌柜施麻袋六十条，切面数百斤，为火会打埝用，甚是善举，殊属可称。"可能是雨量增加的缘故，至七月河水暴涨，以致溢出。信中报告说："津门由前月水势虽见长，仍未出漕（槽），至本月初一雨下之后，居然出漕（槽），初二日大雨，初三日微晴，初四日大雨，初五日小雨，至今大口（地名，在粮店街附近，对着海河，旧时有渡口——作者注）水至三圣庵门口，东浮桥水至乾昌泰门口两边皆有跳板。按天气至今犹未晴明，水势有增无减。小盐店、挂甲寺、梁家嘴子、锦衣卫桥堤，此四处皆开口子。弟家母浮厝材之处，其地较他地皆高丈余，至刻下已将坟头飘（漂）去，水有四尺多，连忙打庄订（桩钉）上，尚属无碍。弟之老茔地亦见水五六尺，此水势也。"旧时天津水患频发。清代至民国年间，如 1794 年、1890 年、1917 年、1939 年。李写信的 1896 年并非大灾之年，却也出现决口（小盐店、挂甲寺、梁家嘴、锦衣卫桥堤），足见当时洪涝对天津的威胁。处在张兴庄与宜兴埠之间的李家坟茔本就地势较高，却也遭到淹泡，尤可见水势之大。

李叔同青少年时期亦友亦师之徐耀廷

关帝崇拜乃国人传统，天津民俗之一便是对关公的祭拜。《天津通志·民俗志》载："五月十三日，相传是关公的祭日。旧时，各关帝庙均在此日举行拜祭活动，虔诚者还以猪、羊、牛'三牲'祭之，香火颇盛。"民间还传说此日为关公磨刀赴会日，滴下的水点便形成大雨，故俗谚又有'大旱不过五月十三'之说。李信对此

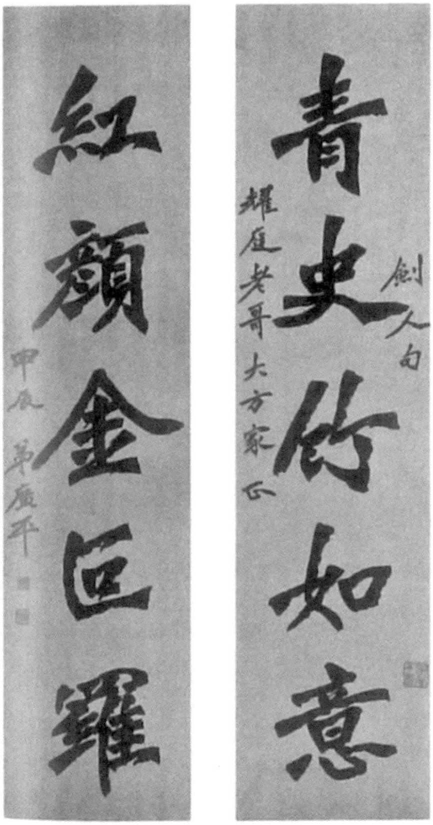

李叔同赠徐耀廷联语（“青史竹如意，红颜金叵罗”）

亦有涉及。五月十五日信：“十二日乃关帝会，弟往柴少文处看会”。六月初五信：“现在六月十八日，水梯子关帝会，弟拟出灯谜，烦津店中新邀同事戴柏庵兄抄写。”因关帝崇拜，旧时津地关帝庙甚多。查道光十六年(1848 年)《津门保甲图——天津城厢图》，图上标关帝庙九座，《津门保甲图——县城内图》，标关帝庙四座。清朝中叶，仅三岔河口一带寺庙中，有记载的关帝庙就有七座。信中提到的水梯子关帝庙正是其中一座。据《锦衣卫所属地名新庄创建关帝庙记》之碑文，此庙建于明万历年间，“屋砌崇高，规模严正”。“水梯子关帝会，弟拟出灯谜”，向我们提供了晚清水梯子关帝庙的信息，让我们获知关帝会也有灯谜一类的民俗活动。据笔者所知，这座关帝庙坐落在旧时的小关大街，后来在其庙址建小关大街第一小学，但直至 20 世纪 50 年代仍保留关帝庙部分建筑，供人烧香叩拜。其“关帝庙前胡同”等便是以此庙取名。看到这些信方知当年这里的盛况。

报告乡里亲友生死存亡，在信札中也占有相当比例，这些内容不仅反映了当时人们的生活状况，也从另一个侧面道出了津门习俗。如“六月十一日乃沈楚兄发引之期，预于初十日开吊。冯作舟令正前曾得瘟病，今以(已)痊愈。昨杏田兄因偶受风寒，回家即成疟疾，甚重，已发十数场，至今并未痊愈。”如“弟舍甥女赵钦甫令正逝世。又十三日晚徐润泉兄偶染时症，至十一点钟亦(已)经逝世。按今年死人过多，甚属可惨，亦属可畏。”“再王静波兄令堂已于前月逝世。赵虎臣令堂又于本月逝世。顺立纸局王杏林兄病势甚重，恐难全(痊)愈。令亲陈荫棠兄令正亦于本月逝世。”又，“五月初二日乃王静波兄令堂发引之期，已代阁下送呢幛一轴，奠仪壹吊文。四月二十六日赵虎臣令堂发引之期，桐兴茂(李叔同家的钱铺，在宫北大街——作者注)同人送倮子贰旧挂内，阁下摊钱壹百二十四文。”“王含翁令侄曾孙之讣帖，想已收到，祈无容送礼，弟已带(代)阁下送上呢幛壹轴，纹银四两。伊将呢幛收下，将纹银璧回，并有谢帖一纸，奉上祈查收为要。”“郑鹤田令堂于本月初一日逝世，择于今天办(伴)宿。”由这些话语中可获知百年前人们的生活质量。多灾多病，治疗条件差，一旦患病难以治愈，死亡常常降临在一些人的头上。同时也看出旧时人死后的送礼习俗及上流社会举行丧事诸如送幛、谢帖之类的繁琐礼节。

乾隆年间绘制的《潞河督运图》中展现的三岔河口附近的景象，河对岸为粮店街

津人讲吃，尤喜海鲜水货。李的信中居然两次提到了螃蟹。七月十五日信里说："刻下津地河螃蟹甚肥，可供大嚼。"八月十八日信中说："持螯美趣。津门月之初旬以来，螃蟹甚肥，至今日如钟口大者，津蚨二文，价可谓廉之极矣。持螯酌酒，何乐如之，可谓美趣矣。"天津傍河临海，看来螃蟹在津沽历来肥美、量大、价廉，民间"持螯酌酒"之"美趣"早而有之。有一封信还提到了"摇彩"的情节，于今看来亦有一定文献价值。如六月初六信中言："昨援德聚诚折帐镜子找出来，拟众同人每位出钱津文，分二十彩，众人摇彩。赵新言得头彩，曹竹林得二彩，郑彤勋得三彩，皆得大镜子数个，余皆得小镜子二个。"

信札还言及一些社会新闻和政界之事。七月十二日信中称："前盐道使候选盐大使雷熙前往外店押服杨伯忱，奈雷熙在外店住至前月二十一日，而杨伯忱之行恶犹如是也，是以于二十一日回津。又经盐道使候选盐大使王瓒前往，至今王瓒患烟痢甚重，是以未得赴外店，至今外店无人，恐杨伯忱趁此必益加行恶也。"其八月初五的信中又有这样的话："李鸿章兄至九月初间可以来津，王文韶兄降三级留任其间，原故不得其详。"按李鸿章同治九年九月奉谕接直隶总督任，光绪八年丁母忧，离任。光绪九年六月回任，二十一年正月召京，授全权大臣。光绪二十一正月王文韶由云贵总督调直隶总督，二十四年四月召京。李叔同的信写于光绪二十二年，里面说到李鸿章、王文韶二人，称王"降三级留任其间"，又将二人以"兄"相称，这更是值得研究了。

容庚:“搜集黟山印痕深合鄙意”

1973年8月6日,远在广州的容庚给张牧石寄来一封信。信中说:“牧石先生:奉惠书备悉。左右搜集黟山印痕深合鄙意。牧甫游粤多年,遗作甚富,书画篆刻皆有独到处,顾印作甚少,国人不得而见也。弟搜罗六十年,颇有珍本,然非专力于此。年二十六离家至京,奔走衣食,于今五十余年,于黄氏未能发扬光大,心甚歉。然求近人之表彰墨卿、完白、㧑叔三家者尚无其人。左右既有同好,兹检奉印谱三种六册、牧甫印稿一册,乃选存较精之印,每印盖六七枚,弟至北京分剪得六部,自留一部,以五部赠友人。此乃初印本,与后人集谱残破者不同,分装四册,黄牧甫印存一册,乃为江文举所刻印,由江氏编集中多横平竖直应酬之作。牧甫印存一册乃弟所藏印,经与让与友人,如盛昱两印乃早年之作,与晚年大异,俞旦两印与印稿前后亦有不同。俟兄拍摄寄还后再可检寄。尚有花卉册、彝器图、篆书屏联、尺牍册、笔记册共二十余件不便邮寄,且俟它日。”

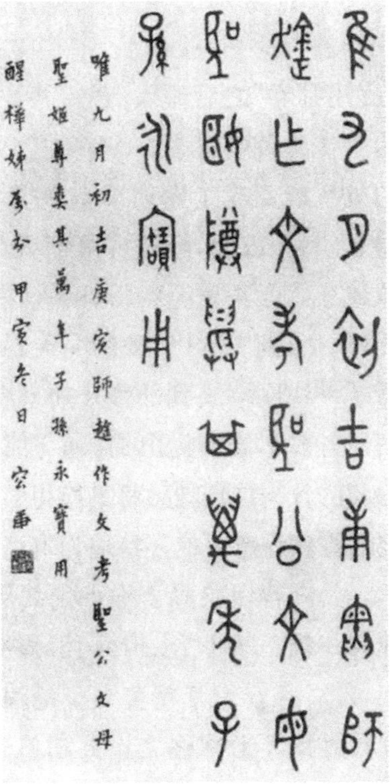

容庚金文立轴

容庚(1894—1983)是我国近现代著名古文字学家、书法家。字希白,号颂翁,广东东莞人。曾任《燕京学报》主编、北平古物陈列所鉴定委员、岭南大学教授、中山大学教授等职。著有《秦汉金文录》《商周彝器通考》《殷周青铜器通论》《海外吉金图录》《颂斋吉金图录》《宝蕴楼彝器图录》等。有人说,容氏是近现代学者型书画篆刻家,且都是通过对古玺、金文、秦汉印、流派印的模拟创作继承传统,以高屋建瓴的识见把握传统,以学者的文化积淀浸润篆刻,以始终如一的严谨态度对待创作,故所作皆中正典雅、古朴自然,绕文人血脉与书卷气息。从容庚先生的这封信里人们看到了他的为人与谦逊和大度。

张牧石先生早年从寿石工先生研习篆刻,继又私淑黟山派黄牧甫,最后形成自己的风格。黄牧甫乃晚清与吴昌硕同时的成就卓著的书画篆刻大家。他的刻印特点是,平正中见流动,挺劲中寓秀雅,既无板滞之嫌,也无妄怪之失。张牧石对黄牧甫的作品极为珍爱,但一直未能见到黄的原拓印稿,深以为憾。后来,容庚先生从张先生的来信中得知这一情况,主动向张提供黄的原拓印谱。容庚在这封信中对张先生说:“左右搜集黟山印痕深合鄙意。”因黄牧甫在光绪八年(1882 年)和光绪十三年(1887 年)两度来广州,第一次来粤住了近四年,第二次来粤,一住便是 14 年,前后在粤 18 年,到光绪二十六年庚子(1900 年)五月才离开广州回安徽。容庚先生作为广东人,对黄牧甫敬佩有加,对黄的艺术成就极为青睐,数十载搜集黄的作品。他在给张的信中坦言“牧甫游粤多年,遗作甚富,书画篆刻皆有独到处,顾印行甚少,国人不得而见也。弟(指容庚自己)搜罗六十年颇有珍本,然非志力于此。年二十六离家至京,奔走衣食于今。五十余年于黄氏未能发扬光大,心甚歉。”然后,容在信中慨然坦诚地说道“左右既有同好,兹检奉印谱三种六册。牧甫印稿一册”,印谱“乃选存较精之印,每印盖六七杈,弟至北京分剪得六部,自留一部,以五部赠友人,此乃初印本,与后人集谱残破者不同”。

就在容庚先生发出此信不久,天津的张牧石便收到容庚先生自北京寄来的黄牧甫印谱。这是一套极为珍贵难得的原拓本,拓印凝聚着容庚老人的一片心血和对艺术的挚爱。牧石先生抚摸着印谱那典雅考究的封面,深为容老的真情所动。那时尚无复印,更无微信。张先生抓紧点滴时间,将印谱上的所有印拓全部用毛笔勾拓下来,以备日后临习揣摩。张先生精心墨勾的牧甫印拓,皆为我亲

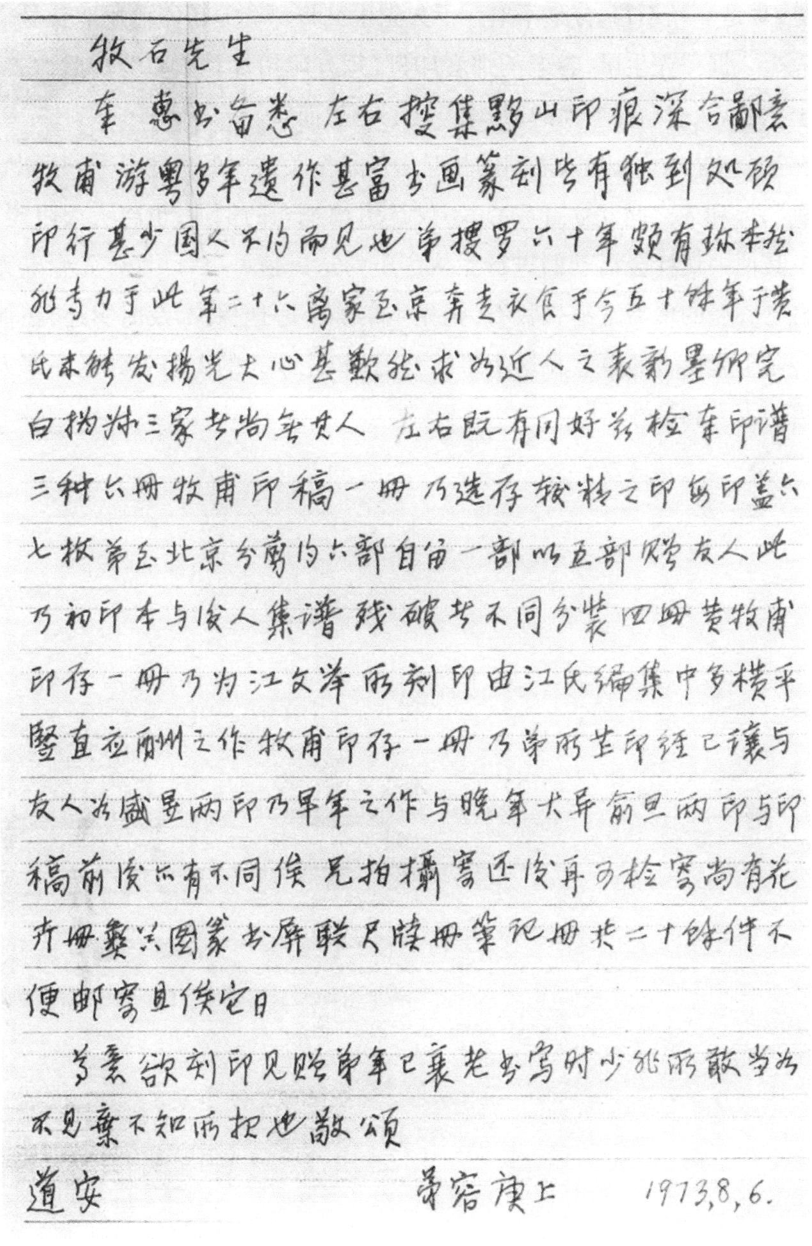

牧石先生

奉 惠书备悉 左右搜集黟山印痕深合鄙意牧甫游粤多年遗作甚富书画篆刻皆有独到处顾印行甚少国人只得而见也 弟搜罗六十年颇有珍本然非专力于此 弟二十六离家至京奔走衣食于今五十余年于黄氏未能发扬光大心甚歉然求如近人之表彰墨卿完白撝叔三家者尚无其人 左右既有同好兹检奉印谱三种六册 牧甫印稿一册乃选存较精之印每印盖六七枚弟至北京分剪得六部自留一部以五部赠友人此乃初印本与后人集谱残破者不同分装四册 黄牧甫印存一册乃为江文举所刻印由江氏编集中多横平竖直应酬之作 牧甫印存一册乃弟所藏印经已让与友人如盛昱两印乃早年之作与晚年大异 俞旦两印与印稿前后亦有不同 俟兄拍摄寄还后再可检寄 尚有花卉册彝器图篆书屏联尺牍册笔记册共二十余件不便邮寄且俟它日

芳素欲刻印见赠 弟年已衰老书写时少 非所敢当 如不见弃不知所报也 敬颂

道安 弟容庚上 1973,8,6.

容庚信札

眼所见,真是一丝不苟,分毫不差。不久先生又将那套原拓印谱用双挂号寄还给容庚先生。据张先生讲,容老的那套印谱,每方印拓都是细心剪齐后,在日本棉连纸上挖芯后,嵌贴在上面的,其珍爱之心可想而知。

在社会交往中,人与人之间的相互信任是至关重要的。社会上一旦出现“信任危机”,人和人之间互存有戒心,不仅是道德观念的倒退,也将大大阻碍经济、文化及其他一切社会活动的进行。从容庚的这封信可以看出,容先生毫无顾虑地将自己心爱的珍品寄给张牧石,张先生倍加小心地保护,及时奉还,在他们看来不过是十分正常的事。在这小事的背后,却让今天的人们看到老一辈人那诚实守信的为人和品性。

瞿宣颖："雅意稠叠"

瞿宣颖（1894—1973），湖南长沙人。字兑之，简署兑，笔名宣颖，别名益锴（一作益谐），别号蜕厂、蜕园。毕业于上海复旦大学。早年任国务院秘书、国史编纂处处长、印铸局局长、河北省政府秘书长等职。后任南开大学、燕京大学讲师。中华人民共和国成立后为上海市政协委员。精文史掌故，有《汉代风俗制度史前编》《北平建置谈荟》《北平史表长编》《方志考稿甲集》《汪辉祖传述》《同光间燕都掌故辑略》《中国社会史料丛钞》。散著又见《小说海》《礼拜六》《时事新报·学灯》《中和》（20 世纪 40 年代主持编务）等。

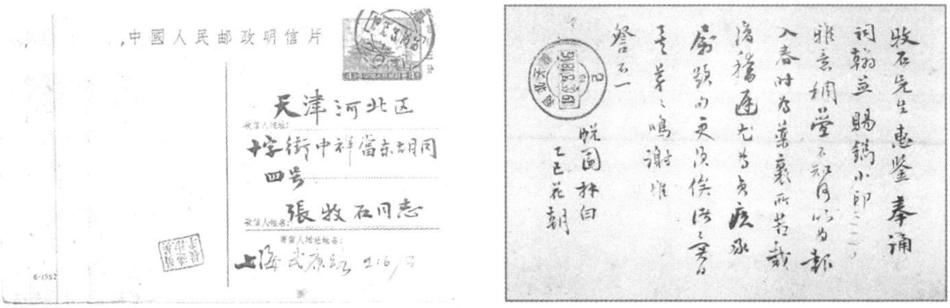

瞿宣颖信札

瞿的父亲瞿鸿禨为晚期军机大臣，光绪初年大考名列第一。因其貌似同治皇帝，慈禧太后见了他，大概想起自己已经死去的儿子，情不自禁地流下眼泪。后因瞿鸿禨违背慈禧旨意，又被罢斥回籍。

1965 年 3 月 18 日，身居上海的瞿蜕园先生给天津词家、吾师张牧石写了一封信，牧石先生生前将此信送给了我。信的内容是："牧石先生惠鉴，奉诵词翰并赐镌小印，雅意稠叠，不知何以为报？入春时为药裹所苦，裁复稿迟，尤为负究，承属题句更须俟诸数日，量草草，鸣谢惟督不一。蜕园拜白。乙巳花朝。"

信中涉及了文人间的交往，尤其是有关"属题"的事宜。

"属"在这里就是"嘱咐"的"嘱"，不当"属于"的"属"讲。旧时文人书画家在其作品上题写上款时大都写成"属"而不写成"嘱"，如"雅属""属正""属画"等。一些文人请人画一幅表现其赋诗填词一类往事的作品，尔后向多人索题，对方接受主人要求而题咏称"属题"或"属句"。其方式一种是每个人按主人的请求分别题咏，每个人所用纸张的规格大小一致，题写后分头寄给主人，主人统一将其装裱成册页或手卷；另一种是主人将此画事先裱好，留出空处，再请题咏者依次在上面书写。

潘素 《梦边填词图》

张牧石先生填词宗南宋词人吴文英。吴文英号梦窗，其词委婉奇丽，用笔幽邃。张先生汲取梦窗辞美律严的形式之美，自号"梦边"。为表达对吴梦窗的尊崇和对梦窗词的潜心钻研，20 世纪 60 年代，他特请张伯驹先生夫人、画家潘素绘《梦边填词图》，广为征题，其方式为上述之第一种，即分别题咏再加以汇集。当时，北京的萧劳、黄君坦、陈云诰，上海的陈兼与，杭州的夏承焘，天津的庐慎之诸先生纷纷应题。书法家吴玉如先生为其题写了引首。瞿蜕园先生与张为词友，接到张的征题函件后，本想立即回信并应邀题咏，但苦于疾病缠身，未能如愿，故在信中说："入春时为药裹所苦，裁复稿迟，尤为负疚，承属题句更须俟诸数日。"但据张先生讲，待其病情稍有好转，即填词一首，是为《竹影摇红》，寄往张先生手中。连同蜕园先生题咏，《梦边填词图》总共得词五十多家。

吴玉如　《梦边双栖图》引首

蜕园先生的这封信还提到："奉诵词翰并赐镌小印，雅意稠叠，不知何以为报？"所记为张先生为其镌刻名章及诗词往还之事，可谓"君子之交，其淡如水"，体现了中国文人传统的交往方式。

蜕园先生虽居于沪上，而与天津颇有缘分。他不仅与天津词家交往，早年亦曾执教津门。他国学功底深厚，精于诗词，是一位书卷气十足的文人学者。平素尤喜读人物掌故一类的书，也爱写随笔，偏重与人物有关的史料，认为这与提高著述能力有很大关系。且谙英文，一度重译《旧约》，又涉猎希腊、拉丁、俄、法、意诸国文字，据称"人人为我，我为人人"即是最早由他翻译过来的。受母亲影响，亦善操古琴。

蜕园先生亦为丹青、书法高手。所作兰竹、墨梅，楚楚可观。书法既融北碑之刚，又兼南帖之丽，方笔圆转，气韵纯厚。民国时刊印的《当代名人书林》即收入他的作品。2016年我曾在一次拍卖中见到他的一件书法立轴,所书为戴石屏诗,让我爱不能弃,然拍卖行不知瞿为何人,将“瞿兑之”标为“瞿光之”,我只以底价将其揽入怀中。

黄君坦:“略述诗钟缘起”

这大概是我收藏的名人信札中文字最长、页数最多的一通了,总共有 7 页。此信是黄君坦先生 1982 年 12 月 3 日写给张牧石先生的一封长信,信中以大量篇幅记述有关诗钟问题,展现文人间在学术上的沟通与坦诚。

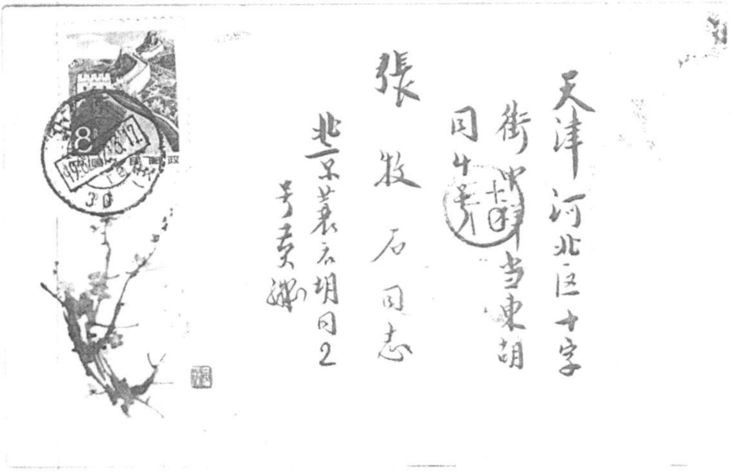

黄君坦信札之信封

黄君坦(1902—1986),名孝平,号叔明、苏宇,以字行。福建闽县人(今福州)。著名学者、词人。尤擅诗词和骈体文。生前任中央文史研究馆馆员、诗词研究组组长等。著有《红踯躅庵词剩》《问影轩骈文存》《清词纪事》等,与其兄孝纾、其弟公孟合著《黄氏三兄弟骈俪文集》,与张伯驹合编《清词选》。

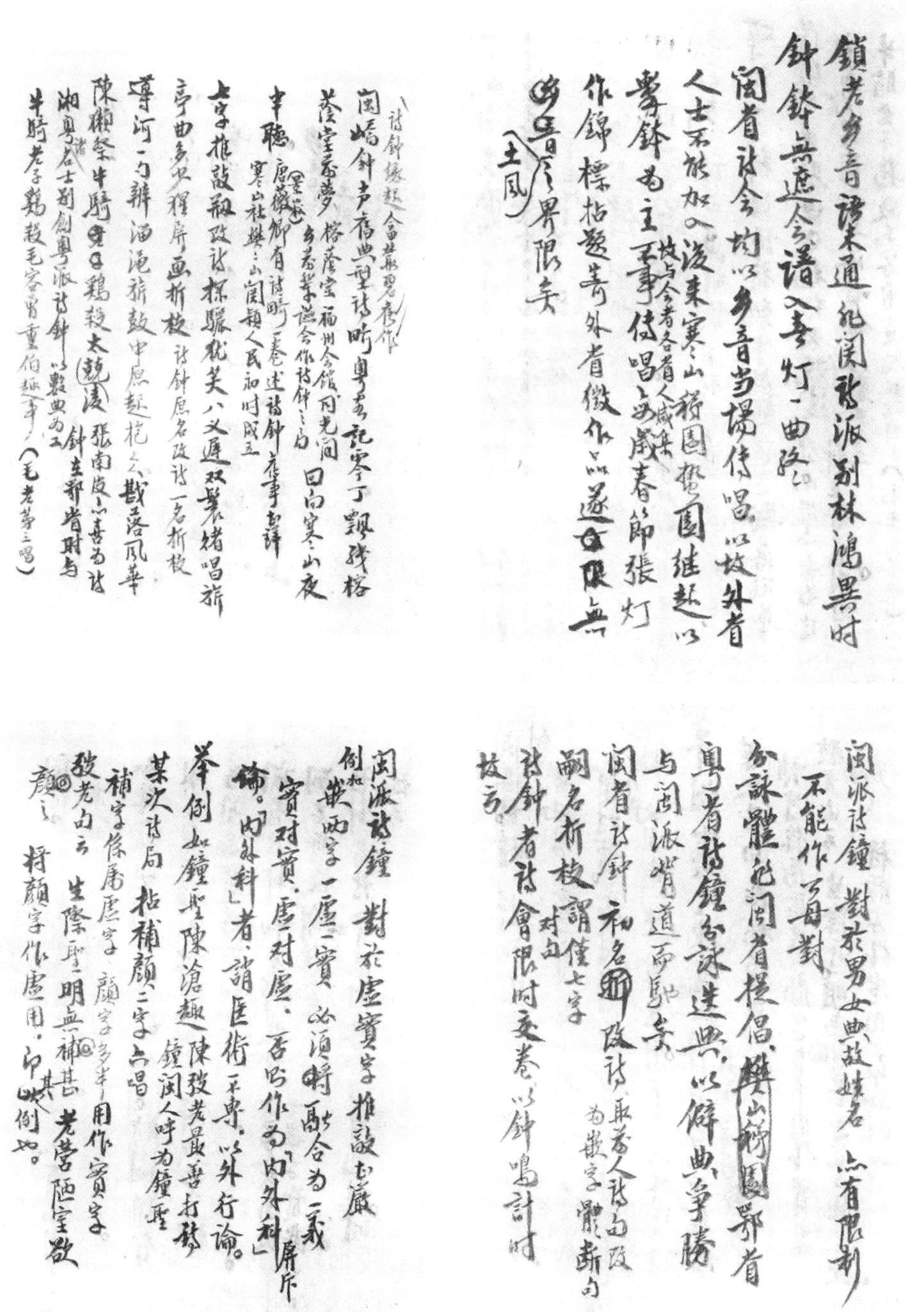
鎖老乡音语未通，亦闽詩派别林鸿异时
鈡鈐無遮人会谙，又去灯一曲终之
闽省诗会均以乡音当场传唱，以故外省
人士不能加入。後来寒山樗園继起，以
粤钟为主，不事传唱，每岁春節張灯
作錦標，拈題著外省徵作品，遂無限無
乡音之界限矣（土風）

詩鐘緣起
閩嶠鍾聲舊典型，詩畸粤寄記零丁，艱難榕
蔭室前夢，日向寒山夜
半听。
七字推敲取改詩，探驪拔筴八叉遲，双鬟绪唱折
亭曲，多少程房画折枝。（詩鐘原名改詩一名折枝）
尊河一勺辨淄渑，折鼓中原赴抱之，载落风華
陳麟峯牛驊鱼鸡殻太虢淺
湘粤名士别创粤派诗钟
牛骥老子鸡殻毛客皆重何趣事（毛老第三唱）

闽派诗钟 对于男女典故姓名亦有限制
不能作每对
分詠體亦闽省提倡，樊山樗園異省
粤省诗钟分詠进典，以僻典争胜
与闽派皆道而驰矣
闽省诗钟初名折改诗
嗣名折枝，谓仅七字对句
诗钟者诗会限时交卷，以钟鸣计时
故云

闽派诗钟 对于虚实字推敲甚严
例如"蚩"两字一虚一实，如须将两字合为一义
实对实，虚对虚，若作为"内外科"
论，"内外科"者，谓医术不专，以外行论。
举例 如钟聖陳滄趣 陳弢庵最喜打鍾
某次诗局，拈補顏二字六唱，钟聖閩人呼为鍾聖
補字係属虚字，顏字多半用作實字
弢老句云 生際聖明無補甚 老營陋室敬
顏之 將顏字作虛用，即其例也。

黄君坦信札

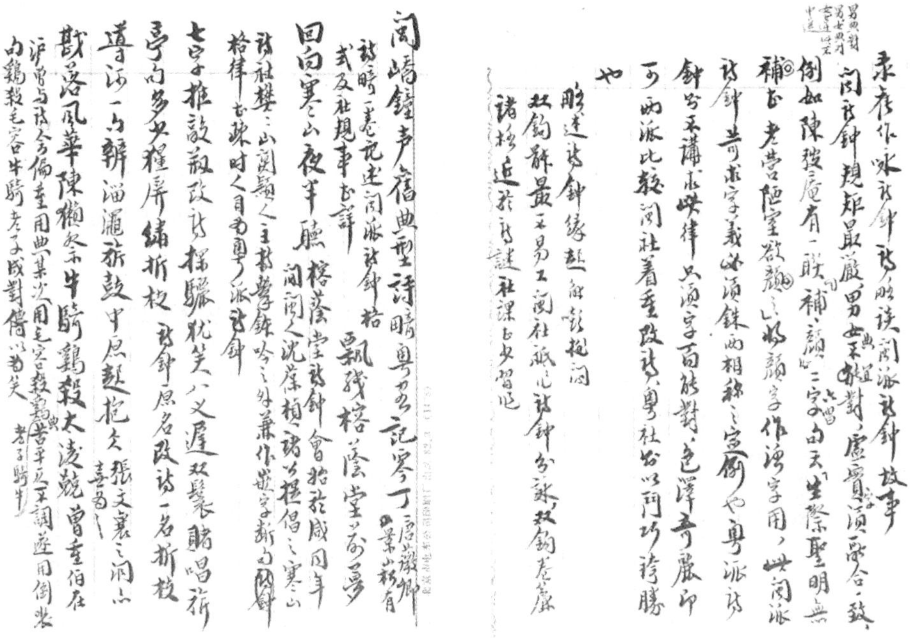

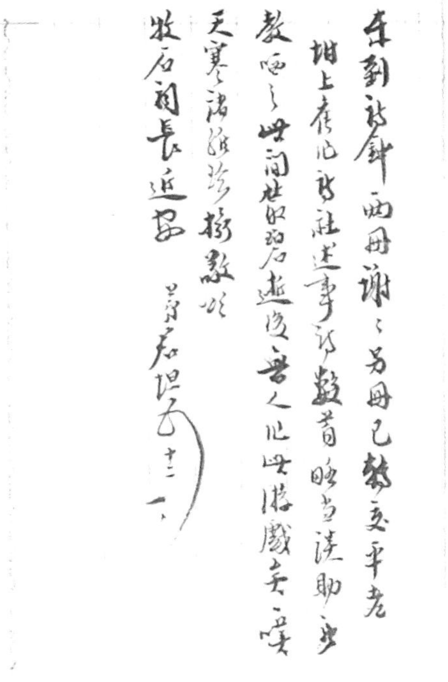

黄君坦信札

诗钟是一种特殊形式的诗，也是中国文人的游戏方式。从形式上看，诗钟很像律诗中间的一联，故又叫“两句诗”，因多是七言，故也叫“十四字诗”，福州也有称其为“改诗”的。之所以叫“诗钟”，是因限定在极短的时间内交卷。通常是文人们在一起雅集时，将一个铜钱用线系于竹香上，下承以铜盘，香焚线断，钱落盘中铿然作声，有如钟鸣，以此为构思之限，故名“诗钟”。此举也有师法古人“刻烛赋诗”“击钵催诗”之意。

诗钟通常分为两大类：一类叫“嵌字格”，即任拈两个平仄不同的字，都限定嵌在两句中的第几字，对成一联。上下句如同作律诗一样，必须对仗工整、平仄协调。另一类叫“分咏格”，即任拈两件绝不相干的事物为题，每题作一句，两句文字须对仗，组成一联。

20 世纪 60 年代末 70 年代初，天津学人、词家寇梦碧、张牧石、陈机峰三位先生每每促膝于海河岸边，篝灯小饮，借诗钟遣闷。历时既久，积成千首。张伯驹见之，也和作了若干首。其中，分咏、嵌字各体皆备，多有佳句。如嵌字格中有：嵌“唐水”二字，限嵌于第二字：“宗唐法宋无非滥，范水模山始是奇。”嵌“魂象”二字，限嵌于第六字：“风雷鼓荡精魂出，江海澄清气象开。”“时蓬”二字（魁斗）：“时序如飞惊脱箭，生涯靡定叹飘蓬。”嵌“风毛雨雪血”五字（碎锦）：“落日烧霞红似血，斜风吹雨细如毛。”嵌“百轩”二字（辘轳）：“梅花百炼雪中骨，山色一轩云外眉。”分咏格中有：分咏“赵飞燕”和“茶”云：“充饥要重团圆意，教舞须轻绰约身。”分咏“扬州”和“刀”云：“欲穷天下三分月，待剪湘中一尺天。”分咏“蚯蚓”和“天”云：“一身结屈原无骨，万物陶甄固有头。”后来，寇、张诸先生从他们所作诗钟中选录数百首，附张伯驹先生和作若干首，汇为一集，定名《七二钟声》，油印后分赠给各地的词友同好。该书寄到君坦先生那里，先生颇为珍惜，遂致此函答谢，并在信中畅叙他对诗钟的见解。

诗钟，清嘉道间创于福建，林则徐即喜为之。君坦先生作为福建人，对诗钟缘起和闽派诗钟的特点知之甚明，且每多为之。20 世纪 50 年代，张伯驹先生主持饭后诗钟雅集，专为分咏诗钟，每月一集，每集五题至六题，每题作二联至三联，先七日示题，收稿汇印，聚饮评唱，时有趣致之作，当时黄君坦先生便是一位积极参与者。由于这层原因，君坦先生在信中透露了许多诗钟方面的知识，如

“湘粤诸名士别创粤派诗钟，以数典为工”“闽派诗钟对于实字推敲甚严”“对于男女典故姓名亦有限制，不能作公母以”等，并在此信中“录旧作咏诗钟诗，略谈闽派诗钟故事”。信最后说，收到张牧石先生寄去的《七二钟声》两册，表示：“谢谢！”“另册已转交平老（俞平伯先生），附上旧作《诗社述事诗》数首，略当谈助”，慨叹“丛碧逝世无人作此游戏矣”。

“丛碧”即张伯驹先生，先生于1982年2月26日作古。的确，诗钟在这些人眼中不过是“雕虫小技”，但今天的人作起来恐非易事。此诚如张伯驹先生主编的《春游琐谈》所称，诗钟“虽小技，然亦不易工，非失之晦涩，即失之平庸”。

40年光阴荏苒，寇梦碧、张牧石、陈机峰诸先生沽水之畔的诗钟小聚已成魂山梦影，黄君坦先生的这封长信今人多已不好理解，但他们的风雅韵致却如春帆流霞展现于世人面前。

张伯驹:“今世南陈北张”

青年时代的张伯驹先生

这是张伯驹先生“重阳前五日”写给吾师张牧石先生的信。信中有言:“绍箕自津来,谓梦边词与印何为第一,因词津尚有梦碧、机峰,京尚有君坦、敏厂,印则无第二人,今世南陈北张可以称之,亦为画家昔之南张北溥也。”因张伯驹老人晚年患糖尿病眼病,视力很差,字写得歪歪斜斜,而思路颇为清晰。

人言:知之者莫如至交。张伯驹先生与张牧石先生有数十年的交往。牧石先生在世时曾对我说:“1950 年伯驹先生在北京成立庚寅词社,和天津的梦碧词社时有交往。当时我与先生相识,我们在词学上虽有不同,但先生却很器重我。每年春季海棠开放时节必到天津,住在我家。天津的词友如寇梦碧、陈机峰、孙正刚等也都来雅集。白天去公园看海棠,晚间打诗钟。先生认为北京已很少有人能此,故喜到天津。20 世纪 60 年代初,张老任吉林省博物馆副馆长期间,曾邀京、津、沪等地一些相识的老朋友分别撰写与金石、书画、历史、轶闻、风俗、游览、考证、掌故等方面的文言短文,汇为《春游琐谈》,我也为此撰文。作者依年岁排列,始自卢慎之、陈云诰,我年纪最轻,排列最后。”

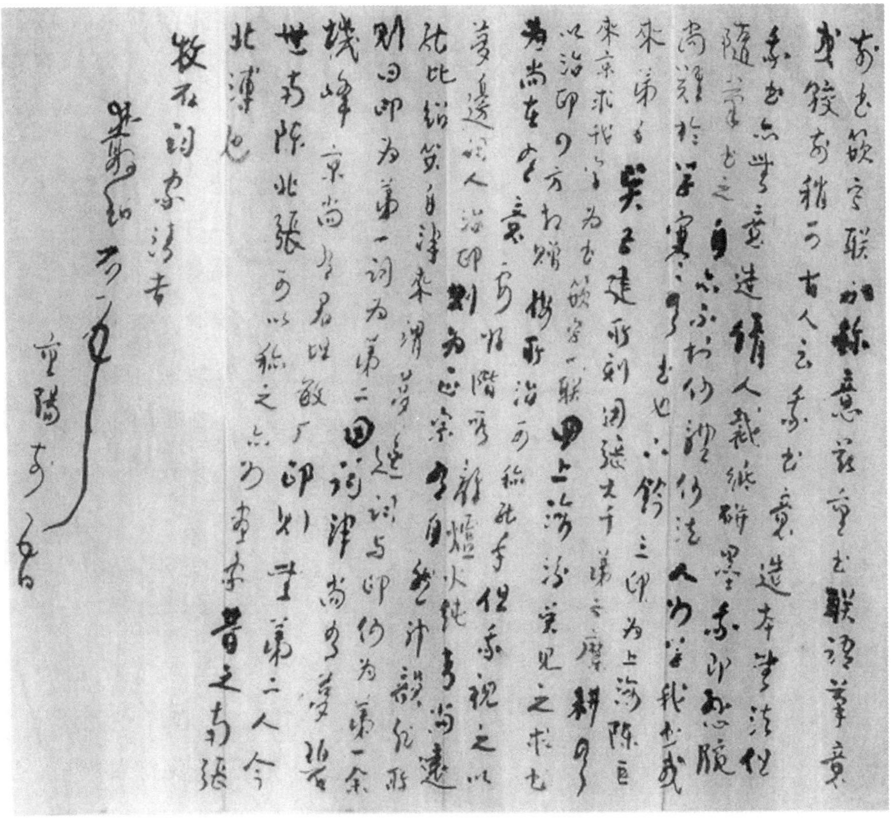

张伯驹致张牧石信札

1970年，张伯驹先生与夫人潘素由吉林离职回京，先到天津，住在牧石先生家数十日，因当时条件所限，伯驹先生和夫人潘素，与牧石先生夫妇只在一间房内中间拉上一布帘。但伯驹先生仍很有兴致地与牧石先生及津门词友欢聚、作词、打诗钟。此后几乎每年他都来天津，住在牧石家，少则一个星期，多则十天半个月。我也常去张牧石先生家，故而与张伯驹先生相识，亲眼得见，亦深知此情。

据说有一年正值春暖花开时节，张伯驹先生从北京来天津，下了火车，坐上公交，到站下车后，一摸衣袋，钱包丢了。他悻悻来到张牧石家。虽然没钱了，但住在张牧石家里一切照旧，张牧石先生那时家境并不太宽裕，夫妇强撑门面努力保持张伯驹的一切吃喝习惯，而张伯驹好似一切都很自然地接受，一句客气话也不讲，每天都是尽兴地和朋友欢聚。过了几天，张伯驹回到北京后，却把所有在天津花销的钱给张牧石寄回来。令张牧石夫妇非常感慨。牧石先生常说：“丛碧是真正的赤子之心。”

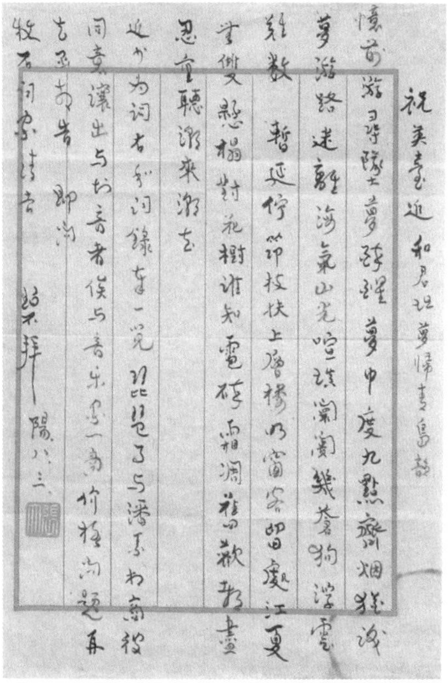

张伯驹致张牧石信札

1978年春，张伯驹又一次到天津，恰逢张牧石51岁生日，张伯驹即兴口占一阕《卜算子》，并书赠张牧石：“节到海棠天，有客迎三径。酒浅能教意更深，乐事添清兴。恰是半开时，向晚风初是。春色无边去又来，人与花同命。”又序文：“戊午暮春初八日，李氏园看海棠正半开，值牧石词家五十晋一寿，可谓花与人并胜。因赋此阕为祝即乞正拍。”亦可见张伯驹与张牧石的厚交之情。

牧石先生学养深厚，他不光精于诗词，对篆刻、书画、京剧等亦无所不通。其治印受业于寿石工，私淑黄牧甫，依托文字学家身份，更长于字法之设计，章法之经营，且肆力于三代吉金文字入印，所作挺拔中见秀雅。张伯驹先生甚爱牧石先生之才，在倚声上对牧石先生给予赞赏，而对其清隽纯雅的篆刻尤其喜爱。他在此信中将张牧石与陈巨来并称为篆刻界的“南陈北张”，晚年常用印章也多出自张牧石之手。而张牧石则谦逊地认为这是伯驹先生对自己的偏爱。他说：“文革”中张伯驹先生家藏余物多毁于一旦，陈巨来为先生所刻数方印章皆失。后来张伯驹先生命我依散留的拓痕，仿刻了数方印。日后他书画上常用的“平复堂印”“好好先生”的印已非陈巨来原印，均为我仿刻。先生对我偏爱，为我延誉，说治印大家有“南陈北张”，我实在愧不敢当。很多人问我这件事，我多次解释说这是张伯驹先生对我的偏爱，我是不同意的。

信里所说“绍箕”，为来自天津的杨绍箕。他的祖父杨增新民国初年曾统治新疆达十七年之久,曾与张伯驹过继父亲张镇芳于1913年5月底,在北京宣布成立“进步党”的大会上,一起选为名誉理事。杨、张交好,也奠定了杨绍箕跟从张伯驹学习诗词的人文与社会基础。当年张伯驹曾给杨绍箕写过一副嵌名联:“绍兴剩水残山留赵家半壁,箕子三韩万姓存殷氏一支。”后来听说叶嘉莹先生帮助杨绍箕去了香港。

张伯驹:“拟乞大笔赐题”

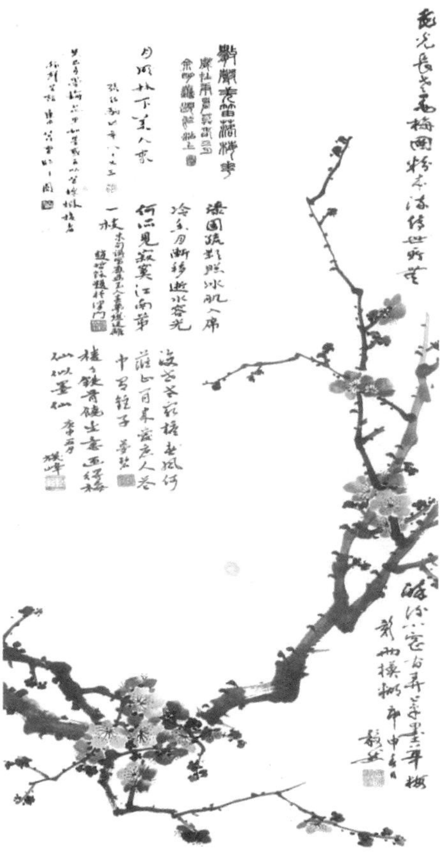

姜毅然先生为作者作墨梅,张伯驹、张牧石、寇梦碧等题诗作跋

“所交前辈多遗老,而自身无酸腐暮气;友人殊多阔公子,而不染某些人的纨绔脂粉气;来往不乏名优伶,而无某些人的浮薄梨园习气;四周多古书古画,他仍是个现代人。”

1985 年,艺术大师刘海粟饱含笔墨写下了洋洋万言的怀念张伯驹先生的文章《诗卷留天地,博闻览古今》。这是文章结尾的几句话。

刘海粟与张伯驹互为知音。他们之间的友谊始于 20 世纪 20 年代初。当时在北京大学校长蔡元培那里,两人不期而遇。张伯驹此时尚在盐业银行做事,但他对戏曲、诗词、文物早已发生了兴趣,彼此谈论起来,极为投缘。30 年代以后,两人开始有了频繁的交往。70 年代后期的夏日,海粟老人在大连避暑,伯驹老人也小住那里。巧得很,两人结邻而居,他乡遇故知甚为喜悦。两位老人也像孩童一样,来到蔚蓝色的海边,倾听涛声，无话不谈。分手后，两人仍有书写往还。

这是 1978 年秋张伯驹先生写给刘海粟先生的信。信中说："海老吾兄：顷自青岛归京，兄尚未回。兹有天津画家姜毅然兄白描花卉画稿，拟乞大笔赐题，特作介绍，希允赐书为盼。即请双安。弟张伯驹拜，戊午中秋。"钤"伯驹"印。信的抬头"海老"即刘海粟。

作者与姜毅然先生（右）

姜毅然是现代天津画家，名世刚，室名十二石山堂。天津人。生于 1901 年，卒于 1986 年。伯父姜秉善是清代翰林，父亲姜择善为举人。承家学，八岁时学画，受张兆祥影响，得罗朝汉、严台孙指教，并曾在北平艺专进修。1932 年在天津举办毅然画会，传授国画技艺。中华人民共和国成立后历任天津人民美术出版社和杨柳青画社编辑。

姜先生善画花卉，亦画山水。先生在世时就给我画过山水，极见功力。他曾对我说："上海画家吴石仙善画雨景山水，我画雨景是先在宣纸上喷水，然后画景物。"先生画给我的雨景，墨色淋漓，极具大雨滂沱的效果。但先生最为叫座的还是他的工笔重彩花卉和他的白描花卉。他的工笔重彩花鸟画，吸取了宋元以来花鸟画的组织形式和表现技法，在勾勒和点染上有很深的功力。同时，他又十分注重写实，曾经以极大的精力从事花鸟的写生，并从植物学的角度，精心研究各种植物的形态和生长特点。其工笔重彩的另一个特点是，在继承前人画法、画风的基础上，吸取写意画洒脱和富于变化的特点，大胆运用工写结合、粗细混合的表现手法，为工笔重彩画创出了新路。

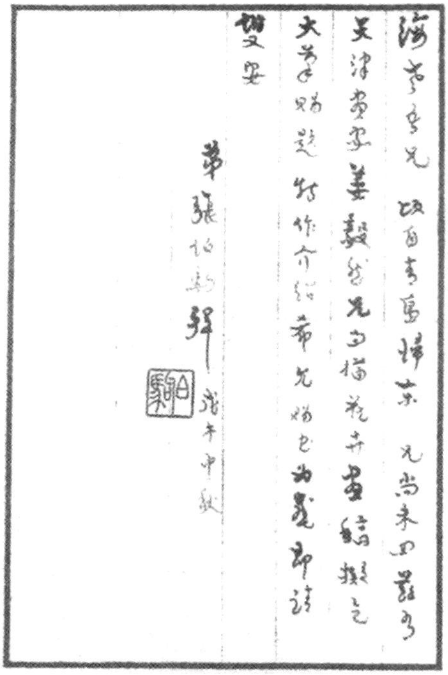

张伯驹写给刘海粟的信

姜毅然工于书法、诗词，词宗南宋姜白石，张伯驹、周汝昌、寇梦碧、张牧石等皆为先生之书画文友，相互唱和，诗词往还，常在他的绘画作品上题诗作跋，对先生颇多好评。1980 年的一天，姜先生对我说：“古时花光长老画墨梅，用墨表现光影和清韵，我用此法给你画一幅墨梅图吧。”先生的这幅画果然清丽淡雅，非俗手可为。先生在画的右方自题七绝一首曰：“花光长老墨梅图，粉本流传世所无。醉后小窗闲弄笔，墨华梅影两模糊。庚申春日，毅然。”张伯驹、寇梦碧、张牧石、陈机峰、赵哲余、余明善诸先生见后，均在画上题诗作跋。张伯驹先生题曰：“月明林下美人来。张伯驹八十又三。”

姜毅然白描花卉集

《姜毅然白描花卉集》收入了姜先生在 20 世纪 60 年代赴大江南北、长城内外，在写生的基础上精心创作的 148 幅白描花卉画。他的这些白描花卉表现技法尤为高超。他根据白描是用线条表现物体形态这一基本特点，着意于用笔。方笔与圆笔并用，中锋与侧锋并用，线条的长短、曲直、粗细、疏密、转折、顿挫，依照描写对象及其不同部位的特征而变化，点画孕育着情感。张伯驹先生极为欣赏，调寄《人月圆》，有“万紫千红春何处？一瞬镜中看”句，以表赞叹。同时又给海老写下这封信，请他为此集作题。时年八十四岁的刘海粟先生接信后，即赋诗赞曰：“瑶台月下逢，一霎过番风。何用著颜色，本来即是空。”（《己未春题毅然画师白描花卉》）

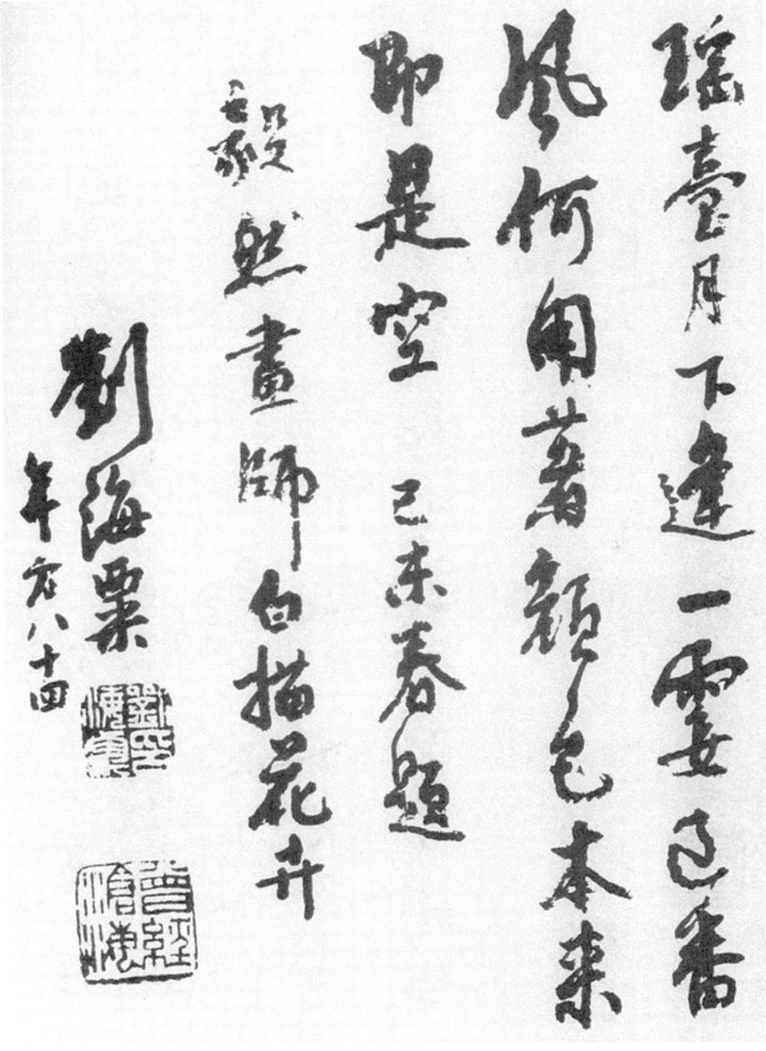

刘海粟为《姜毅然白描花卉集》题词

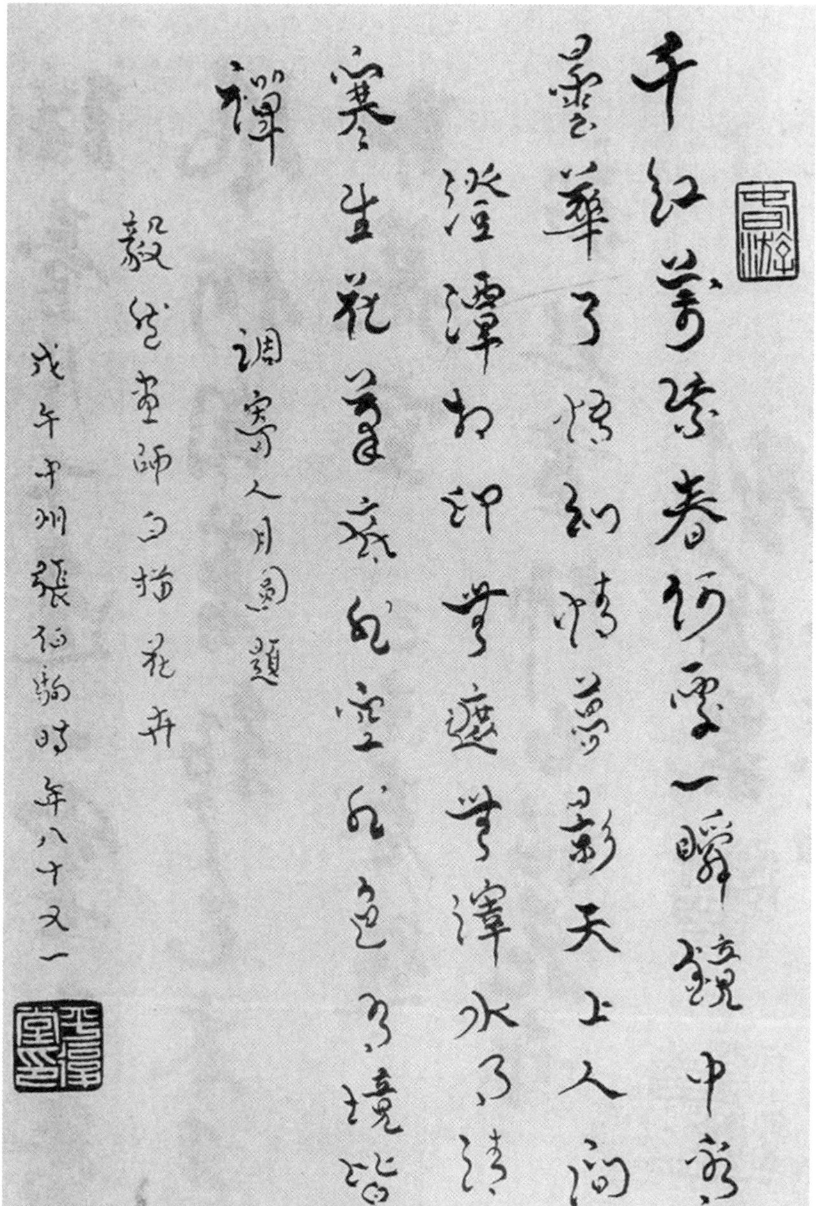

张伯驹题词

然而,《姜毅然白描花卉集》在出版过程中却遇到了挫折。1972 年初版时,艺术界的帮派人物硬把白描画同双钩填彩混为一谈,把这部画集当成一本“参考资料”,削去了图章和题款,破坏了画面的完整和格调的统一,降低了它的艺术价值,并且将刘海粟、张伯驹、周汝昌诸先生的题词和诗序一概删去。其实白描本是中国的一个独立画种,它是用墨线勾描物象,或略加渲染,通过笔墨而不是颜色来表现物象的质的软硬、立体感和神态特征,具有高度的概括力。姜先生的白描花卉尤能抓住物象的基本面貌,着意表现其内在之美,使物象平中有奇,各具特色,富有真情实感,而不是照物画物,以形写形。

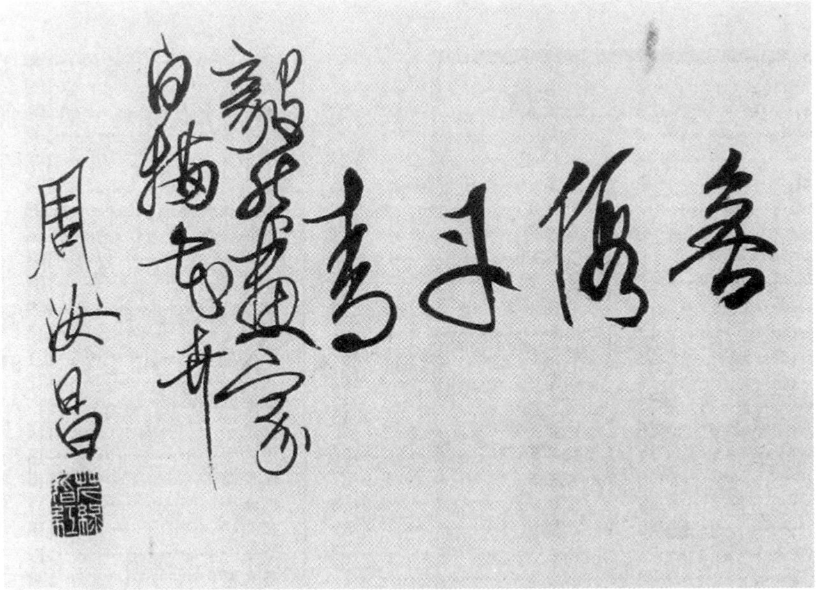

周汝昌题词

改革开放后,文艺得到复苏,1984 年《姜毅然白描花卉集》重新出版。这次出版,恢复了作品的本来面目,收入了刘、张、周诸先生的题词,年逾八旬的姜毅然感到格外欣慰。遗憾的是,张伯驹先生已在两年前乘鹤而去。

张伯驹:“海棠时节仍可去津”

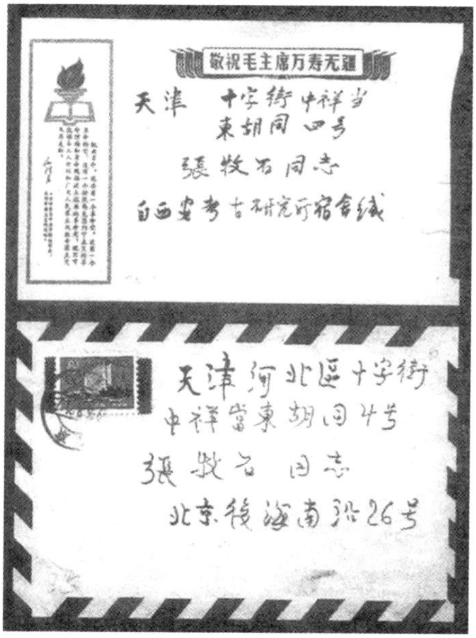

张伯驹写给张牧石的部分信件

吾师张牧石先生是张伯驹先生的故友,两人不断有书信往还。这是张伯驹写给张牧石书信中之一件。信的全文是:“牧石词家:接香港来信,香港大学约去讲学及书画展览,在九月间;海棠时节仍可去津;《戏剧家辞典》须写出生年月,如不记忆,可写现年多少岁,但丁至云小传至今并未收到,希更寄。即颂春祺。碧拜。二、二十三日。”钤“伯驹”朱文印。

此信虽短,却透露出三个信息:

其一,香港约张伯驹先生讲学办展览。1981年初,香港书画界发出邀请,希望张伯驹夫妇赴港举办书画联展。张伯驹是把这次出行当成政治任务来完成的,还准备了发言的草稿,强调地指出,正是因为旧政权的腐败,才构成他转而倾向共产党的思想基础。可惜,他的这份发言草稿未能派上用场,因为身体及其他原因,香港之行终成虚话,与张大千会面也失去了机会。牧石先生对我说:香港的一些人对张伯驹先生十分仰慕,那时彩电特别稀少,一次香港朋友给他送来彩电。张老表情淡漠，并无惊喜之色，亦可看出先生的淡泊。

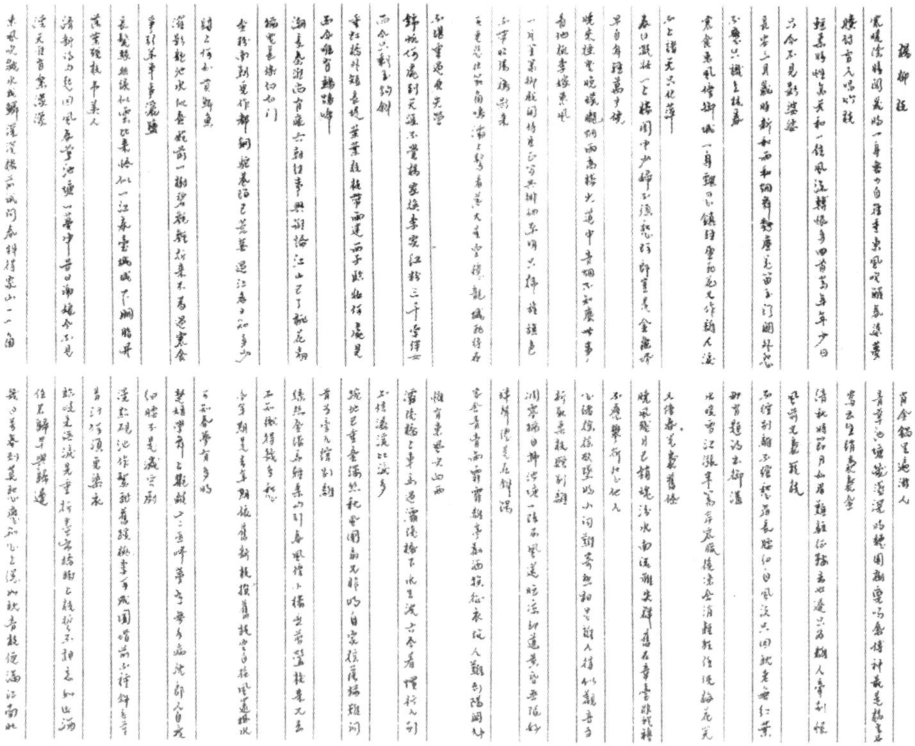

张伯驹写给张牧石的部分信件

其二，讲到来津看海棠之事。先生来津多在春季。当海棠花怒放时，津门诗人词家张牧石、寇梦碧、陈机峰诸先生陪同张老一道到人民公园、宁园的园林踏春填词、唱和吟咏，数年间张伯驹在天津留下许多典雅含蓄、脍炙人口的诗词佳作。张伯驹一生写《小秦王》词百余首，其中多首都是与张牧石同游天津海棠林下所得。张伯驹曾与张牧石谈及《小秦王》还留有一桩趣事。张伯驹说自己写了《小秦王》近百首之多，觉得流畅有词味就行，不必拘守平仄与《渭城曲》一样。看《小秦王》一调，按七绝写就行。牧石先生对张老的说法不以为然，说《小秦王》是由诗变来，是词的小令，它既是词，以《渭城曲》的平仄为准，一字不可易。二人争论不休，各持己见，甚至面红耳赤。问旁人觉得他俩谁对，旁人只得回都有道理，不是很懂。二人听后却大笑起来，重又如常相论。

其三，张老作为戏剧大家、京剧名票，深受戏剧家推崇。每次来津，津门戏剧界人士都请张老说戏，并当场录音。厉慧良、丁至云、程正泰、王则昭（早年曾拜先生为老师）、董文华等多来会见，且多求先生作嵌名字联书写，或求画。据牧石先生讲：天津文化局戏研室的吴同宾约请先生为天津演员举行一次讲座，先生欣然应允。那天参加的演员甚夥。先生除了讲了许多京剧各方面的内容外，使人记忆犹新的是先生说了一句话，博得全场热烈鼓掌。先生说：现在京剧不景气，许多青年不懂，可是我们演员不能因为观众不懂而去迁就他们。应该提高他们，让他们懂。这句话对振兴京剧有很重要的意义，京剧界的朋友时常念及先生的这句话。

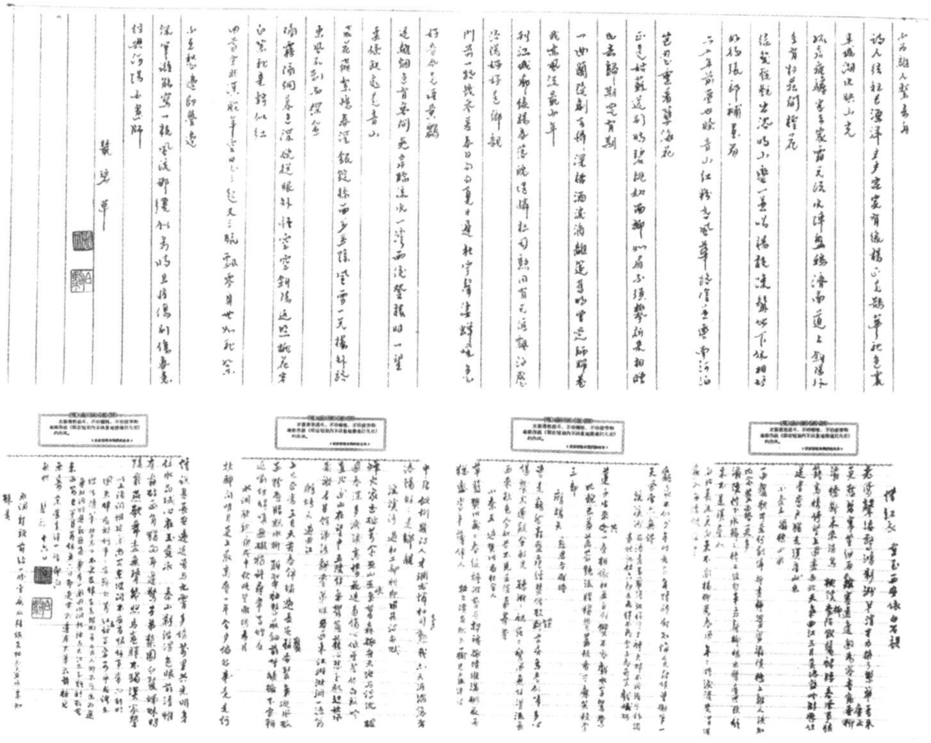

张伯驹写给张牧石的部分信件

今年是张伯驹先生诞辰 120 周年。周汝昌先生说过：“从数十年深交之所知，先生之兴趣与造诣集中在三个方面：一是词曲创作；二是书画收藏；三是京剧之爱好与实践。而这三者表明的是什么呢？就是中华民族传统文化的最为独具特色的三大表现。因此，如果让我给张伯驹先生做一个个人的文化评量和定位，那么我要说，他实际上是一位中华文化的非比寻常的弘扬与捍卫者。”

张伯驹先生的这封信或可作为周先生这句话的一个小小的诠释。

黄君璧:“未晤多时,渴念之至”

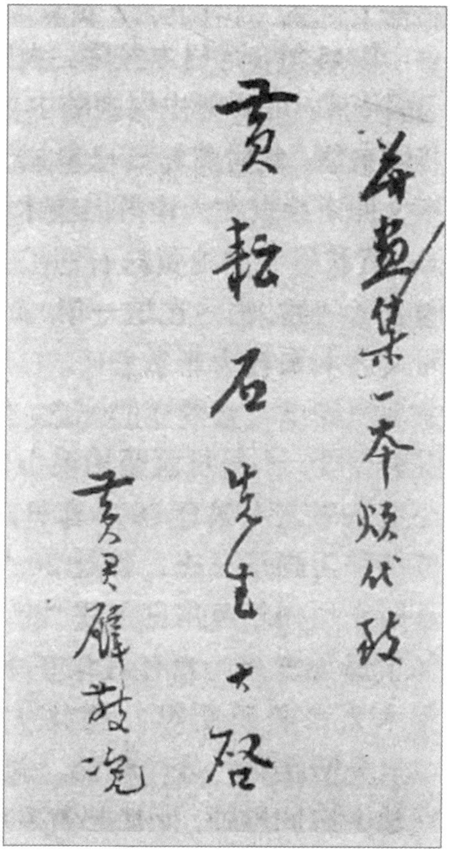

黄君璧致黄耘石信的信封

1988年农历春节前,津门老画家黄耘石收到来自台湾的一封信,写信人是年逾九旬的中国现代艺术大师黄君璧。黄耘石是黄君璧的嫡传弟子。这封信记录了半个世纪来感人肺腑的师生情义。

信中说:“耘石老弟,未晤多时,渴念之至。前托人交来折扇并函早经收到,本拟早为函复,只因心脏病复发,迟迟未复耳。今又由张伯兰先生带印泥一盒并函,欣慰无既。我自来台后,每年均有到国外一行,顺道展览,宣扬国粹,或因过劳累,得染心脏病,最近两年,仍能搦笔作画,去年以百幅在台义卖,得款五百万元,全数捐出,救济孤儿贫苦老人。今年又画70张,在香港交华东三医院全部义卖,得款三百余万,并全部捐出,以权济病人之用。吾弟近来工作如何,倘能约定在香港一晤,则偿心愿矣。九十二老人君璧手泐,戊辰除夕前二日。”并附言曰:“今托张先生带上我在九十岁时同学等印出《纪念集》作为纪念,得收后希为书告知,并将弟之地址附来至盼。”

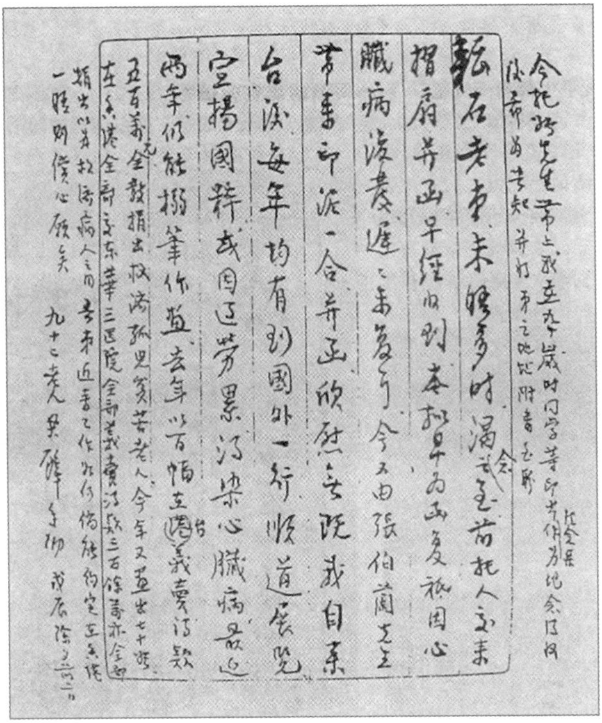

今托张先生带上我在九十岁时同学等印出纪念集作为纪念，得收后希为书告知，并将弟之地址附来至盼。

耘石老弟：未能多时通函。前托人交来
指甫并函早经收到，本拟早为函复，祇因心
脏病后衰迟迟未写。今又由张伯简先生
带来印泥一合并函，欣慰无既。我自来
台湾每年均有到国外一行，顺道展览，
宣扬国粹，或因过劳，累及染心脏病。最近
两年仍能握笔作画。去年以百幅在台义卖得款
五百万元，全数捐出救济孤儿贫苦老人。今年又画出七十余
幅，全部[illegible]义卖得款三百余万，亦全部
捐出以为救济病人之用。[illegible]
[illegible]
九十二老人君璧手[illegible]

黄君璧致黄耘石信

黄君璧与黄耘石相识于20世纪30年代那风雨飘摇的年代。黄耘石,1916年生于北京,自幼随其叔祖黄克斋学画。上学后,又受业于书画大家于非闇,在绘画上奠定了扎实的基础。抗日战争爆发后,黄耘石随着逃难的人群辗转数千里来到了重庆,进入中央大学艺术系从师黄君璧先生学习国画。当时黄君璧任中央大学艺术系教授并兼任国立艺专教授、国画组主任。黄耘石这个白天在学校就读、晚上在气象局打工的穷学生,跟随黄先生学画数年,先生“以真诚待人,以真爱来表现生命”(黄君璧语),对他情同父子,和颜爱语,循循善诱,还常常帮助他解决生活和学习上的困难。黄耘石亦常侍老师左右,得到黄师的口传心授。他的同学有宗其香、岑学恭、谭勇、苏茂邦等,也都是勤学奋进,各有所成。

1944 年黄君璧师生在昆明留影，前排中为黄君璧，前排左为黄耘石

记得第一次和黄君璧先生见面时，先生看了黄耘石的画后，当场给他画了两幅山水画让他临摹。黄君璧先生教授国画，先是教学生从宋元至明清各家皴法，待有一定功力后，即面对真山实水进行写生，学到相当程度则鼓励学生自创新路。为此，先生曾耗费了极大精力，为黄耘石和每个学生都编绘一套山水技法的画册，介绍历代不同流派的不同技法，反复为他和同学们修改画稿，指出习作中的不足。战时中央大学校址建在重庆郊区沙坪坝嘉陵江畔。黄君璧先生经常带着他和同学们到嘉陵江边写生。为了迅速提高学生的写生能力，深入理解技法与景物的关系，先生画了近百幅嘉陵风景册页，每八页装订一册，供学生临摹。在紧张的学画之余，黄耘石常在饭后陪先生散步，听先生讲述他的故乡广州的景色和过去游览名山大川的见闻。身为人师，黄君璧对年轻的黄耘石在艺术上更是百般提携与呵护。在重庆举办第四届全国美展时，黄君璧先生特意从他的绘画中挑选了一张精工清丽的小青绿条幅《白云青山图》，与中大同学作品一起送去参加展览，受到参观者的啧啧称赞，自此黄耘石的名字方为世人所重。

1943 年，黄耘石应同学之邀去昆明画画，并在民众艺术教育部门教授国画。

在昆明期间，他参加了云南省第一届全省美展的筹备工作，同时举办中央大学旅昆校友十人美展，展出了自己的作品。转年暑假，恰逢黄君璧先生到昆明开办画展和旅游写生，黄耘石又得以与先生朝夕相处达四个来月，受到老师更多更深的启发与教诲，也愈加增强了他献身美术事业的抱负。师生在昆明合影留念，那张珍贵的合影照片，黄耘石一直精心保存。当时黄耘石经济条件不好，先生来昆明时他只是凑钱办了一桌饭菜为先生接风，但先生却经常带他出去吃饭，全部由先生付钱。那年年底，黄耘石拟与黄君璧先生一同回重庆，但手头拮据，先生又是想方设法为他卖了一幅画，才得以交付了机票钱。到了重庆，在先生的帮助下，他又投入紧张的绘画创作。

黄君璧绘《叠嶂层峦》

1945 年 8 月日本投降，大家都忙着返乡。1946 年黄耘石来到了天津，在天津定居下来。1948 年的夏天，黄君璧先生给黄耘石写了一封信，托商衍鎏先生（清末探花）带到天津，向他表示问候。也是在这一年，黄君璧与友人去台湾举办书画联展，后又受聘台湾师大艺术系教授兼系主任，自此音书断绝垂四十余载。先生去台后的绘画和题诗中常流露出对嘉陵江的怀念，如“却忆嘉陵江上住，平村绿树一溪分”“依稀记得曾行处，不是童溪是柏溪”。他一生从事艺术教育七十多寒暑，退休后仍继续在台湾师大研究所开课，被台湾艺术界尊为画坛宗师，与张大千、溥心畬共誉为画坛三杰。

光阴荏苒，岁月如流，转眼进入 20 世纪 80 年代。年逾古稀的黄耘石愈加想

黄耘石绘《松云飞瀑》

念分别数十载的恩师。回忆起黄君璧先生在重庆和昆明时常讲述其家乡广州越秀山景色,他抑制不住内心的激情,挥毫创作了一幅描写先生故乡的《越秀山中秋月色图》,并题字:“昔年月夜话羊城,难忘金针度与情。坐帐何当归越秀,古稀弟子拜先生。”他希望先生能重返故里,以便再聆听先生教诲。后来他又托赴台探亲、时任天津市河北区政协副主席的张伯兰先生给黄君璧先生捎去一把折扇和一盒漳州印泥,扇子的一面画山水,背面写了两首小诗,以寄托对恩师的怀念之情。而远在台湾的黄君璧先生亦是念念不忘当年他的这位得意门生。老先生睹物思人,当即托张伯兰先生带去他的《九十华诞纪念集》和他写给黄耘石的这封亲笔信。

黄君璧先生企盼师生二人约定好能在香港相见,但天不永年,没想到二人还没来得及见面,黄君璧先生就于 1991 年因病辞世,终未偿其生前的这一夙愿。先生的这封信和他托人带来的《九十华诞纪念集》,竟成了他们师生的永恒纪念。

钱萃恒:“请大众批评研究”

“敬启者,鄙人多年以来撰有《碑帖汇考》与《历代名人别号汇编》二书。《汇考》系说明拓片先后及原刻与翻刻之区别,分《碑部》与《帖部》,末附《辨真伪》。《汇编》则三字以上别号分上下二编,《上编》自称别号,《下编》为人所尊称。每人皆附有小传。自知学识浅陋,谬误百出,从未敢取示与人,进来有友朋方面,每以兹百花齐放,无论洽合时宜与否,既经从事研究,即应公诸社会,请大众批评研究用,是不揣冒昧,函请贵书局加以指导,如有需要,即见示,以便寄奉,此致中华书局编辑部同志。”

《含晶道人自订年谱》

这是钱萃恒1962年11月26日写给中华书局编辑部的一封信。从此信中,我们读到了一位文化人治学的艰辛与审慎,同时也从这封信中勾出天津的这位学者、藏书家、鉴赏家一段令人痛心的往事。

钱萃恒,今人知之者寥寥。先生生于1875年,卒于1986年。原籍昌黎,长期寓居天津,自号退思斋主人。早年曾是国民政府立法院军事委员会何遂先生之属下。从其往来信件来看,他当居住在天津西北角文昌宫胡同。钱先生富收藏,精于考订,和著名金石文字学家商承祚先生是多年老友。生前收藏清人书札和诗笺甚伙。他藏书盈箧,且多为稀见本、珍本、稿本,其中不少古代典籍先生都作了题记。曾见清代余峰撰《清风草堂诗钞》,为清代抄本,此书有水西庄查礼的跋,钱先生亦作有跋语。他的藏书大都钤有"退思斋印""吴越王孙"等印。所藏《古印留真》一函四册,便钤有他的收藏印,前不久我竟在古籍版本拍卖会上见到了这套珍贵的印谱。

令人惋惜的是,钱先生珍藏的古代典籍、碑帖拓本等在十年动乱中遭到浩劫,绝大部分丢失,所余者已不及十分之一。天津社会科学院历史所研究员涂宗涛先生在其《苹楼藏书琐谈》(2013 年天津古籍出版社出版)一书中特别提到了钱先生。他说:"由于偶然机会,在钱萃恒先生处发现一部抄本《含品道人自订年谱》,系钱先生手抄,按传统抄书形式,四周边栏为细线,长 13.6 厘米,广 9.1 厘米,版心为白口,顶端标'含品道人自订年谱',中下标页码,下端标'退思斋抄本'。封里大书小篆'含品道人自订年谱',中下标'鹤鸣敬题',下钤'雀'阴文小印一方。正文半页八行,行十七至二十字不等。字作楷体。首页第一行标'含品道人自订年谱',下钤'吴越王孙'(阳文)、钱萃恒题识'退思斋印'(阴文)印各一方,紧挨着钤'天津市人民图书馆珍藏图书'阳文印一方。在我所藏复印本的正文前,贴有钱先生于 1985 年 11 月 1 日手书题识。按'退思斋'为钱先生室名,因此抄本曾于'文革'中被抄没而送入市人民图书馆,后落实政策又退还,故钤有该馆印记。经过考察,这部抄本《年谱》,从未公开梓行,不见于任何目录书著录,因此鲜为人知,但它对研究近代史的捻军、白莲教及山东人民起义等方面,都具有相当的史料价值,我特复印一份保留下来。"

从钱先生的信札和题记中可以看到,先生书法功底极为深厚,尤其是行书颇见"二王"气息,本人很喜爱先生的字,但一直未能得到他的书法作品。2016 年冬日的一天,我在鼓楼的一家古玩店里偶然见到一个刻有文字的竹臂搁,店主说:"这是一件老物件,文房器物,雕刻的人也是个名人。"我一看落款,竟然是钱萃恒,便毫不犹豫地将其买下。臂搁的文字乃钱先生亲自书写、亲自镌刻。其上曰:"懒与时人论富强,富强原不是良方。石崇金谷今何在,韩信琱弓昔已藏。产

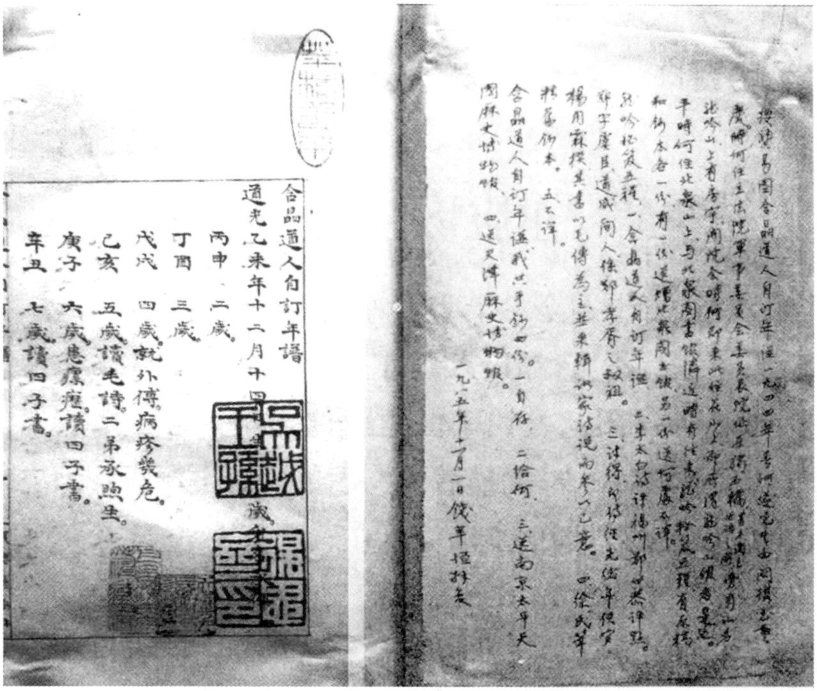
含晶道人自訂年譜
道光乙未年十二月十四
丙申　二歲。
丁酉　三歲
戊戌　四歲。就外傅。病疹幾危。
己亥　五歲。讀毛詩。二弟承煦生。
庚子　六歲。患瘰癧。讀四子書。
辛丑　七歲。讀四子書。

钱萃恒跋及《含晶道人自订年谱》首页

寘百年终换主，气横千里总沦亡。不如守分存天理，锡福儿孙更久长。辛巳冬月，退思斋主人昌黎钱萃恒刻。”“辛巳”是1941年。书法隽逸秀雅，书卷气浓郁。

至于钱萃恒写给中华书局编辑部的那封信，后来的情况是，那信寄出后，当年12月3日中华书局回信做了答复，信里提到，“大作《碑帖汇考》按其性质交文物出版社为宜”；有关名人别号的书“一二年尚不能纳入计划，您之大稿《历代名人别号汇编》，我们暂不拟接受出版，以后如有需要，当再和您联系”。其后，钱先生是否将《碑帖汇考》投给文物出版社，《历代名人别号汇考》是否出版，我便不得而知了，但是我想，如若是在改革开放以后，他的这两部书出版面世恐怕是不成问题的。钱先生当年面临的境况告诉人们：“写书难，出书更难。”值得告慰的是，《中国古籍珍本丛刊·天津图书馆卷》收入了他撰辑的《太平天国史鉴（二）》（稿本），当然这也是改革开放以后的事了，此时先生早已离世多年。

华非:“出版物手中也无一册”

作者与华非先生(右)合影

这是华非先生给我本人的一封信,写于20世纪90年代初。信中说:“用秀:找到唐石父之地址:小海地华山里19栋303。寄上早年《书谱》所刊拙文《弘一青年书艺》。现存其早岁在津所书联语,一为照片底片,一为本人双钩之本,还有些原印拓、印稿印件所刊之原件,虽在家中,找出也非易事,见收请回电话,以免邮途丢失。华非,十一月十日。”另一页又言:“前次面谈,言及《瓦当》原稿,全已丢失,出版物手中也无一册,老兄如藏有此书,读过之后在适当时间赠与本人,作为我文化里程的标准之一吧。无奈。华非再字。”

华非先生与笔者早有翰墨之缘,有数十年交往,彼此心心相印,颇有共同语言。先生在这封信里总共提到三件事。第一件事是告诉我唐石父先生新的通讯地址。唐先生是国家文物鉴定委员会委员、古钱币鉴定家。笔者与唐先生数年未见,不知唐先生迁居后新的住址,于是询问于华先生。华先生在信中作了答复。第二件事是交流研究考证弘一法师的心得，并随信寄来他在香港《书谱》杂志上刊登的文章《弘一法师书艺拾零》，以及现存法师早年在津所书之联语复印件等。第三件事虽为附言，后署“华非再字”，然却并非不重要，这中间记录了一件使华非烦恼而又无奈的事。

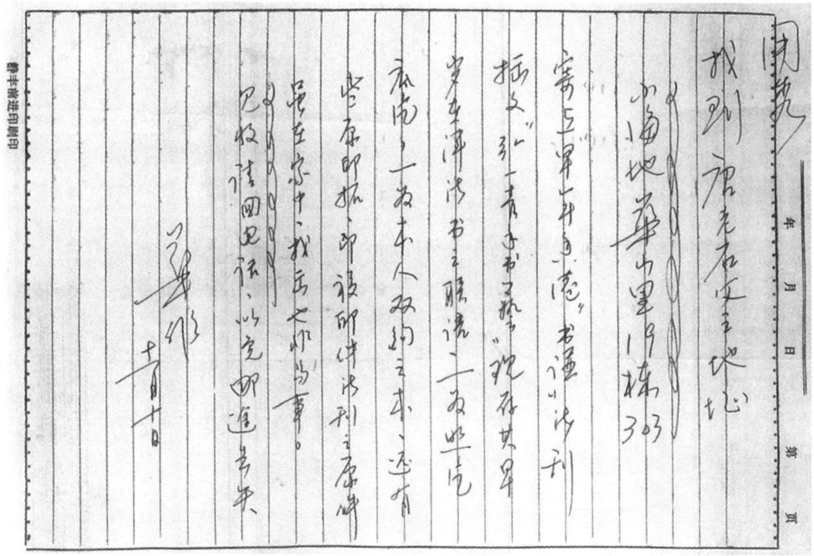
找到唐老右安之地址
小海地华山里19栋303
华非
十月十日

华非致作者信

话得从30年前说起。那天我与华非先生聊起古砖瓦收藏和鉴定的问题。华先生对我说：“我本姓李，我的祖父李荷笙是近代著名画家张和庵的学生。我从母姓，我的外祖父是华世龄，他与书法家华世奎是亲兄弟。我收藏和研究瓦当及秦汉古砖是以篆刻艺术的需要为出发点的。”经过多年的搜求，在华先生手中，有关古代砖瓦的资料日渐丰厚。后来，他把自己的研究心得和体会作了归纳，撰写成《中国古代瓦当》和《中国古代砖刻》两部专著。《中国古代瓦当》一书于1983年由人民美术出版社出版。严格地讲，这部书应是中华人民共和国成立后除图录之外的第一部系统阐述瓦当历史和形制演变的学术专著。随之又先后出版了三四部其他学者撰写的这方面的专著。由于资料全面，该书打破了近代以来所谓“秦砖汉瓦”的局限，收入的瓦当上至战国下至东汉，进而拓展了瓦当的研究范围。《中国古代砖刻》一书本来与《中国古代瓦当》是姊妹篇，而且资料更为丰富，但限于出版界面临的困难，未能出版。然而，令华先生终生遗憾的并不是这件事，而是另一件事。

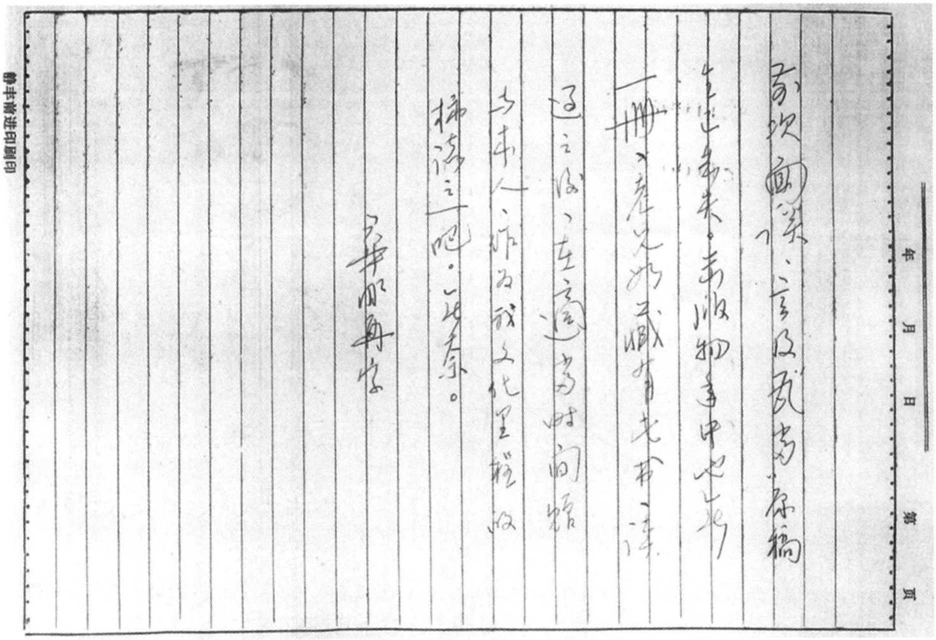

华非致作者信

华非先生毫不隐讳地对我说："有一件事最令人惋惜，那就是 1983 年人民美术出版社出版了我的《中国古代瓦当》一书之后，将我的有关瓦当的资料连同文稿全部丢失了。当初我向出版社提供了 1600 块瓦当拓片，因限于篇幅，书中精选了 420 多种，无论是入选的，还是余下的拓片，对于研究者和收藏者来说都是非常宝贵的。有的拓片因原物还在，尚可再拓，有的原物已不复存在，这个损失便无法弥补了。例如王襄在世时给我的赠品，里面宫殿、兵营、客栈、城门楼的瓦当拓片应有尽有，都是老先生当年从河南带来的，原物早已不知在何处，更无从寻觅了！整整一包袱瓦当资料至今不知下落，半辈子的心血付之东流，真使我抱恨终生。现在，除古砖外，我手里只有三块瓦当实物和少量的瓦当拓片。"

根据华非先生提供的情况，我曾写过一篇《砖头瓦块中的璀璨光华——华非谈古砖及瓦当鉴定》，收入《鉴定家谈古玩鉴定》一书中。事后，我告诉华先生“我手头恰恰保存有一本您写的《中国古代瓦当》一书，是我多年前在书店里买的，现在书店里早已见不到了。”华非闻听，感到很兴奋，于是才在此信中提起：“前次面谈，言及《瓦当》原稿，全已丢失，出版物手中也无一册，老兄如藏有此书，读过之后，在适当时间赠与本人，作为我文化里程的标志之一吧。无奈。”接到华先生的来信，我当即将《中国古代瓦当》一书寄给华非先生。他是该书作者，手头竟无一册，而且书中拓片几乎遗失殆尽，有了这本书也算聊以自慰，心想先生收到这本书一定会很高兴的，我自己也感到十分欣慰。

华非，字野予，法号妙华居士，生于 1933 年，天津人。中国书协会员，中国民间文艺协会会员，天津文史研究馆馆员。书画、陶艺、篆刻兼擅的著名艺术家。有《中国古代瓦当》《泥模艺术》《邓散木印谱》《宁斧成印谱》《迂叟魏书千字文》等书出版。

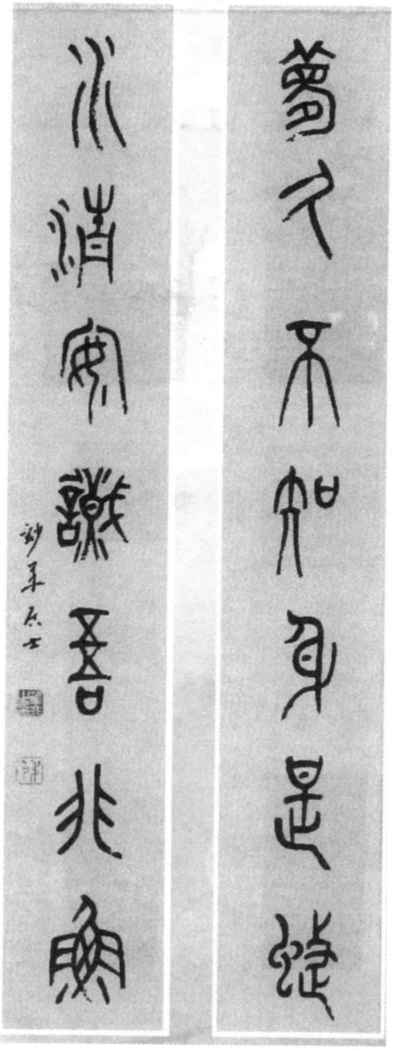

华非先生书七言篆联

下编 见字谈往

龚望:“定轩世兄如握”

“作家!”

1960 年的一天下午,我的伯父章邦宪先生带着我来到西沽桥口街一个清雅的院落。过道对面是一块一米高的山石,往右拐,东屋门内,一位面目白净、文质彬彬的先生循声迎了出来,他便是五十年前的龚望。

龚望先生

“这是我的侄子章用秀,喜欢读书写字,收他做学生吧!”

我的伯父章邦宪是龚望先生的挚友。早年他们一起就学于崇化学会,同为章式之先生门人,后又一同就学于天津国学社,两人情投意合,感情甚笃。20 世纪 40 年代,他们又都执教于崇化学会国学讲习科,共事多年。崇化学会的老前辈李炳德先生在世时曾给我复印了一份《崇化学会国学讲习科功课表》,从表里便可看到,在 1942 年至 1948 年这段时间,龚望(字作家)讲《孟子》、书法,章邦宪(字浙杼)讲《汉书》。担任讲师的还有王襄、王斗瞻、郑菊如、陈嚣州、郭霭春等。后来伯父与龚先生、郭先生一直来往。在我十来岁时,伯父见我痴迷于读读写写,便让我拜龚先生为师,学习书法,读

《四书》。

龚望写给作者的信之信封

我从先生读书写字由此开始。

龚先生国学功底深厚，精于六经，长于艺文。据称先生曾在崇化学会讲《易》，远道而来者甚众，天津学界无不景仰。他的书法功力胜人，且自能创新，为当代书法大家。篆刻宗秦汉而又有自家手眼、自家面貌。当时先生曾给伯父刻过数方名章，他交中华书局的书稿及往来信函都是钤龚先生刻的印章。

先生教我学欧书和小篆，临习《九成宫醴泉铭》《峄山碑》，读《论语》，大约一个星期去一次。我家住在河北区兴业大街，到先生府上都是步行，好在年少，从不闲远，也不知累。每次去先生那里，都带着上次的作业，由先生指出问题和不足。先生在我临习的“大仿”上时有批语，何谓“钉头”，何谓“鼠尾”，何为“柴担”，一一点出，告知于我。至于《论语》，先生也是一字一句地教，我是大段大段地背。大约每次教一段，这次教，下次背，一段一段地教，一段一段地背，大都记了下来。时至今日，我仍能将《论语》之《学而》等篇背诵如流。说来也奇怪，记得当时先生并未过多地进行“翻译”和“讲解”，而我却自然而然地明白了里面的意思。

前面提到，龚望先生早年受业于长洲章式之。式之先生，名钰，是晚清朴学之宗俞曲园的门人。朴学尚以精审的考据与训诂，且注重文物的收集整理，龚先生很早就热衷于金石考订及文物集藏和审鉴。虽经济条件并不宽裕，却常常流

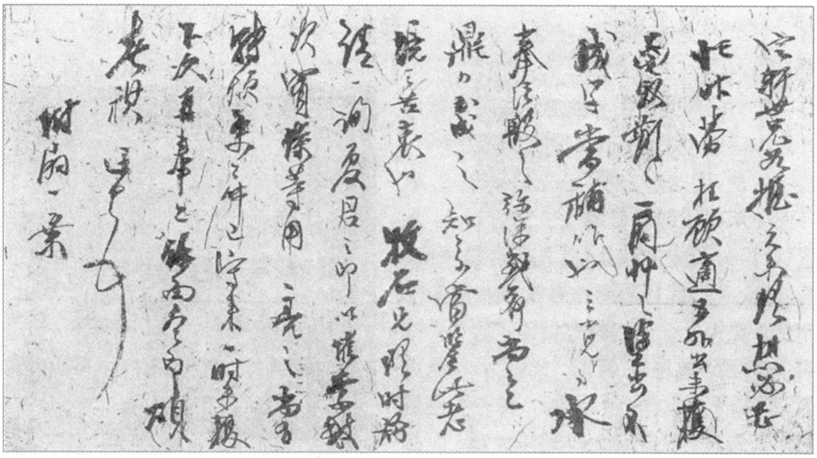

龚望致作者信

连于古玩店肆，凡是有砖、瓦、陶、石器精品，哪怕是节衣缩食也要设法买下；并以精严的治学态度考核其时代特征和文物制度。许多金石器物被他拓成拓片，加以考释题跋，或寥寥数语，点明年代，评估价值，或洋洋洒洒，阐述断其真伪的依据，记录其流传经过。受先生影响，我也痴迷于古物鉴赏与收藏，并就文物考订时时就教于先生，常将我省吃俭用购藏的碑帖、铜镜、陶瓷、石雕等请先生过目。潜移默化，耳濡目染，从先生那里我学到很多在别处学不到的知识。

20 世纪 70 年代，天津天宝路旧物市场和沈阳道古物市场都还没有建立。一次偶然的机会，我在南市建物大街的地摊上买到了两件铜造像。随后，我便带给龚先生。一件高 9 厘米，坐姿为盘腿打坐，手印为法界定印，底部为莲花座。先生说："这是观音菩萨的造像，从造型上看，是明代的。"另一件高 13 厘米，为站立式，手印为縛拳印。先生说："这是宋代鎏金的罗汉像。"先生提示我："佛教供奉的像很多，除了佛像，还有菩萨像、罗汉像、护法神等。"我曾为盘山天成寺鉴定过一件石造像，当时有人说是石佛像，我说这是本寺开山祖的像，可见，学习佛教造像的鉴定，也需要研究佛教造像的题材和佛教的基本知识。

龚先生是一个很讲情义的人。你送他一件东西，哪怕很小很不起眼儿，他也时时挂在心上，并且总是有所回报。当年我有一尊北朝石佛造像，墨拓一纸，送

龚望赠给作者的楹联

给龚先生，拓的水平极差，先生还是留下了。下次再去，先生赠我一件古陶罍的拓片，传拓极精，器物更是非同一般。此乃清末年间李叔同的老师唐静岩收藏的一件晋代陶罍，上刻器铭曰：“丙申秋月，在山居士珍藏于两不厌吾庐。”对先生之惠赠，我珍爱至极。特倩姜毅然先生在此陶器拓片上补以菊花、灵芝，进而构成一幅精雅的博古画，又倩李鹤年先生为此画题写诗堂。唐之器，龚之拓，姜之画，李之题，器、拓、画、题，各领风骚，集于一身，透出一股金石气息，高雅而又绝妙。

先生还赠给我一副清末津人华靖（文宰）书写的小篆七言联，上联是“大经尽为道而作”，下联是“群书以久绎乃明”，落款“文宰华靖书峄山碑字”，点画纵横有度，风骨遒劲，深得李斯玉箸篆之神韵。龚先生说：“华文宰与李叔同、王雨南同师于唐敬岩，善写篆隶，自成一家，这副对联很能体现他的书法气息。”先生还对我讲：“今人皆知天津有华（华世奎）、孟（孟广慧）、严（严修）、赵（赵元礼）四大书家，然我以为顾（顾叔度）、华（华文宰）、张（张体信）、陈（陈钟年）甚有独到之处。”顾叔度私淑何绍基，真草隶篆及魏碑无一不精，并工于篆刻。张体信的书法由欧、颜入而致力于汉魏，善以颜真卿笔法写隶书《石门颂》，长于以鸡颖长锋写楷字。康有为称其书法意境超绝，世所稀有，为江北巨擘。陈钟年乃近代教育家，于魏碑最为致力，一时无两。我深知先生的这番话绝不是对华、孟、严、赵的贬抑，而是让人们放开眼界，全方位多角度地审视天津的书画艺术。

我与先生多年接触，深感先生的笃实至诚。他宅心仁厚，与人为善，从不背后说他人的不是，治学上从无门户之见。言谈中，当我提到某某人，先生总是说“好啊！好啊！”对别人所求，先生尽心去办，尽力满足。有时我也毫不客气向龚望先生求字，先生从不拒绝。一次我对先生说：“您的汉碑碑额写得特别好，您能不能用碑额字给我写一副对联？”再到先生那里，对联早已写就。上联“自强所争者大”，下联“不昧以复其初”，款“定轩世兄方家正，大迂”。先生所书直如快马入阵，笔下有千钧之力，点画荡漾空际，柔中寓刚健，拙中见大巧，洵大家手笔。

龚望隶书四条屏

我这里有一封20世纪70年代末先生写给我的信。信中说：“定轩世兄如握，久未晤，想必甚忙，昨劳枉顾，适又外出，未获面叙，歉之。扇草已涂出不成字，当补作也。”接着又提到其三子工作一事，望我鼎力玉成。信里说：“知系当鉴，此老境之苦衷也。”信中又说：“牧石兄晤时，务请一询，夏君之印已催索数次，实系等用。”即是说，如有机会见到我的老师张牧石先生时，帮其催促一下，将夏君之印尽快刻就。还提到一件事是：我请先生转烦他人的书件有的已写好，有的“一时未获，下次再奉上”。从此信可以看出，在“文革”刚刚结束的年代，老一辈文人学者、书法家的地位尚未改善，时日艰辛，同时也看出老一代人对晚辈的尊重。“定轩”是本人的字，“世兄”反映了我与龚望先生的亲密关系。本人对于龚先生本是学生和晚辈，但先生却从不直称我的姓名，而以“定轩世兄”相称，而且信的字里行间对我这个后学晚辈却如此谦逊客气，这也体现了先生的高尚品德。

2017 年暮春时节的一天上午，绵绵细雨下个不停，我与艺术史委员会的同仁一起走进桥口街龚望先生当年的住所。庭院依然，只是树长高了，房屋破败了，房内还是以往的陈设，书架上旧书累累，似乎在诉说着主人那会通古今之博学和对祖国传统文化之坚守。抚今追昔，令我思绪万千，尤为感怀先生对国学的弘扬、对津沽文化的传承。龚望先生崇敬乡贤，以其独具的慧眼，开掘津门文化艺术底蕴。他将中华民族的优秀文化传授给下一代，使之生生不息；他将丰厚的先贤力作留给后代，展现给世人；他在艰难的环境中抢救整理流散于世间的津沽文献，自费刊印，奉献于社会。人们永远不会忘记他对天津文化事业所做的贡献。

吴玉如:“嵚崎”

我有吴玉如先生给我写的字,但无先生给我写的信,只保存一个吴老写的信封,是李鹤年先生送给我的。上写:“本市小站干部学校李鹤年同志,津西马场道照耀里十二号吴笺。”既写信封,尤为随意自如,反更显清丽浑朴,神态自然,显示出高超的书法技艺。鹤年先生知我喜爱吴老的字,故而将它留给我作为纪念。

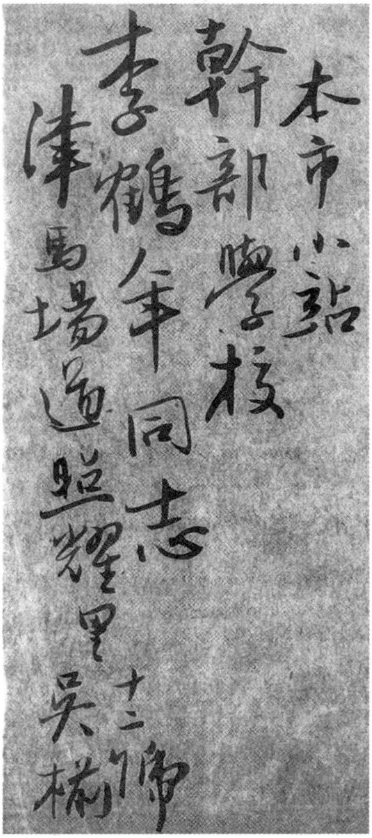

作者保存的吴玉如写的信封

吴玉如先生是20世纪中国书法界杰出人物。他由少及老,始终以“二王”为宗旨,赓续“二王”脉息且有所升华。其弟子韩嘉祥随师读书习字,对吴玉如的学识和书法艺术理解颇深,曾写七律一首概赞:“北碑南帖一薪传,魏晋风流几往还。天恐二王中绝断,又生迂叟到人间。”

我在未见到吴老之前,常听张牧石先生讲:吴老注重一个人书法技艺的提高,更注重一个人的学问修养和人品道德修养,他认为一个人的学问修养和人品道德是学好任何艺术的前提。吴老的书法为世所称,其实他在文学、文字学、声韵学、训诂学等方面都有很深的造诣。

1979年春天的一个下午，牧石先生带着我来到照耀里十二号一西式小院一楼的一所房内，终于见到了吴玉如先生。牧石先生介绍说：他叫章用秀，在河北区委工作。吴老很高兴，三人谈起了书法和绘画。吴老说：写字作画应是文人余事，这就有如农民，农民种田是第一位的，其次还要编些篓子、打打绳子之类。不读书，没有知识，单单写字画画，是不会取得成功的。吴老的话甚为直白，却蕴含着深刻的哲理，我对先生钦佩至极。自此以后，我多次前往吴老寓所，聆听先生教诲。

吴玉如先生

“从哪来？是从公事房来吗？”

“是的，我是从机关来，来看看您！”

我和先生又聊起了写字。先生这次教我如何写好自己的名字。先生说：“写好自己的名字很重要。”我说：“我总是写不好名字，签名觉得很难堪，怕人笑话。”先生拿起毛笔，写了几个样子，那“章用秀”三个字颇具“二王”风韵，又多少掺入一些章草的成分，端庄又不失绰约，雄健中蕴含着温雅，我打心里喜欢。我伏在先生的书桌上一遍一遍地对照临摹，先生当场指出哪一笔哪一画不够好，不妥之处还给描了描。回家后，我将带回的范字反复揣摩，一有空就练，至今我写名字还是吴老教我的那种笔意和间架。

一天我到先生家，先生给我写了一横幅，是为“嵚崎”两字，落款“迂叟书於津门”。这显然是对我的勉励。嵚崎，高峻貌。《初学记》有后汉王延寿《王孙赋》：“生深山之茂林，处崭岩之嵚崎。”“嵚崎”也比喻人之杰而不群。《世说新语・容止》：“周伯仁道桓茂伦，嵚崎历落可笑人。”《晋书・桓彝传》也有这样的话。《儒林外史》有言：“虽然如此说，元朝末年，也曾出了一个嵚崎磊落的人。这个人叫王冕，在诸暨县乡村里住。”吴先生向我赠言以“嵚崎”，是希望我为人处世要光明磊落，不要随波逐流，要胸襟博大，卓尔不群，有独立的人格、独到的见解。

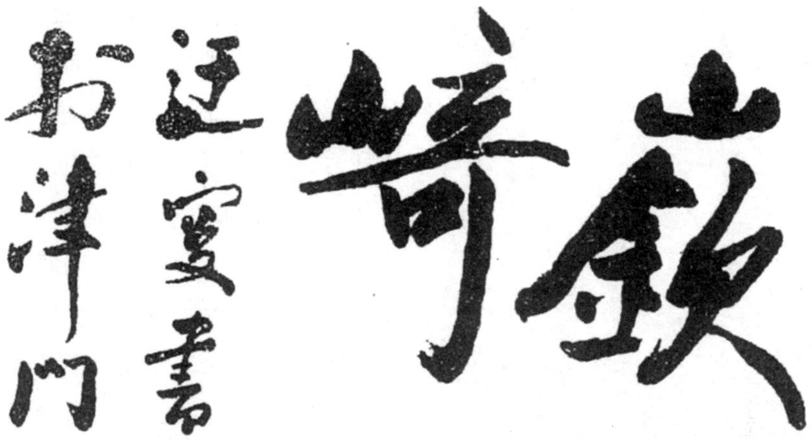

吴玉如写给作者的“嵚崎”

常言道：“是金子总会发光。”自 90 年代起，吴老的书法在艺术品市场成了“抢手货”。在一次拍卖会上，我竟“顶风而上”，购得吴老写的一件宽 30 厘米、长 32 厘米的行书斗方，所书为吴老于癸丑年（1963）自作的一首长诗，题为《哭邓散木》。吴老的这件作品尺幅不大，却隐含了一个“相知何必曾想见”的动人故事。

邓散木，原名铁，生于 1898 年，上海人，书法家、篆刻家。早年师从萧退庵学习书法，后从赵古泥学习篆刻。曾多次举办金石、书画展。其崛起于文坛后，社会上出现不少署名“铁”的书法、篆刻冒牌货，邓决定立号“粪翁”，以明于世。他住上海山海关路懋益里，将其居室命名为“厕简楼”。开个人书法篆刻展，竟将上厕所用的手纸制成请帖。邓先生直言豁达。牧石先生曾对我讲：1957 年张伯驹先生被打成“右派”，邓说了一句话，“张伯驹把那么多宝物都献给了国家，他这样爱国，怎么会是右派呢？”邓因此也被扣上“右派”的帽子。

吴与邓相识是在 50 年代，两人之间互有耳闻，相知有素，交谊甚笃，却分处京津两地，始终未曾谋面。他俩结交，其“介绍人”是吴的弟子哈佩（墨农）。1960 年邓因左足血管堵塞，为了保全身体与生命，不得不被截去。为吴、邓传递讯息、信件的，是经常往来于京津之间的哈佩和邓的弟子华非。1963 年，邓散木因病去

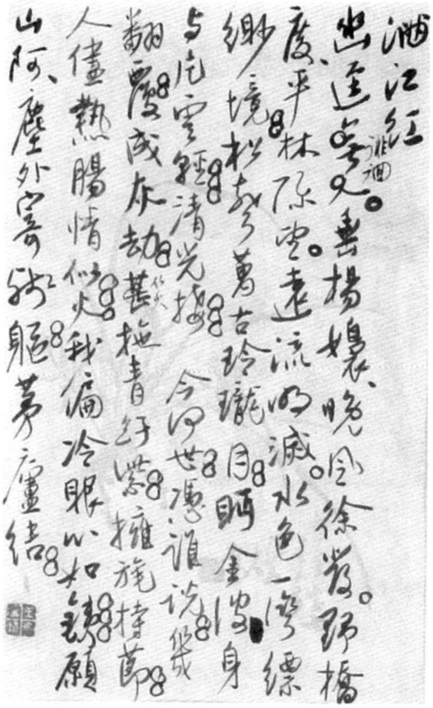

吴玉如词稿

世，噩耗传来，吴悲痛至极，挥笔写下《哭邓散木》一诗：

“老泪未轻弹，弹泪今为谁。言念散木翁，中肠为之摧。实无一面缘，何乃痛如思。人生念知己，悔一失难追。纽生为我言，病间曾语之。少瘥当见觅，栖酒倾衷辞。又闻哈生言，背面誉屡施。夫岂有所图，好我无乃痴。又闻属华生，学于吴无疑。心折非虚酬，竟阁走访为。京师旬日前，足迹犹逶迤。不谓人命浅，遽尔怛化悲。又闻病伏几，时复书不疲。乃知心所寄，遂成绝世奇。一旦目不视，空遗生者悲。生死两为绝，哀哉痛无涯。死倘予心知，此纪长相思。”

诗中所称“哈生”即是哈佩，“华生”即是华非，两人均为当代著名书画家，哈先生已于2005年过世。我将拍得的吴老写的那幅字拿给华非先生看。华先生说：《哭邓散木》吴老写过两幅，一幅是写给我的，一幅写给哈佩，写给哈佩的比写给我的要好，你这幅就是写给哈佩的那件，这幅字不但是吴老的书法真品，而且是吴老一生中最精的东西。

吴先生博学多才，诗词文赋无一不精。然于人情世故、待人接物、日常生活方面，则往往书生气十足。安瑾在《我所熟悉的吴玉如先生》里说：他为人笃诚，不奸，不滑，不险，不恶，既无害人之心，又无防人之意。故每为人所愚弄，自己竟浑然不觉。旁人提醒亦无效，下次照旧吃亏不误。因此，吴先生性情够得上一个“诚”字，又近乎一个“愚”字。这恰是对他的真实写照。

前些年，我怀着对吴老的敬重，专程来到马场道照耀里吴玉如先生当年的住处。斯人已去，院落已无，让我感叹不已。这里早已建成为一排排的居民楼。

寇梦碧:“此亦祛暑之一法”

2017 年 11 月 14 日,我参加了“纪念寇梦碧词宗一百周年诞辰纪念会”。之前,我找出了寇先生当年给我写的信(共计 12 封),以及《崇化学会诗词倡导者寇梦碧》《周汝昌与梦碧词社》等为寇先生和由他主持的诗词团体——梦碧词社所写的文章。掩卷思故,不禁潸然。

我是 20 世纪 70 年代末、80 年代初与寇先生认识的。我多年从张牧石先生学习篆刻和诗词,张先生常向我提起寇先生的诗词成就和梦碧词社的事,由此萌发了我要面见寇先生,为梦碧词社“立传”的念头。一天,我去张先生家,恰巧寇先生也在那里,张先生说,这位是章用秀,想了解梦碧词社的事。从此我就三天两头地往东门里二道街寇先生家。寇先生毫不保留地向我谈起他在 20 世纪 40 年代创办梦碧词社的过程、梦碧词社的创作倾向、人员构成等,对词社的成就和影响做了客观的评价。先生先前寄给我的几封信大都涉及这方面的情况。这年 4 月 8 日函:“前谈甚快。词社具有明显民族意识之作较少,盖借风雪花草以托意者隐秀为多。仆作《减兰 · 送春》词……此词抗日之情较为明显。”4 月 28 日函:“虽为介绍词社,引诗句为

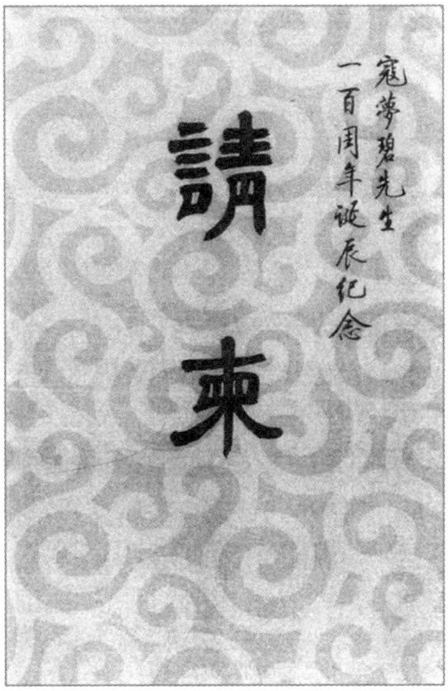

证亦可，因词为广义之诗也。”8 月 1 日函：“月余未晤，想必贤劳，念念。绍介词社一文，恐多扞格。社友身世沦微，所宗尚者，又与时背，足下虽大力揄扬，亦颇难移一时风会，此亦无可如何之事耳。然足下‘护法’之功，为不可没矣，感甚，感甚。”读了先生这封信，更增强了我要为“梦碧”立传的责任感和紧迫感。

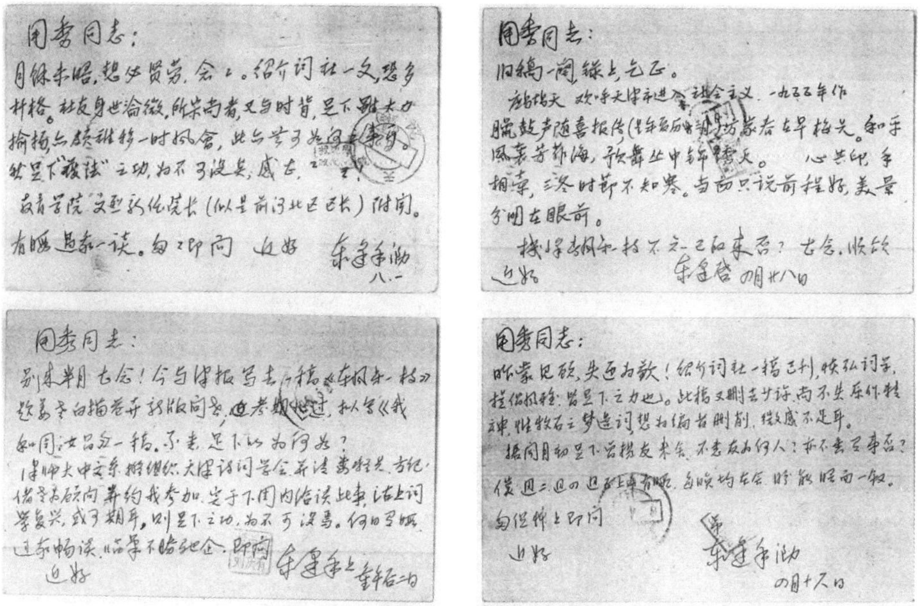

寇梦碧写给作者的明信片（部分）

经过整理，并不断征询先生的意见，充实内容，最终写成《记天津梦碧词社》和《奇思壮采郁风雷》两篇长文，分别在 1984 年 4 月 15 日的《天津日报》和《天津文学史料》第一期上发表。寇先生看后颇感欣慰，在信中叹道：“昨蒙见顾，失迎为歉！绍介词社一稿已刊，恢弘词学，提倡风雅，皆足下之力也。”在“重午后二日”的信中，先生还提到这样一件事：“津师大中文系拟组织天津诗词学会，并请娄凝先、方纪诸老为顾问，并约我参加，定于下周内洽谈此事，沽上词学复兴，或可期耳，则足下之功，为不可没焉。何日有暇，过家畅谈，临笔不胜驰企，即问近好。”此后，我又撰写了《诗学 词风 人品》等有关文章，见诸于报刊。转年 5 月 4 日，我又接到寇先生一封信，信中说：“汝昌书联，已寄来，五一前发函，五四即书就……请便中来舍携去，容面谈。”信中还特别告知：“周日上午、周二、周四、周五、周六上午在家。”原来这是一副典雅别致的书房对，是寇先生主动托周汝昌先生专门为我写的，联中嵌入了我的名字。上联是“潜龙用自行藏外”，下联是“盘薖秀于溪谷间”，款题“梦碧撰句，周汝昌书”。寇先生还向我转达说：“周先生见到你写的文章，以为是我写的了，我说这是一位叫章用秀的先生写的。”寇、周二先生的褒奖，令我汗颜，我连声说道：“这是对我的抬举，对我的鼓励！”

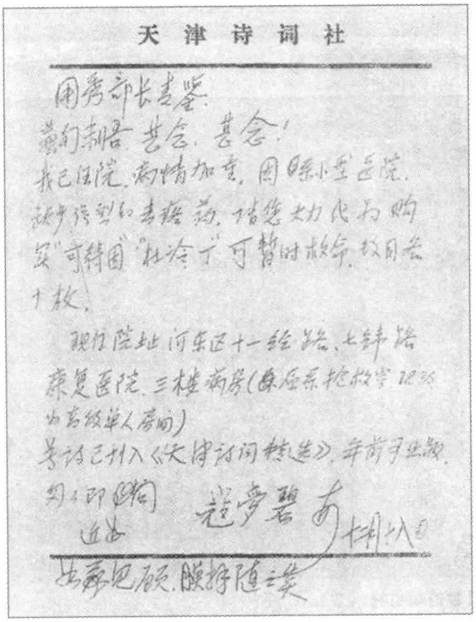
天津诗词社

用秀部长吉鉴：

我已住院，病情加重，因系小型医院，

康复医院，三楼病房

近安

寇梦碧

十月八日

寇梦碧致作者信

在与寇先生的频频接触中，我也经常不断向他请教关于诗词创作的问题，先生在给我的一封信里写道：“前访姜老（老画家姜毅然），彼身体精神均好，尚勉力作画，足下能抽暇往访、近日有诗作否？此亦祛暑之一法也。”在先生的勉励下，我亦常有习作，随机拿给他看。1978 年秋我写过一首七言律诗《登白塔山》：“翠浪催征步塔前，京华万象八方悬。轻波五海飞孤鹤，高阁三门拱九天。笑论王孙同过客，指看宫殿耸朱樗。乘云琼岛腾空起，欲驾宏观第一仙。”现在看来，此作很不成熟，但先生却对我总是勖勉有加，批语称：“气势雄浑，足称合作。梦碧。”又有《登峨眉金顶》《沽河》等诗作，先生也勾画出记号，表示赞赏。但先生也毫不客气地指出我诗词的缺陷与不足。如《登盘山》一诗有“清溪不见何处湍”，先生说应将“处”改为平声字。《临榆怀古》一诗有“帷幄十年化烟尘”，先生将“烟”改为“燹”字。寇先生品位高，起点高，见解高，鉴赏水平尤高人一筹。一次他来到我家，见我房内悬挂姜毅然先生画的梅花中堂，中堂的左右挂萧劳先生写给我的对联。先生对我讲：“将对联并挂一起更具文人书房气息，而少有买卖家之嫌。”先生的提示，不仅仅让我的书房多了几分文化，更使我在潜移默化中受到传统文化的熏陶，增强自身的人文素养。

周汝昌先生为作者写的嵌名联寇梦碧撰句

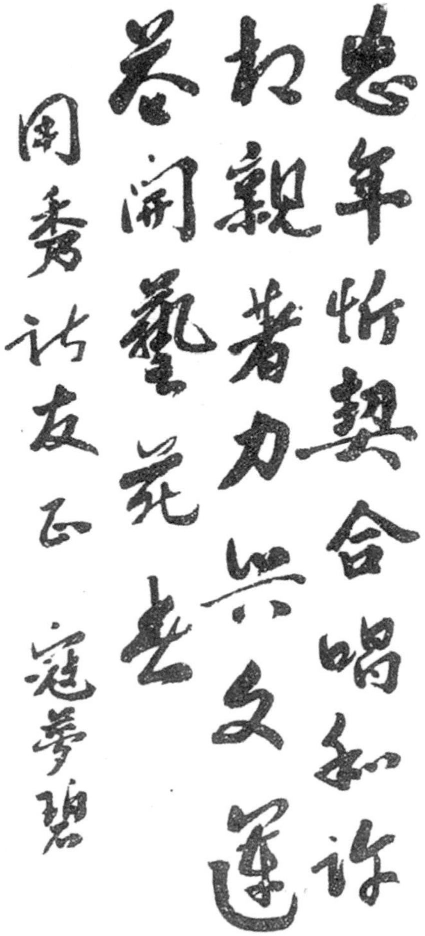

临终前赠诗于作者

1989年，寇梦碧先生突感不适，经诊断为晚期肺癌，备受病痛折磨。先生在这年的12月18日写信给我说：“兼旬未晤，甚念，甚念！我已住院，病情加重。因系小型医院，缺少强烈的去疼药，请您大力代为购买可待因、杜冷丁可暂时救命，数目各十枚。现住院址河东区十一经路、七纬路康复医院三楼病房（原系抢救室，现改为高级单人房间）。”信中还说：“尊诗已刊入《天津诗词精选》，年前可出版。匆匆即问近好。”接到先生来信，我立即通过关系搞到先生所需药品，匆匆赶到医院。先生面色憔悴,瘦弱不堪,看来医药已无力回春。1990 年 2 月 14 日先生溘然长逝。寇先生于弥留之际作《赠用秀诗友》云:“忘年忻契合,唱和许相亲。著力兴文运,花开艺苑春。”面对先生遗墨,览当年梦碧词友所绘《斜街唤梦图》,思绪万千,感叹不已,特和原诗一首:“画图持泪展,难唤梦时亲。未许宫商坠,悬知又一春。”

张牧石："习艺先读书"

作者青年时代与张牧石先生(右)合影

我在上小学时从张云(白岩)、张澄(静清)学习书法。两人是兄弟,住一个院,他们曾对我说:"不要光练书法,也得学习篆刻。"还说要给我找一位刻印的老师。1960 年我 13 岁。这一年夏日的一个晚上,二人带着我来到十字街西中祥当东胡同 4 号张牧石先生家。牧石先生是张云、张澄的老友。

先生住的是一个三合院,先生一家住北屋,东西厢房已经租了出去。牧石先生待人和气,爽快地将我收为弟子。虽为弟子,我则一直对先生以"伯父"相称。先生教我治印从临习汉印入手,并从《十钟山房印举》挑出平方正直的一路让我临刻。他常对我说:"汉印是学印之本。"在先生的正确引导下,我刻印始终没走邪门歪道。我曾刻汉印"日入千石"十数遍,先生见我有所起色,便就我临刻的这方印作了一篇很长的题记。先生充分肯定了我的进步,也指出不足,再次强调:"诗学杜甫,书学二王,总不会有错,治印也是如此,以汉印为楷模,先取法汉印,才是学印的正道。"这是写给我的,也是写给我家长看的。如果说这是一封信的话,这应是我留存先生的第一通信札了。

多年来，先生不仅教我读书、刻印、作诗，还为做了许多事情。一次我去泰山，先生专为我找出古人咏泰山诗多首。我打算将前人有关治印的诗作集在一起，先生为我录十多首，写成一幅中堂送给我。我1975年结婚，先生得知后，立即作了一首诗，名《鸳鸯华苹》，以表祝贺。诗云：“双双浥露兢红鲜，照影殅波竝极妍。发秀吐荣怜共蒂，匹禽长护碧田田。”我名“用秀”，妻名“胜荣”，“发秀吐荣”不仅嵌入我二人之名，且有出处。《鲁灵光殿赋》有句：“发秀吐荣，菡萏披敷。”“菡萏”即莲花，“披敷”即花开。“华苹”是并头莲，“匹禽”是鸳鸯，“碧田田”是说莲叶浮水。转年我儿子出生，请先生为他起名，先生知他属龙，便为他起名“尺木”。他说“尺木”有典，出自唐人笔记《酉阳杂俎》，书中说，龙的头上有一块骨头，叫“尺木”，龙无“尺木”不能腾飞。“尺木”既有深刻的含义，且有响亮，好写又好记，于是我儿子就叫“章尺木”了。

张牧石先生夫人张静怡给作者画的《郊栖图》，张伯驹等题词、萧劳题写诗堂

张牧石先生在中华文化的多个领域均有建树。诗词书印外，于文字学、训诂学、金石考据及丹青、戏剧、曲艺、舞蹈、武艺诸艺亦无所不窥，造诣颇深。我在先生身边耳濡目染，学到很多在别处学不到的东西。但唯有两件事总是令我遗憾。一是先生的剑术我没学到。先生精于剑术。他每天早晨五点必到广场练剑。我一直想跟随先生学习剑术，先生满口答应，还特意托人从浙江龙泉为我买到一把上好的龙泉宝剑，而我却懒于早起，练剑的计划最终还是泡了汤。受先生指教，唯一的收获就是知道了如何挂剑，他

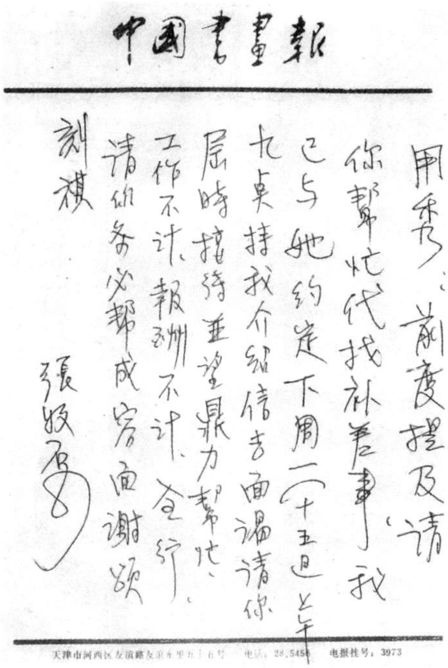

中國書畫報

用秀：前度提及请你帮忙代找补差事，我已与她约定下周一（十五日）上午九点持我介绍信去面谒，请你届时接待并望鼎力帮忙，工作不计，报酬不计，全仗。请你务必帮成，容面谢。颂

刻祺

張牧石

天津市河西区友谊路…… 电话：28,5456 电报挂号：3973

写给作者的便信

告诉我剑挂在墙上，剑柄一定要朝着右上方，这也是古人留下的文化传统，惟其如此人家才知道你懂。另外一个就是吉特巴舞没有学好。先生爱跳交谊舞，尤其吉特巴，无人可比，曾在中老年吉特巴大赛中荣获全国第一。我也喜爱交谊舞，尤喜华尔兹、布鲁斯，余暇向先生学跳吉特巴，始终未能学到位，到了还是个“半铲子”。

因我常与先生见面，先生给我的信不是很多，有的十分简短，大都让我办一些事情，或通报事情的进展。如：“前度提及请你帮忙找补差事，我已与她约定下周一上午九点持我介绍信去面谒，请你届时接待，并望鼎力帮忙”“敝邻前拜托事请你务必帮成”，短信多落“牧石拜”和“知不具”。在不违反政策的前提下，对先生家里面临的困难，包括联系女儿下乡病退后的就业问题、买煤买菜问题，凡我能帮助办的我都尽力去办。现在想来，在那个年代，我也不过就是跑跑腿动动嘴而已，而先生却总是念念不忘，信中常言：“感同身受，诸俟面谢。”

“山不在高，有仙则名。水不在深，有龙则灵。”先生之“陋室”多有“贵客”光临，所谓“贵客”也无非是些不被重视的文人学士。我亦我隔三差五地到先生府上请益，常与他们不期而遇。一次张伯驹先生来天津，住在先生家中，正巧我也去先生家，遂与张老见面。张老衣着朴素，性情淡泊，那次戏剧界的许多名家请张老说戏，还给丁至云写了一副嵌名联。先生也帮我求了一副联。张老不加思考，当场用他的“羽翼体”字，嵌入我的名字，为我写下一副清雅别致的书房对。上联是“用舍行藏严出处”，下联是“秀姿英发镇风流”，上款为“用秀先生雅属”，下款为“中州张伯驹时年八十又二”。钤两印，一是白文“伯驹长寿”，一是朱文

“从碧八十后作”。“用舍行藏”出自《论语·述而》。原话是：“子为颜渊曰：用之则行，舍之则藏，惟我与尔是夫。”意思是：“孔子对颜渊道：用我呢，就干起来；不用呢，就藏起来。只有我和你才能这样吧！”它蕴含了中国知识分子“出世”“入世”的处世观念和独善其身、严于律己的行为规范。“秀姿英发”乃借用东坡词《念奴娇·赤壁怀古》中“雄姿英发”之句，“英发”，谓言论见解卓越不凡。张伯驹先生将“用秀”这两个词性不同的字巧妙地嵌入上下联中，立意高而又不违律，用典活且不露痕迹，足以表现他那非同一般的才思与学养。

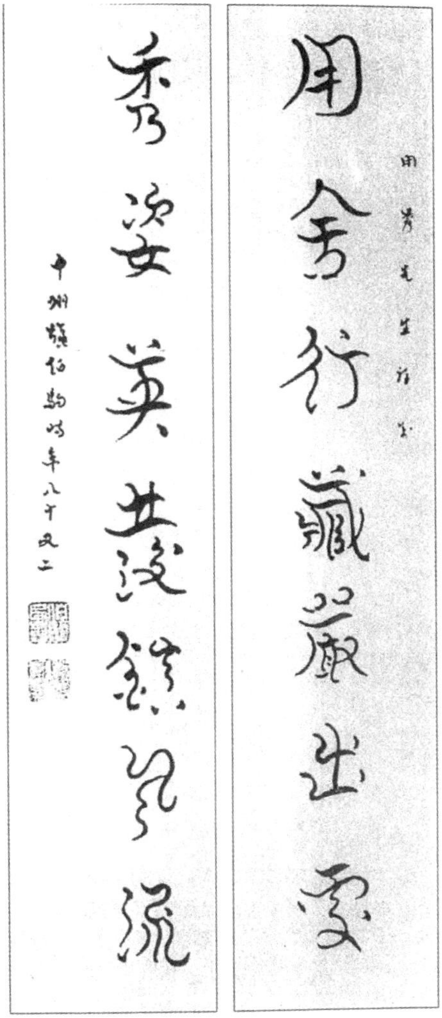

张伯驹先生为作者写的嵌名联

牧石先生本人亦为我题诗作跋，谆谆之言，获益良多。那年画家顾砚作《定轩读书图》，先生颇有感慨，特为题诗，勉励我多多读书。诗曰：“寒夜有人时把卷，一灯如豆许知音。清通渊综同南北，劬勚只缘图放心。”并作小注：“《世说新语》诸季语：孙安国云：北人学问渊综广博。孙答：南人学问清通简要。”又注：“《孟子·告子章》句：学问之道无他求，求其放心而已。”先生尝赠我五言篆对“且尽一樽酒，同观四野花”，并有长题写在上下联两侧：“定轩弟早岁从余研习书法篆刻词章诸艺，后复喜收藏，精鉴赏，更有著述数种，今索余书，勉为一联，即希哂存。”某日整理旧籍，偶见少时所画山水小幅，先生为作跋曰：“定轩章子年方弱冠即从余游，今已数十年矣。丙丁浩劫中，定轩负笈他乡，归津后，事业鞅掌，久疏绘事。近年复勤于著述，无暇再问丹青,惟尚存旧作一帧,持过见示。累记前人云:‘悔其少作。’愚以为少作不宜尽悔,当以留为纪念,定轩或为此计,爰识。岁在第七十九柔兆阉茂,石怡室秋热,麋翁张牧石。”“少作不宜尽悔”,所言极是,这当是我一生的座右铭。

张牧石先生为作者所绘山水册页题耑

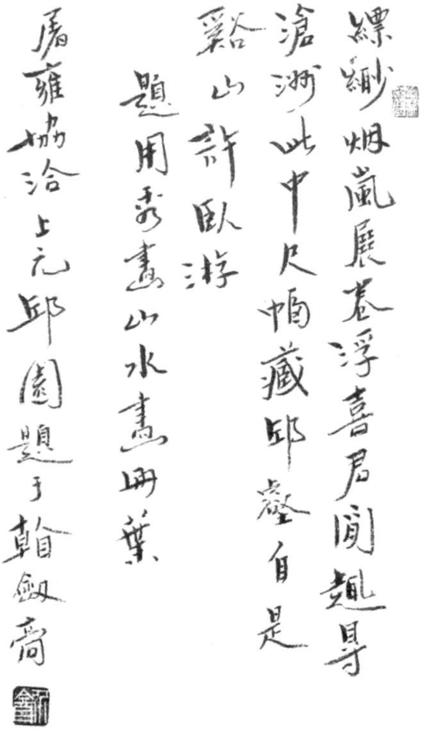

张牧石先生为作者 1978 年所画山水册页题跋

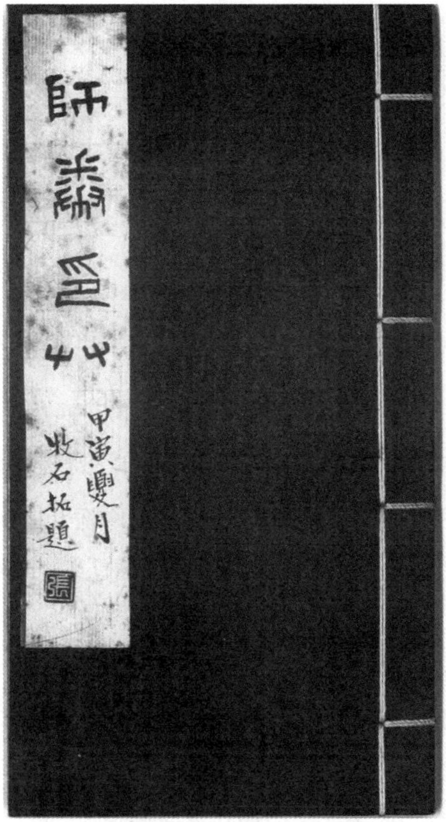

张牧石先生 1974 年为作者拓印的自作印印谱

2012 年,先生逝世一周内之际,《张牧石篆书千字文》即将付梓,秀颖妹嘱我为该书作序。我在序中赞曰:"千言万象涵,展卷绕烟峦。玉箸(秦李斯作篆)求神变,福庵(民国著名书家、印人王禔)复介庵(牧石先生号介庵)。"且称先师有几句话让我永世难忘:"学古不泥古,学今不从俗,有法或不循,无法却严守,为学先做人,习艺先读书。"

陈机峰:“风云际会迎朝日”

20世纪80年代初,陈机峰先生曾给我寄来几封信,其中有一封信提到周恩来青少年时代在津读书一事。信中说:“报载,重修南开中学东楼,纪念周总理少年读书处。”陈先生颇有感慨,随信寄来其新作《满江红》一阕:

破壁凌空。面壁处,长传胜迹。舒壮采,乾坤旋转,山川挥斥。雷电奔驱冲暗夜。风云际会迎朝日。赋甘棠、万众念丰功,心潮激!

调鼎鼐,无遗力。旋兼济,存遗泽。任重阘魑魅,迎风辟易。吐握殷殷天下计。忠贞皦皦千秋式。数风流一代几完人?君其一。

陈机峰(宗枢)先生,天津人。昆曲作家及表演家、词人。当时他是天津昆曲研究会副会长,著有传奇多种,诗词亦工,有《琴雪斋词》《秋碧词传奇》《秋茄苑杂剧》。在我未认识陈先生之前,张牧石先生即对我讲:陈先生中年填词学稼轩、迦陵,入梦碧词社后又学梦窗,兼豪放、婉约之长。他还对我讲:陈先生是干会计工作的,任天津公信会计师事务所高级会计师。但他的昆曲、倚声水平之高决非一班作手可比。1936年在河北省立法商学院读书时,和同学王贻祐、熊履端等发起组织“一江风曲社”。精南北曲,善唱北昆。曾师从北昆名伶王益友十余年,又向南昆名师童曼秋、施砚香、徐惠如问艺。小生、老生、武生、净、末全能。

陈机峰与寇梦碧、张牧石在现代诗坛并称“津门三子”,这三位先生是如何结识的呢?据我所知,牧石先生早年作诗曾就教于天津城南诗社的老诗人王叔扬。王叔扬文化底蕴深厚,老先生常讲的一句话就是“多读书”。当年他为一位青年作者题诗,其中一句即为“第一还须多读书”。梦碧先生对王叔扬亦是钦佩有加。

陈机峰写给作者的杜诗

一次寇、张二人不约而同地来到王老先生家，因对诗词有共同的追求，两人一见如故，从此往还不断。机峰先生与牧石先生皆钟情于昆曲、杂剧，因一起探讨昆曲《一枝花》而结缘，后来又通过牧石先生结识了寇梦碧。三人常在一起吟诗填词，相互切磋，成为“同声相应，同气相求”的知交和词友。

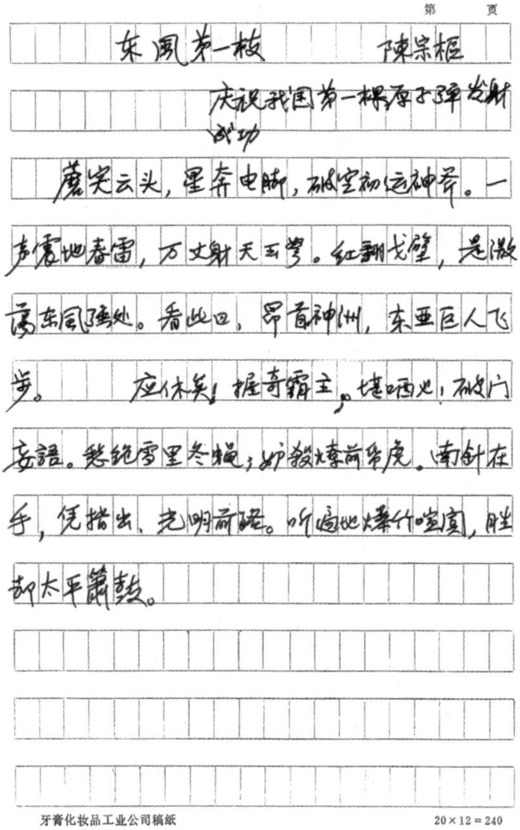
第　页

东风第一枝　陈宗枢

庆祝我国第一颗原子弹发射成功

蘑突云头，星奔电掣，破空初运神斧。一声震地春雷，万丈射天云雾。红翻戈壁，是激荡东风强处。看此日，昂首神州，东亚巨人飞步。　应休矣，握奇霸主，堪哂也，破门妄语。愁绝雪里冬蝇，妒杀樽前纸虎。南针在手，凭指出、光明前路。听遍地爆竹喧阗，胜却太平箫鼓。

牙膏化妆品工业公司稿纸　20×12=240

陈机峰词稿

陈机峰与寇、张“篝灯打诗钟”堪称天津文坛的一段美谈。“十年浩劫”中，鬼蜮横行，艺苑荒芜，诗词更无人敢写。寇、陈、张三君相约每年夏季于海河岸小集纳凉，时作诗钟之戏。十年以来约得千余条，曾汇为一编，名《七二钟声》。张牧石题绝句云：“闲情闲思许相供，小有天边梦未慵。应雨鸣风时断续，三生同听一楼钟。”（借义山句）又云：“旧馆蟫香终寂寞，别留余响起新声。常从沽水传悲激，不作寻常大小鸣。”寇梦碧题《卜算子》云：“月落梦回时，花落春归候。数尽楼头百八声，一杵残钟又。舌底不生莲，肘左惟生柳。万马齐喑未可哀，且听蒲牢吼。”陈机峰题《南吕懒画眉》二首云：“俪语笼纱近雕虫，庄雅谐俳路路通。征题须作马牛风。不见天衣缝，璧合珠联岂易工。”“促膝河边几心同，风雪村炉酒半浓。索居况味入残钟。敝帚何须重，兴会当时不再逢。”此数首写出当时劫罅遣日、相濡相呴的深情。

我认识陈先生是在三人“篝灯诗钟”之戏以后了。那天上午，我和寇、张二先生一道做客于陈家。陈先生的住所是一座联排小二楼，在旧意租界进步道上的一条实胡同内，胡同口一侧是一座小副食店，由于售货员多为女同志，附近居民称之为“三八店”。寇、张二位是陈家的常客。陈先生之子、当代书画家陈栋琨回忆，栋琨的祖母住楼下一房内，每每见寇先生光临总要用双手比划成“扣”的样子，向孙辈示意，寇先生又来了，小声点儿。陈先生个头较高，长方脸。他曾送我一本油印的《七二钟声》小册子。

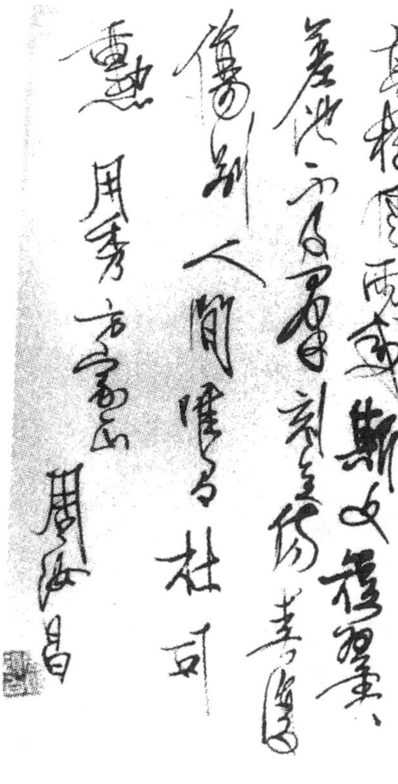

周汝昌先生赠作者书法

我和陈先生最后一次见面是在北站外的河北饭店（早已停业），主办方搞一场文化活动，请陈先生等表演昆曲，我和先生打了个招呼，互道问候。有人说他84高龄还在全国第二届古典散曲研讨会上演出《春香闹学》（扮陈最良）。十年后闻听先生已经离世了。先生写给我的信，他亲笔书写的《满江红》，成为留给我的纪念。那首《满江红》，委婉而雄奇，磅礴而不流于直白，生动形象地勾勒出周恩来同志的一生，赞颂他为人民立下的丰功伟绩，可谓现代诗词的经典之作。

赵哲余:“描绘天津新鲜景物”

党的十一届三中全会以后,文艺复兴,诗运大昌。老画家姜毅然落实了政策,在河东区欢颜里分到了一楼一间小“独厨”。姜老绘画水平可圈可点,诗词水平更是无人可比。他的词得力于姜白石,平生作题画诗词三百多首,悉收入《宜风宜月楼题画诗词》中。先生和蔼可亲,每逢周日,词友寇梦碧、张牧石、赵哲余等常聚于姜老家中,中午姜老太太还端上酒菜,一番小酌。那时我也是姜老家的常客,偶尔也与老几位聚在一起,谈天说地,由此也和赵哲余先生熟悉起来,并逐渐了解了赵先生的为人和他的诗词创作。

赵哲余,字浣菊,天津人。词学梦窗,诗学义山、山谷。有《浣菊草堂词》。且善书法,章草尤佳。此公于梦碧词社诸事致力最勤,是词社活动的积极参与者。先生个头不高,身体瘦弱,面容白净。当年梦碧词社每于社刊印行之前一月雅集一次,由社友轮流命题。一次作对联酒令,出令人随意指出一人,说一个切合对方身份的上联,然后由对令人对一切合出令人的下联。轮到赵哲余,他说“赵飞燕”,下家为杨濯斯,他故意不说古美人名,只说“你瘦我肥可也”,举座想到“燕瘦环肥”的典故,更巧的是,赵哲余体瘦,杨濯斯体肥,因此无不捧腹大笑。

那次在姜老家相聚后,我收到了赵哲余先生给寄来的信。信中说:“用秀先生吟席:前于姜老府邸晤谈甚慰,余最喜文字游戏,挥洒涂抹,惟家务冗繁,不能如愿以偿,奈何!吾弟年华方盛,思路宽广,正以酣畅之笔,舒展盛世之才也。”其实这是先生谦虚。先生乃天津著名词人。寇梦碧先生曾对我说:“赵哲余对诗词颇有造诣。40年代以来,梦碧词社社友聚散靡定,一贯操持社务者,除了周公阜、

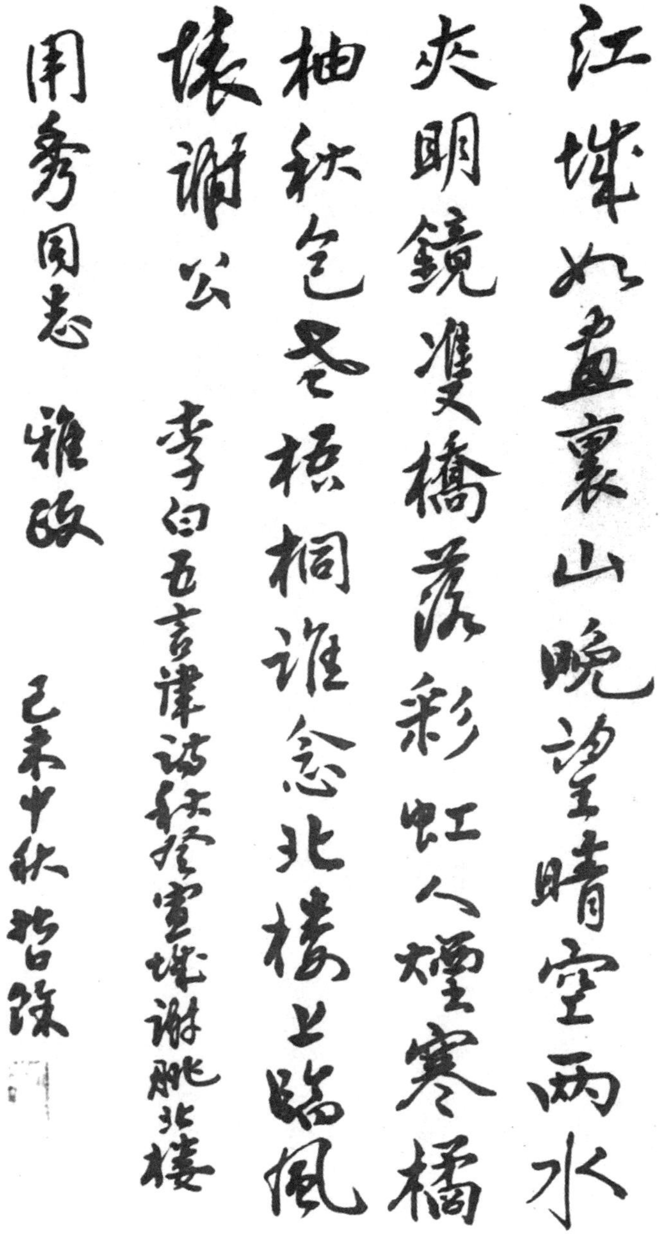
江城如画里山晚望晴空两水
夹明镜双桥落彩虹人烟寒橘
柚秋色老梧桐谁念北楼上临风
怀谢公
李白五言律诗秋登宣城谢朓北楼
周秀同志 雅政
己未中秋 哲馀

赵哲余书法

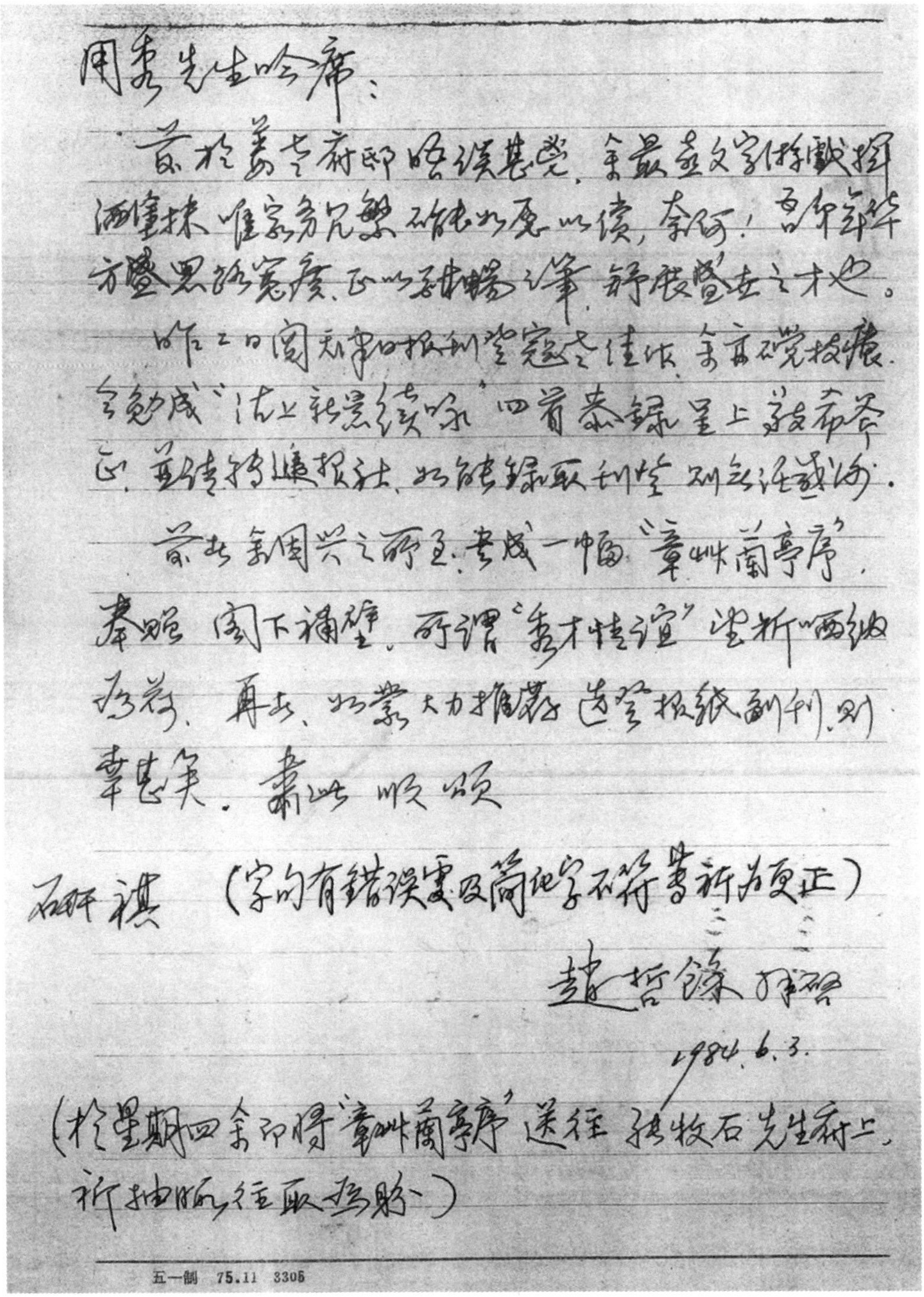

周秀先生吟席：

前於萬壽寺府邸晤談甚歡，余最喜文字游戲，揮洒筆抹，唯家务冗繁不能如愿以償，奈何！目下敝舍方整累務寬廣，正以舒暢之筆，舒展瑩燕之才也。

昨二日閱天津日報副刊登載之佳作，余亦覺技癢，今勉成"沽上新景繽紛詠"四首，恭錄呈上，敬希斧正，並請轉遞報社，如能錄取刊登，則不勝感激。

前者余因興之所至，書成一幅"章草蘭亭序"，奉贈閣下補壁，所謂"秀才人情"，望祈晒納存存。再者，如蒙大力推薦，送登報紙副刊，則幸甚矣。專此 順頌

吟祺（字內有錯誤處及簡化字不符者祈為更正）

趙哲餘 拜啓

1984.6.3.

（於星期四余印得"章草蘭亭序"送往張牧石先生府上，祈抽暇往取為盼）

五一制 75.11 3305

赵哲余致作者信

王禹人、冯孝焯、姜毅然、陈机峰、张牧石等，就属赵哲余了。”先生夸我，或许是我那时在报刊上刊发的文章较多，其实那不过是些雕虫小技而已，何足挂齿？

先生在信中还写道：“前者余因兴之所至，书成一幅‘章草兰亭序’奉赠，阁下补壁，所谓‘秀才情谊’，望祈哂纳为荷。”并在信中注明：“于星期四余即将‘章草兰亭序’送往张牧石先生府上，祈抽暇往取为盼。”在张先生家，我取回了他为我写的“章草兰亭序”，所书乃一横幅，展卷观之，书卷气扑面而来，字字精工典雅，果然气度不凡。由此亦可见老一辈人是何等的守信守时。

为了表达对先生的谢意，我特意到先生府上。赵先生住在北大关五彩号胡同，其居处似为门脸房（先生家原是开肉铺子的），屋内较为狭窄，陈设也很简单。此后先生又给我寄来一封信，且附有他近日新作的几首诗词。时值日本首相大平正芳访华不久，先生写《醉蓬莱》词一阕，乃是颂中日人民友谊的。词中有句云：“俛仰瀛洲，咏歌遐龈，硕果丰仪，嫩樱早开。长御东风，展百年怀抱。指点平章，大任肩负，伴翠尊谈笑。”另有七绝四首，是描绘沽上新景的，分别为《立交桥》《文明一条街》《滨江道夜景》《楼群花园》。其中《立交桥》写道：“飞龙腾跃驾长虹，五县四郊货运通。市政首开新局面，高超技术夺天工。”《滨江道夜景》写道：“缤纷绚丽彩霞明，车水马龙熙攘声。热餐冷饮色香味，乐曲轻歌不夜城。”

先生在信中特别强调“描绘天津新鲜景物，定要有现实感”，要力求“题意新颖，造语绝佳”，他的这几首诗词是否是在那个时候所要达到的标准呢？时代所限，今天看来真是值得商榷啊！

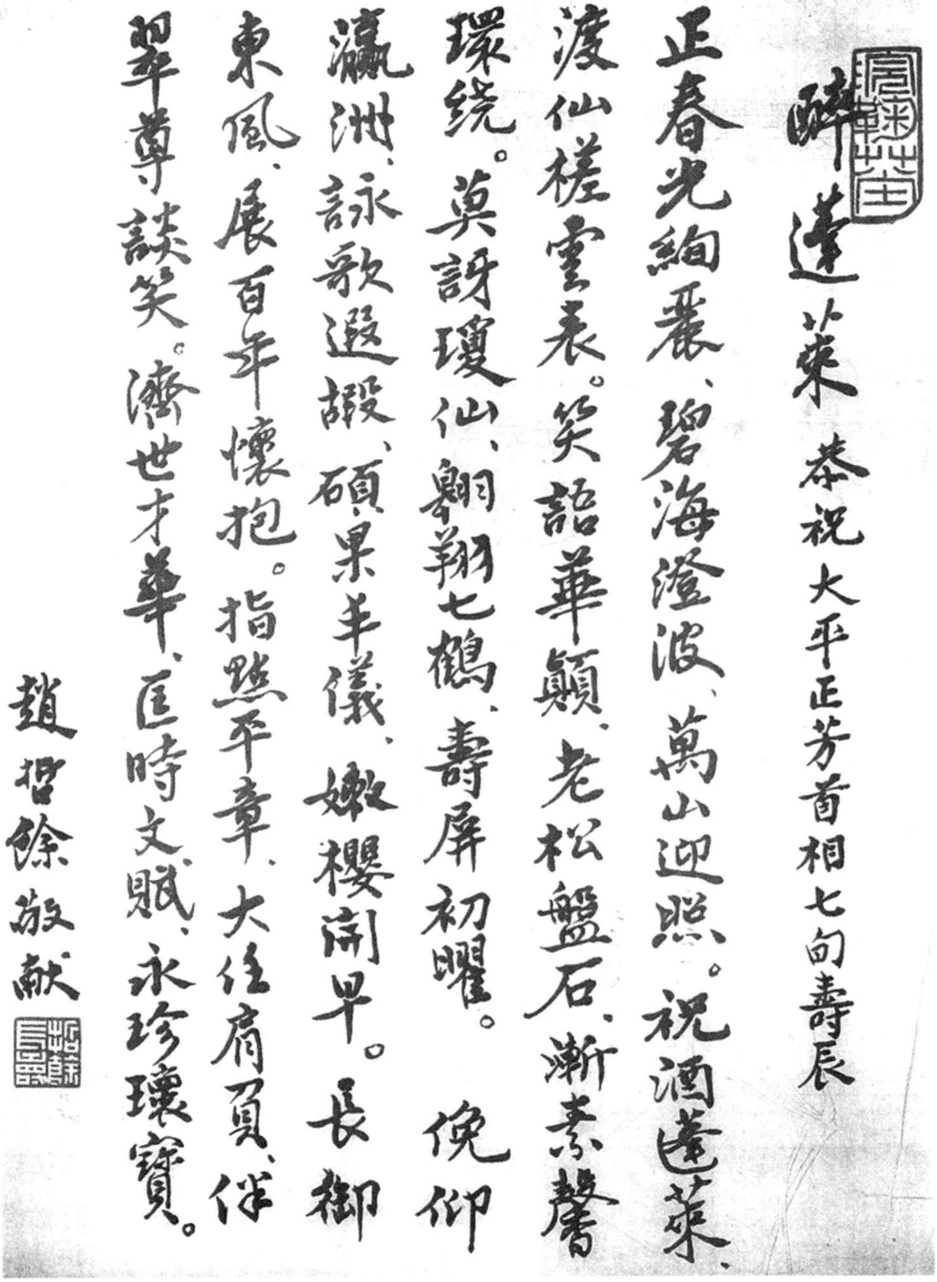

醉蓬萊 奉祝大平正芳首相七旬壽辰

正春光絢麗、碧海澄波、萬山迎照。祝酒蓬萊、渡仙槎雲表。笑語華顛、老松盤石、漸素馨環繞。莫訝瓊仙、翩翔七鶴、壽屏初曜。俛仰瀛洲、詠歌遐邇、碩果丰儀、嫩櫻開早。長御東風、展百年懷抱。指點平章、大任肩負、伴翠尊談笑。濟世才華、匡時文賦、永珍瓌寶。

趙哲餘敬獻

赵哲余词稿

孙正刚:“千印长叩”

孙正刚,名铮,天津人。平生研究词学精深,主张填词要五声俱备,与周汝昌、叶嘉莹等同为顾随先生的得意弟子,词作分别收入《天上旧曲》和《人间新词》两个集子。与寇梦碧、张牧石诸先生交好。曾赠寇梦碧《鹧鸪天·岁暮怀人》云:“饯罢残春便入冬,迎秋雅集梦相从。神州著我为行者,六合微君少溷公。天欲堕,道终穷,岁寒消息托宾鸿。课余能几抛心力,沧海横流一笑中。”

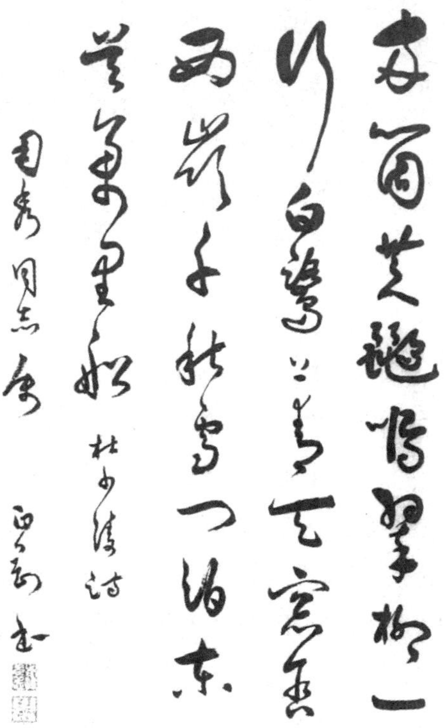

孙正刚写给作者的杜甫诗

我与孙先生相识是在唐山大地震以后,先生蜷居在新华路体育场的一间临建棚内。那是一个盛夏的晚上,我与张牧石先生一同前往,天气炎热,两人都没进临建,孙先生面黑体胖,性情开朗,说话无拘无束,大大咧咧。他递给我们一人一把大蒲扇,搬出几只凳子,便围在一起聊了起来。谈话间,说到我近来广征词人书家诗作墨迹之事,牧石先生插话:“孙先生交际广,与许多名家多有交往,何不请孙先生代烦几件?”(先前牧石先生已代我求书十家有余)孙先生很爽快,当场就应承下来。此次会面以后,孙先生即与我通信,信中所言大都是与“征字征题”相关的事宜。

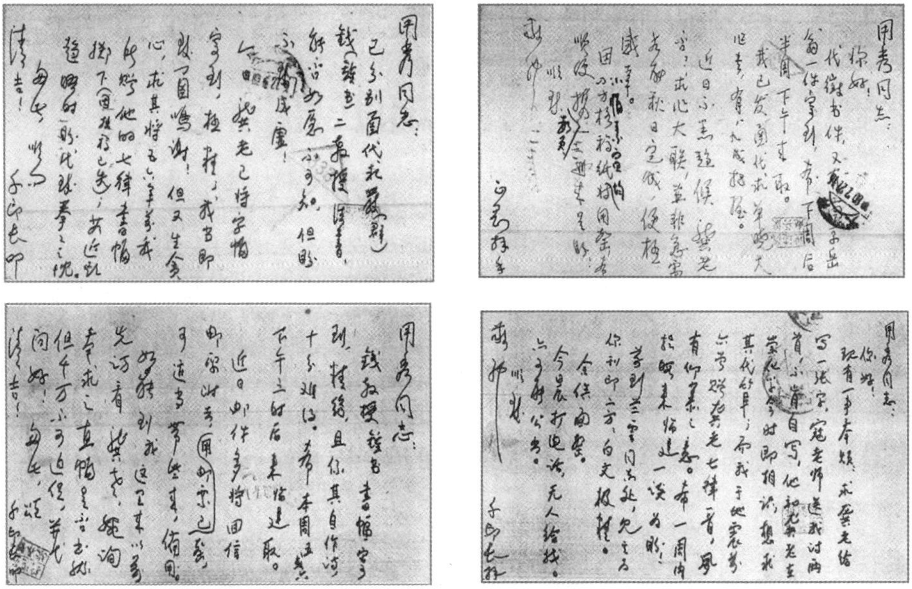

孙正刚写给作者的部分信函

7 月 27 日先生来函:“用秀同志:你好!代征书件,又有南京岳翁一件寄到,希下周后半周下午来取。我已发函代求单晓天作书,有八九成把握。”不久又来函曰:“已分别代求严群、钱锺书二教授法书,能否如愿不可知,但盼不致成虚!”先生所求多未“成虚”,仅半年先生已为我求得书件十余纸,其中有北京徐邦达的,上海高式熊的,浙江夏承焘的,河北黄绮的,多是大家力作。

未过数日,先生又自“新华体育场临建”发来一函称:“钱教授(锺书)书寄到,精绝,且系自作诗,十分难得。希本周五或六下午三时后来临建取。”钱老所书乃是先生平日常写的行书体,笔锋纵横,流漓畅达。内容是:“报晴吭滑一鸠呼,卧榻昏腾醒病夫。绿润意根生草木,清冷胸境拓江湖。栖梁久绝呢喃燕,啄屋应多腷膊鸟,恼煞夷场嚣十里,可容长着此声无。《病榻闻鸠》旧作写奉,用秀先生雅教。”钤“钱锺书”朱文印,“聚槐”白文印。此乃录其 1943 年旧作《病榻闻鸠》。这首诗被钱先生收入《聚槐诗存》之中。就在我得到钱先生书件不久,国内掀起一股“钱锺书热”，有人说钱锺书是“国宝级”学者大师，中国的“文化昆仑”。他在20世纪40年代写的小说、散文纷纷被找出重印，尤其是那本《围城》，成了家喻户晓的畅销书。钱老学贯中西，才高八斗，的确是位风标独立、博大精深的文人高士。

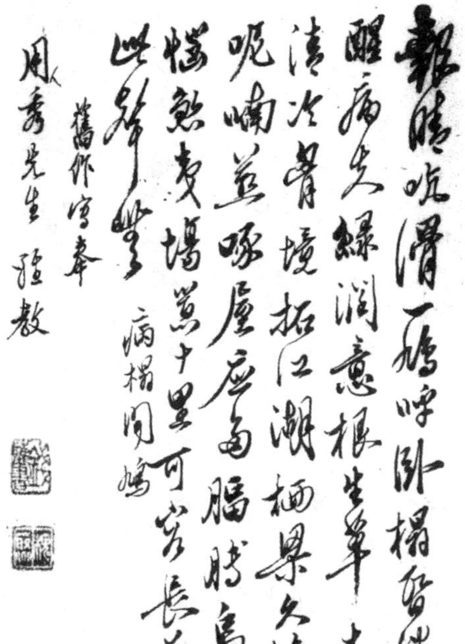

钱锺书写给作者的自作诗

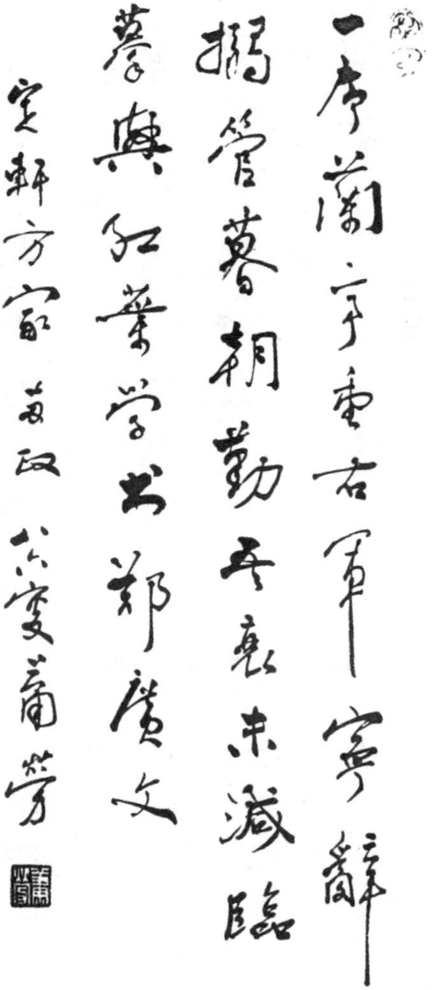

萧芳写给作者的自作诗

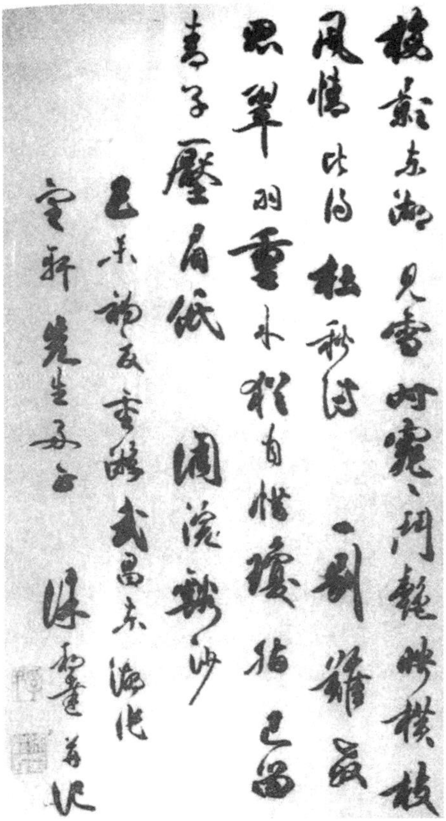

徐邦达写给作者的自作诗

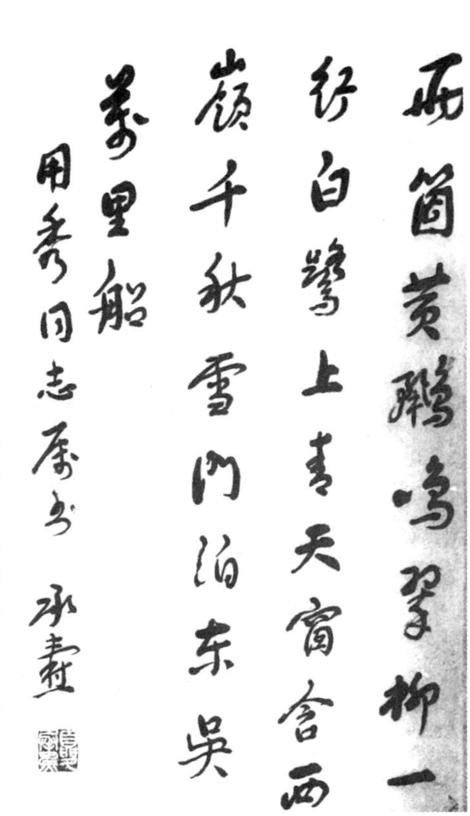

夏承焘书写的杜诗

孙先生酷爱收藏，存有文玩字画，尤喜印章。先生自号“千印长”，给我写信也落“千印长叩”或“千印长拜”，而且每封信上必钤上一枚不同人刻的不同印文的印章。地震发生，其泰安道的房屋被震毁，书斋成“半岛”形，先生冒着余震，不畏艰险，潜入“半岛”，扒出埋在瓦砾里的印章。过后他请王学仲先生画了一幅《斋毁石存图》，并发函征题，海内题词者多达十几位。就是这样，他还是不遗余力地收集印章，并且接连不断地请印家为他治印。见到孙先生如此痴迷于篆刻，我便将我得到的名家治印送给先生，也是作为对先生为我求字的一种回报。我先是送给他一方小印，为李文渊为相声名家赵佩茹刻的名章，是我在地摊捡来的。印石一般，但属名家所刻、名家所用，先生精心收藏起来。不久，我又送他两方寿石工的篆刻作品，一方刻白文“平阳世家”，边款“平阳世家，印丐”，一方刻朱文“白岳山人”，边款“白岳山人，石工”。这两方印是我在一小店闲逛时买到的。先生拿在手里端详一番，连说“不错不错”。

孙先生藏印，还不断乞求印家为他刻印，且极具鉴赏力。一天他到印人蓝云先生家，求蓝为他刻印，不意间见到蓝先生为我刻的两方印，一方为白文“山阴章用秀印信长寿”；另一方是朱文，印文是“章用秀四十以后作”。孙先生在6月11日给我的来信中说道：“前到蓝云同志处，见其为你刊印两方，白文极精。余俟面罄。”之后，我同先生见面，孙说：“那方朱文印的印文值得考虑。”我说：“印文是我出的。”孙说：“最好不要讲四十以后作。”先生的提醒让我茅塞顿开，确实，多数情况下，只有年岁大了才有这种讲法，诸如某某某七十以后、八十以后作等，我年纪尚轻，这样讲是何用意呢？先生见解真乃高人一筹！

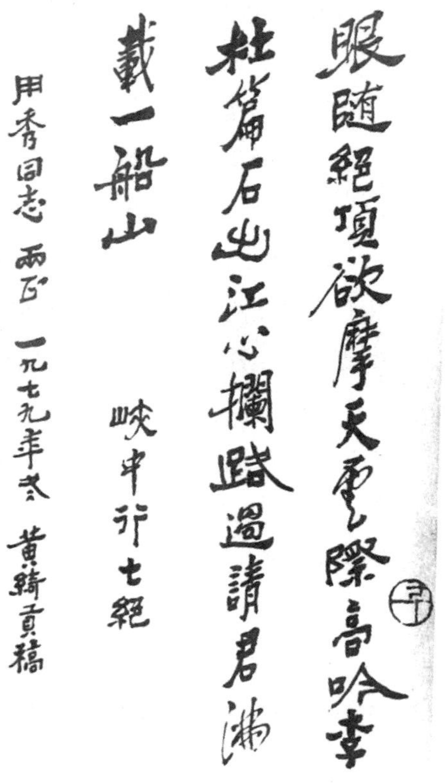

黄绮写给作者的自作诗

在与孙的交往中，我也曾接受先生的委托，代他求画求字，传递信息。一次他给我写信说：“用秀同志，你好！现有一事奉烦：求龚老（龚望）给写一张字，寇老师（寇梦碧）送我诗两首，不肯自写，他和龚先生在崇化学会时即相识，想求其代笔；而我于地震前亦曾赠龚老七律一首，夙有仰慕之意。希一周内来临建一谈为盼！”我及时将孙的意愿转达给龚先生。很快我就接到孙的信函：“今日龚老已将字幅寄到，极精，我当即致函鸣谢。”对此我亦感到欣慰。

孙先生离世较早，大概不到七十岁。此前他撰写的《词学新探》刚刚出版，先生赠我一本。先生对宋词的内容、体制、声律、风格都有独到研究。此书是17年前他在和平区语言文学业余讲习班讲解诗词格律稿的结集。周汝昌先生作序，其中说道:“正刚治词，严于音，细于律，严处一声不能假借，细处只字辨于毫芒……学词而不审音按律，岂复是词！艺术之事，必有规律；违其规律，即丧其体质……”周先生叙说，他与孙正刚审音按律，亦非孤立于只字，拘墟于一音，必细查其上下前后左右之种种关系，然后乃尽得其宜。音律绝非呆法死律可以尽之，宽严奇正，盖处处有辩证法则在也。这本《词学新探》成为我永久的纪念。

先生走后，大门姨(孙的遗孀)给我写过一封信，大意是:五年有余未曾见面，最后一面是在新华路体育场。有位亲戚送给我一张报纸，是您写的关于顾随的事，内中提到孙正刚，足见您对孙正刚的故旧之情，我当时很有感触。正刚已故去五年，真是生不逢时，死不逢时。您和正刚是老相识，我特别信任你，你抽空到我这儿来一趟。还特意告诉我从临建搬到泰安道的详细地址。我知道孙先生留下很多珍贵的遗物，我也爱收藏，懂得先生藏品的价值，我怕大门姨送我东西，自己会担上“贪心”的恶名，始终没与大门姨会面。后来我听说孙的小女儿要出国，急需用钱，大门姨将一幅齐白石的画送到一家拍卖公司，拍卖公司违反“公开、公平、公正”的“游戏规则”，以为老太太无知，未将其上拍，私自以低价买断，由此还打起一场官司。“千印长”的那些印章后来也是七零八落，我在国拍拍卖会上看到的印章，大都是先生的遗物，里面竟还有当年我送给先生的，统统被“识货”的人买走了。

姜毅然:“我为诸公留息壤”

20世纪70年代末作者与姜毅然先生(右)合影

姜毅然,名世刚,斋号十二石山堂,生于1901年,是天津的老户人家。姜先生的伯父姜秉善是清朝翰林,父亲姜择善为举人。承家学,八岁时学画,曾在北平艺专进修。1932年在津主办毅然画会,传授国画技艺。建国后历任天津人民美术出版社和杨柳青画社编辑。善画花卉,兼画山水,尤以工笔、白描花卉见长。

姜老先生是笔者的忘年交,先生在世时,与我无话不谈,麟鸿频数,交往甚密。一日我清理资料时发现先生20世纪70年代末80年代初写给我的几封书信。其中有一封主要是讲换房的事。

姜先生没儿没女,他本住在老城里,“文革”中老两口被赶到一间简陋的小房内过活儿。“文革”后期落实政策,文化系统在市边缘地区分给老两口一“独厨”。先生的住房虽然解决了,但由于分到的是一楼,非但面积小,而且屋内光线阴暗,当时先生已近八十高龄,平日里作画感到不便。他在信中对我说:“我因现在住处虽然很好,但室内光线太黑,我又年岁较老，不好工作。”先生知我供职于区机关，望我能通过行政关系帮他将房屋调换一下。遗憾的是，我四处奔波，无济于事，终未能解决。不过先生是豁达之人，并不计较，将就着住，小小斗室常常是高朋满座，谈笑风生。诗友画友多在这里小聚，姜老太太忙前忙后做些下酒小菜，倒很惬意。

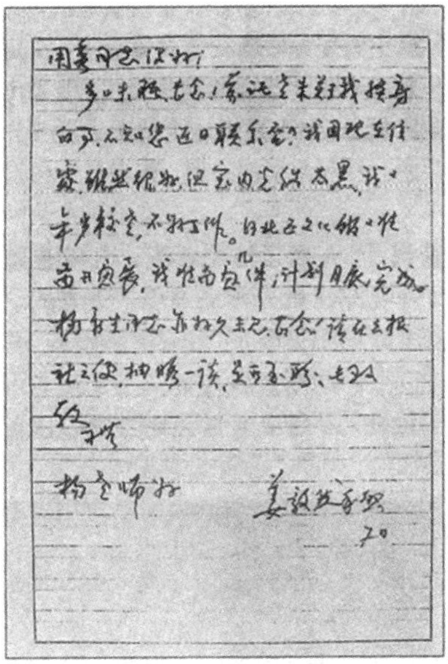

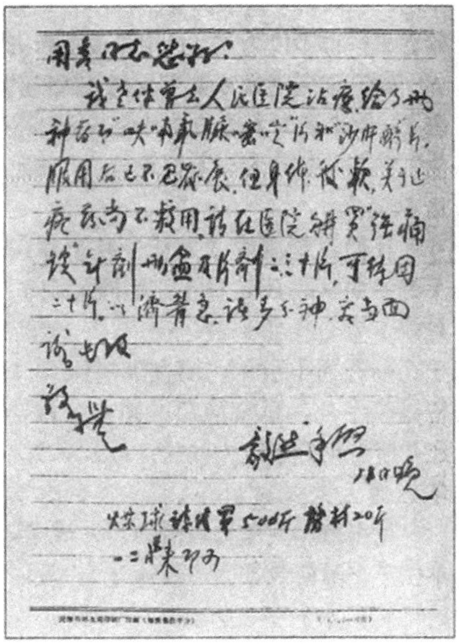

姜毅然致作者信

先生的另一封信讲的是姜老太太患病的事，写于 1981 年。信中说：“用秀同志您好！我老伴曾去医院治疗，给了两种药，服后不见发展，但身体较软，关于止疼药尚不敷用，请在医院购买强痛锭针剂两盒及片剂二三十片、可待因二十片，以济应急，诸多分神，容当面谢。此致敬礼！毅然手启。”信后附言：“煤球请代买 500 斤、劈柴 20 斤，一二日送来即可。”

姜毅然先生的老伴是一位非常和蔼慈祥的老太太。她与姜先生相依为命，患难与共，度过了几十年的风风雨雨。老太太 1981 年春突感身体不适，时有咳嗽气喘症状。我和爱人不断去老人家看望，后来我们商量一下，决定弄一辆汽车送老太太到市立第一医院做一下检查。经过透视和胸片照相，原来老太太患的是肺癌。我们心里都很难过。要不要把这个情况告诉姜先生？我与几位诗友画友议论再三，决定告诉他，因为大家都知道，姜老是一位豁达的老人。

我们都希望姜老太太能住院治疗，姜老说："人到了这个年岁，住院也治不好她的病，还是我在家照顾她吧！"肺癌晚期，病人疼痛难忍。姜老的这封信是托我买药的。

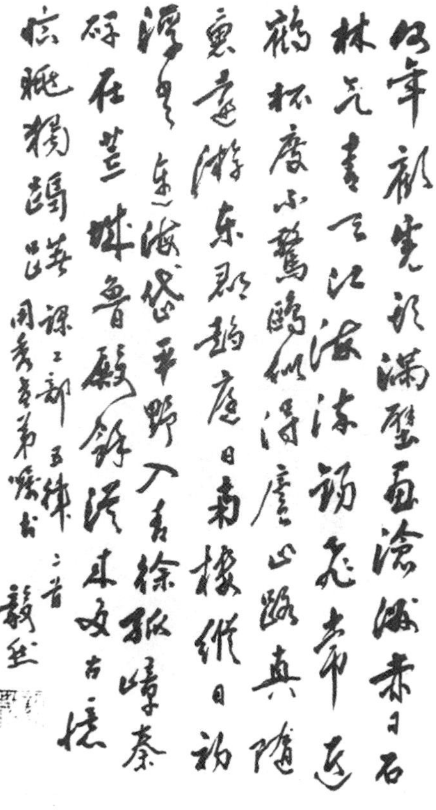

姜毅然先生赠书

记得那年大年初一清晨，一位小伙子突然砸我家的门，他是姜老的近邻，告诉我："姜奶奶过去了，姜爷爷请您去，帮他料理后事……"我什么也没顾，含着眼泪，蹬上自行车，赶到姜老的小屋。老太太的衣服已经穿上，躺在床上。原来姜老太太是年三十晚上病故的，姜老不愿打扰别人，给她穿上衣服，停在床上，自言自语地说："老伴啊！你陪了我一辈子，我再陪你一个晚上吧！"

办完老太太丧事，姜老孤身一人，大家无不关心老人的生活。我爱人常包些饺子、做些素什锦之类给老人送去，还为他收拾房间搞卫生。这样维持一段时间，姜老的干女儿蒋三姑将他接到自己家中，专为老人辟出一室，老人有吃有喝有人照顾。1986 年，老画家姜毅然先生安然逝去，终年 86 岁。梦碧词侣挽联云："止水仰高怀，霁月光风仪范在；题襟寻梦迹，落花啼鸟画室空。"

姜毅然为现代著名画家。早在 20 世纪 50 年代初，他的工笔重彩画即在全国首届国画展展出，金碧重彩画《绣球花》曾在欧亚数国巡回展出，后被珍藏在英国伦敦艺术博物馆。在瓷青纸上所绘勾金《葡萄》和《博古花卉》以珍品入藏天津艺术博物馆。他工于书法、诗词，词宗南宋姜白石，以题画诗见重，作品诗、书、画、印相契合，颇具文人气息。有《宜风宜月楼题画诗词》，惜未刊行。

对于中国画，先生有独到的见解。他在给我的一封信中专门谈他对白描画的认识。他说：“白描既是一个独立的画种，自然有它的特点，它不同于‘双勾填彩’的双勾。”又说：“白描是用墨线勾描物象的轮廓，不着颜色，或部分施淡墨渲染，具有高度的概括力，线条既需简练又明快，突出表达对象的立体感和质的软硬特征。”先生的白描画在中国花坛独树一帜。《姜毅然白描花卉集》曾两次出版，刘海粟、张伯驹、周汝昌等人激赏不已，纷纷为之题诗作序。

姜毅然先生绘画

毅然先生在世时曾作《斜街唤梦图》，记早年天津梦碧词社事。图为一街南斜，近海河西岸。当门白杨数株，三间老屋，一灯荧然，坐中数客作拈髭构思状。图成复题一绝云：“卅年旧梦绕斜街，抵死骚情唤不回。我为诸公留息壤，山魂梦影一灯埋。”寇梦碧先生览图，抚今追昔，感慨颇深，因以梦窗韵题《双叶飞》一阕，并征题咏。一时海内词家，题着甚众，成为津门文坛一大佳话。

冯星伯:“意在二吴一赵间”

1975年9月30日是我结婚的日子,这是一个“革命化”的婚礼,既没请假,也没请客,只收到两份“贺礼”。一份是当时的宣传部副部长郑万通(后来的全国政协副主席)代表我所在的部门书写的一张贺词,预祝夫妻双双携手进步;另一份便是冯星伯等几位老一辈书画家的合笔之作《鸳鸯华苹》,恭贺“伉俪结褵之喜”。我与冯星伯先生相识大约就是在这个时期。

1978年作者与冯星伯先生(左一)交谈

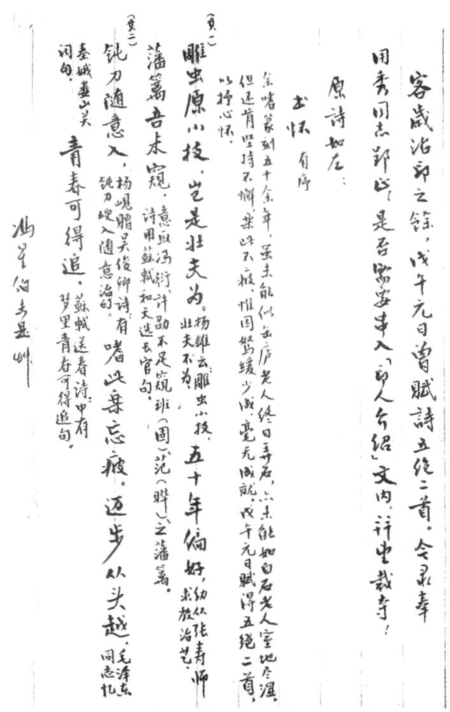

客岁治印之余，戊午元日曾赋诗五绝二首。令录奉
用秀同志郢政！是否需要寄入「印人介绍」文内，详由裁夺！
原诗如左：
书怀 有序
余嗜篆刻五十余年，虽未能似缶庐老人终日弄石，亦未能如白石老人室地尽湿，但还肯坚持不懈，迄今不辍，惟因驽缓少成，毫无成就。戊午元日赋得五绝二首，以抒心怀。
(其一)
雕虫原小技，岂是壮夫为。(杨雄云雕虫小技，壮夫不为。)五十年偏好，(幼从张寿师求教治艺。)藩篱吾未窥。(意取冯衍，许劭不足窥班(固)、范(晔)之藩篱。诗用苏轼和文选长官句。)
(其二)
钝刀随意入，(杨岘赠吴俊卿诗有钝刀硬入随意治句。)嗜此弃忘疲。迈步从头越，(毛泽东同志忆秦娥娄山关词句。)青春可得追。(苏轼送春诗中有梦里青春可得追句。)
冯星伯手录 卅

冯星伯赋诗五绝二首

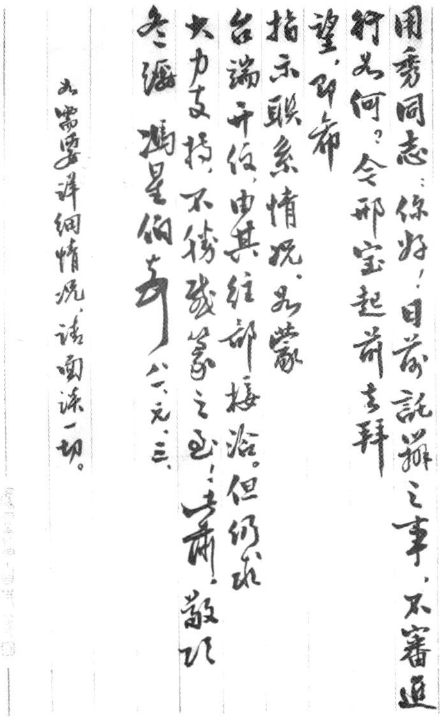

用秀同志：你好！日前託辦之事，不審進行如何？令邢宝起前去拜望，即希
指示联系情况，如蒙
台端介绍，由其往部接洽。但仍乞
大力支持，不胜感篆之至！专肃，敬颂
冬绥 冯星伯手 八六.元.三.
如需要详细情况，请面谈一切。

致作者信（一）

冯先生住在粮店后街吉家胡同，距李叔同故居不远，高台阶，大门楼，据说当年是天津同仁堂张家的宅院，大小院落一个套一个，冯先生的家在庭院深处的一座正房内，为了出入方便，后墙还开了个小门。那时我常去探寻老先生，了解他的艺术生平，先生也曾给我写信谈及他早年治印的一些情况。信中说："幼从津门张君寿先生求教篆刻艺术，为《语石》著者叶昌炽先生的派系传人，刻印以秦汉入手，并参酌王石经精神，从平正而险绝，转学吴让之，继之以赵之谦，最后吸取吴昌硕，博采众长而能推陈出新。"先生那年六十八岁。据先生自己说，其"晚年作品，除玺印之外，在二吴一赵之间，独辟蹊径，自成一家风格"。"二吴"即晚清篆刻家吴让之、吴昌硕，"一赵"即晚清书画家赵之谦。记得当年朱其华先生在《画比龙 印点睛》一文中写道："冯星伯从事治印已有五十多年的历史，他同时也是一位书法家。他的遒劲有力的篆书，我们经常可以在本市书法展览上见到。"

吴玉如先生赞誉他为“铁笔专家”。

冯先生博学多才，涉猎广泛，他有一方印“只要愿意学习就一定能够学好”，恰恰是他的自我写照。他喜好皮黄、摄影、刻竹和收藏，诗作得也相当不错。先生曾给我来信说：“客岁治印之余，戊午元日曾赋诗五绝二首。今录奉用秀同志郢正。”诗题《书怀》，前有序云：“余嗜篆刻五十余年，虽未能似缶庐老人终日弄石，亦未能如白石老人室地尽湿，但还有些坚持不懈，乐此不疲。惟因驽缓少成，毫无成就。戊午元日赋得五绝二首，以抒心怀。”其一，雕虫原小技，岂是壮夫为。（自注：扬雄云：雕虫小技，壮夫不为。）五十年偏好，（自注：幼张寿师求教治艺。）藩篱吾未窥（自注：意取冯衍、许劭不足窥班固、范晔之藩篱。诗用苏轼和天选长官句。）；其二，钝刀随意入，（自注：杨岘赠吴俊卿诗，有“钝刀硬入随意治”句。）嗜此乐忘疲。迈步从头越，（自注：毛泽东同志《忆秦娥·娄山关》句）青春可得追。（自注：苏轼《送春》诗中有“梦里青春可得追”句。）

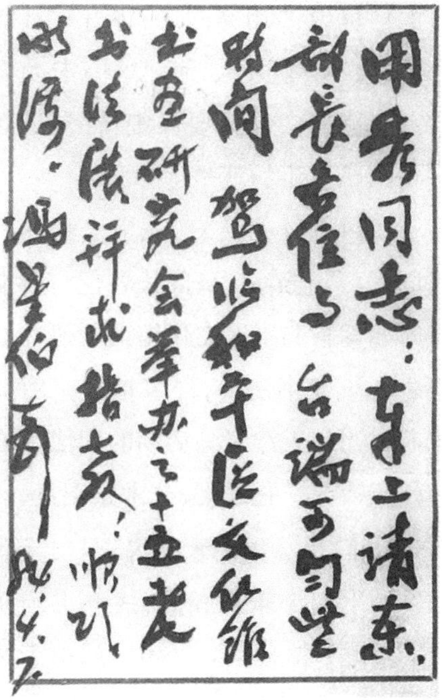
冯星伯治印

致作者信（二）

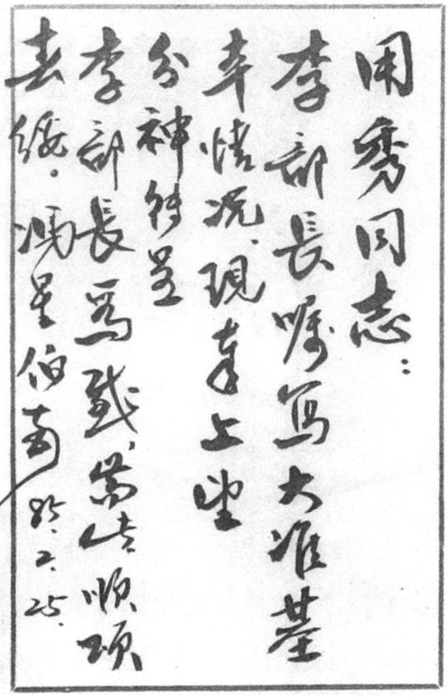
冯星伯治印

致作者信（三）

写给作者的小篆

在我收到先生的信函中，有几封涉及其子调动工作一事。冯是位在书坛备受推崇的老先生，“文革”以来，与许多著名书画家一样，不但不为世人所重，而且饱受生活磨难。先生有一子，多年在张家口地区，不能守在老人身边。我每次到先生家里，总见到老夫妻俩，生活极为不便，而且冯先生长期患心脏病，他迫切希望儿子能回天津工作。我将这一情况向有关领导做了反映，大家非常关心先生的处境，经多方协调，终于为冯先生解决了这一难题。先生在 1981 年 1 月 3 日的信里说：“用秀同志：你好！日前托办之事，不审进行如何？……求大力支持。”且附言：“如需要详细情况，请面谈一切。”信里讲的就是这事。

1984 年 4 月 7 日，先生来函称：“用秀同志：奉上请柬，请部长各位与台端匀些时间驾临和平区文化馆书画研究会举办之十五老书法展，拜求指教。”由此勾起我对当年天津书画活动的记忆。

天津是文化之都，艺术家麇集，且有一大批书画爱好者。改革开放后，文艺复苏，人们对文化艺术的渴求日趋强烈。在此情况下，和平区文化馆率先将隐没多年的书画家组织起来，成立书画研究会，不时开展讲座、观摩、展出等活动。这是“文革”后天津最早的民间书画艺术团体，曾吸引了大批文化人士及市民群众。而冯星伯先生则是该团体最为积极的发起者与参与者。有些人回忆：当时的书法篆刻界由著名的艺术家前辈组织了建国以来规模宏大的培训班，先生是其中备受学生欢迎的和爱戴的老师之一。

回忆先生在台上传授“怎样写书法”的基础知识到“唐代的几大书家”以及“文字的演变”等等，他绘声绘色，说古论今，有时还穿插着一些故事和笑话。他的随和、幽默与学生没有距离感，台上台下互动，一片喜气洋洋的学习氛围，每当回忆这些往事仍然感动不已。老师在家教了不少“入室弟子”，其实在天津听过先生讲课的人不计其数。很多后来在艺术上取得成就的著名书法家、篆刻家都以曾经是冯先生的学生而感到荣幸。先生在和平书画会三周年纪念大会感怀：“庆祝三周并年会，群英荟萃乐陶然。评书论画兼金石，广结诗文翰墨缘。”许麟庐老人曾著文云：“我和冯星伯先生在天津是同窗好友，想起当年一起去溥儒先生请教书画艺事的情景如在眼前。我们往还甚密，情同手足，经常切磋交流技艺，收获良多。80 年代初，他到北京来看我，在舍下小酌，推心置腹，不胜感慨。”

《冯星伯家刻选》启功题签

2012 年是冯星伯 100 周年诞辰，先生哲嗣冯大准先生要为父亲出一部书法篆刻集，我大加赞成，并鼎力相助，特撰一文，叹曰：“先生平生淡泊，对名利地位不屑一顾，虽然如此人们还是非常敬重他、景仰他，因为他的艺术成就足以明证他是淡泊之中一大家。”

余明善："形成一种精神面貌"

1978 年，天津的一家媒体委托我请一位书法家为其书写刊头，我找到了正在二十六中学任教的余明善先生（后来调到了天津师范学院），先生题写后，我及时送达。谁知那家媒体在刊出时，却将先生的姓标成了"俞平伯"的俞，真是愧对先生。好在当时知先生大名者不是很多，先生也并未计较，事情就这样过去了。

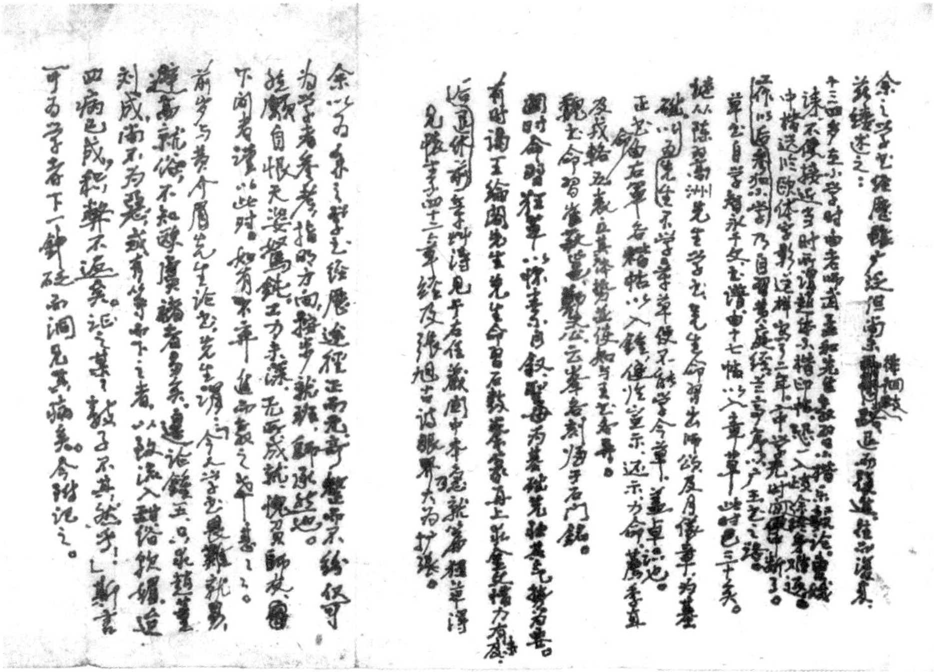

余明善先生学书自述

此时余先生住在和平区郑州道一座二层楼的楼顶，那天我去先生家，可巧龚望先生做客余家，龚先生刚刚被送出余房，他下楼，我上楼，因楼梯太过狭窄，两人只能侧身而过。进得余先生房内，这才得知，所谓“楼顶”实为第三层的坡顶“亭子间”，房内又闷又热。先生家只有夫妇两口人，从谈话中得知，先生的老伴在三十五中学教生物，她向我说了说学校里的一些情况。余先生风雅率真，书生本色，志士风骨，北方话夹着南京腔。他向我讲起他学习书法的心得和体会：

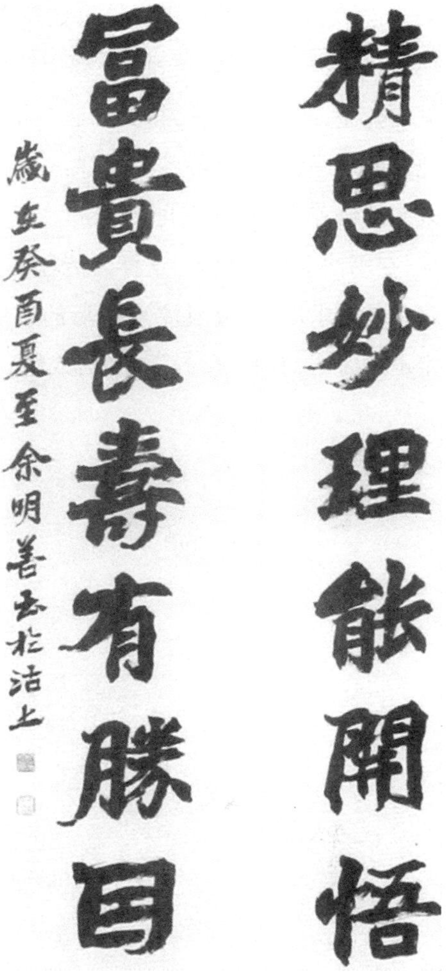

余明善先生七言联

我在十四岁的时候，从高肃然先生读《左传》，课余读包世臣的《艺舟双楫》。对书里所写的《历下笔谈》和《邓完白山人传》有深刻印象。高先生善于草书，常和我父亲谈书法。后来从柴化周先生读《说文》、学声韵学。柴先生是黄侃弟子，精通小学，喜集古碑帖，凡《书镜》(即《广艺舟双楫》)所载的碑目无不尽有，这时我正读《书镜》，有了这一便利条件，省好多事了。因为《书镜》所谈碑帖的资料都能见到，我对康南海说法当时很是墨守，柴先生说：“《书镜》所谈并不都是金科玉律，需要灵活的体会。”看到我写的《龙门造像》说：“你可以写点圆笔灵活的字了。”就教我学《李仲璇》《敬使君》，于是开始从板滞生硬有了灵活的变化。七七事变前从陈嵩洲先生学书，先生对古文有高度修养，著有讲虚字使用的书和《书法》一书。他精于汉隶，作字有一种特殊的风度，先生提倡写章草，说，章草好了，大草也就容易了，后来我深有体会。沦陷期间，我又从林宰平先生学宋元哲学、书法。此后得从吴玉如先生学杜诗，先生是词章专家，是近代大书家，他主张学大王，强调《丧乱帖》要上千遍地写，然后学怀素。我以前只是写碑，自见两先生，才开始学帖，得到方法。从各位先生的学习，有了些体会，书法不是单纯写的问题，它需具备各种条件：一要有学术的修养；二要有学问的修养；三要有艺术的修养；四要有识见的修养。以上各方面修养的总和，形成了一种精神面貌，在书法上反映出来，这样才能在书写上出现一种新的精神面貌和风度。如果只单纯追求形式，或只注意技巧的钻研，是不够的。过去有些老先生们说，某人字不能脱俗，有匠气，有江湖气，或粗狂，这都是缺乏各方面修养的缘故。

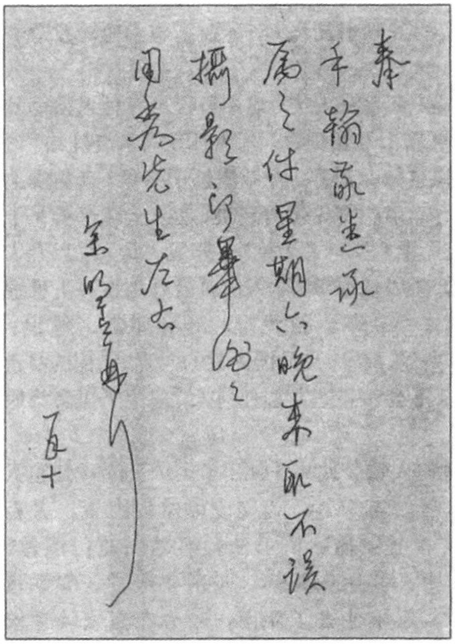

余明善先生致作者信

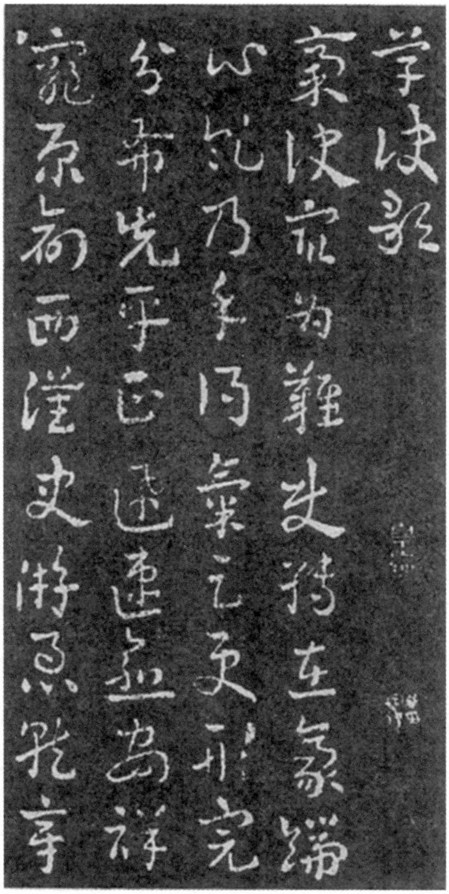

《章草稿诀歌》部分　王世镗

余先生家的陈设十分简单，除了几件老旧家具，就是一些生活用具。只有两样东西能引起人们注意，一件是挂在墙上的行书横批，书写者为林宰平，大概是出于爱惜，作品的表面还被蒙上一层塑料薄膜；另一件是书桌上的高约18厘米的鎏金铜佛。

我问起林宰平的事，先生说：林宰平，名志钧，福建人。他是近代著名学者。清光绪癸卯科举人，与沈钧儒同年，辛亥革命前留学日本，民国初年曾任司法部参事、民事司长。第一次世界大战后和梁启超等去日本考察，《饮冰室合集》就是他编的。20世纪40年代初，我的老师裴学海先生写了《古书虚字记实》一书，交给他的老师林宰平看，在林先生的推荐下，终由商务印书馆印行。当时天津已沦为日本的铁蹄之下，林先生作为清华大学名教授，隐居天津"大绿票银行"（准备银行）宿舍楼上。那时我教家馆，主人请客也请林先生到场，经攀谈得知他是裴老师的老师，遂拜认为太老师。通过林先生我又得识了沈从文、梁漱溟等人。林先生著有《帖考》，精于帖学，善长行草。先生对书法特别强调变，认为学古人一定要能变，才能有自己的面貌。我从太老师那里受益甚多。我悬挂林先生的书法一则是表达我对他的敬仰；另一方面也是鞭策我，让我时时不忘他对我的教诲。

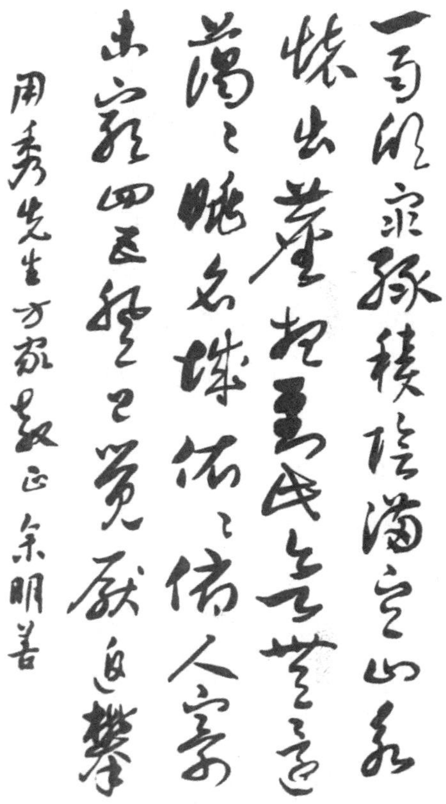
余明善先生写给作者的行书

余先生供养的鎏金佛，制作精细，姿态婀娜。文人中，常见有文房供养佛像的，尤其是唐以前的鎏金佛像，俗称"板凳佛"。这些鎏金佛像，绝大多数比较小型，小至五六厘米高，大者也有二三十厘米的，极少有巨型者。其中以十六国的为稀罕,以北魏、北齐、隋唐金铜佛像为精美。余先生告诉我,他的这尊金铜造像是隋代的,为一尊菩萨立像,虽已失掉背光,亦为先生所心爱。

此次见面后,转年 1 月 10 日,我收到先生一封信。信里说:“奉手翰敬悉承属之件,星期六晚来取不误。摄影即毕,谢谢!用秀先生左右。余明善顿首。”信中所言他写给我的那幅章草字条可在周六晚上到他家去取。“摄影即毕”说的是我请一位摄影家给先生拍照的事。来信还附有一份他自己用钢笔书写的《学书简历》,特别提到了他对章草和狂草的理解。

人们一般将草书分为章草、今草、狂草三大类,这不仅仅是三种风格迥异的草书字体,而笔画形制中则明显透露出互相依存、互为补充的承袭脉络。时间上章草产生最早,脱胎于隶书,风格厚重质朴;今草滥觞于章草,风格潇洒豪放;狂草形成最晚,风格澎湃激昂。余明善先生自己讲,他的“章草得见于右任藏关中本《急就篇》,狂草得见怀素《四十二章经》及张旭古诗,眼界乃大为扩张”(《学书简历》)。

我想起上次与先生见面时,先生对我说的话:“研习章草,入门时最好先临写王世镗的《章草稿诀歌》。”他取出《章草稿诀歌》给我看,颇有感慨。他说:“一代宗师于右任既是享誉海内外的书法大家,又是国民党的元老,以他的身份和秉性,无论是政界还是书坛,他都不会违心地逢迎任何人。但他平生最为服膺的却是比他年长一旬的王世镗。”

王世镗这个人并不是十分有名的人物。此人 1868 年生于天津一仕宦人家。字鲁生,号积铁老人,幼好学。年十七,为文既能熔铸经史,又精天文、算学,曾在开封大梁书院读书。他精研书法,喜摹《龙门造像》石刻,尤擅章草。因在科举考试中,其所作策问、条对、天文、算学皆详,竟被疑为“新党”而遭贬抑。后来他去了陕南,投奔在兴安(今安康)为官且又能书善画的从弟王世镔。曾任褒城、西乡、镇巴知事,以后便定居在汉中。于右任与王世镗偶然相识后,对王世镗凝重含蓄、趣韵高古的书风赞叹有加,认为王的章草“行笔劲健,气势相连”。1933 年,王世镗在南京病故后,于右任将其葬在了南京牛首山,与名书家李瑞清(清道人)的墓地相邻。李是张大千的老师。王是于右任的好友。于为失去他所推崇的知音和挚友深为痛悼,特作挽诗一首:“牛首晴云掩帝京,玉梅庵外万花迎,青山又伴王章武,一代书画两主盟。”章武是天津地域的古称,“王章武”点出了王世镗,也道出了王的家乡——天津。

余明善先生的这番话使我第一次知道了王世镗这个人,也第一次从一位具有真知灼见的书家口中获得研习章草的门径。事隔不久,余先生便书写一条章草,于是便写了这封短信告我去取。按照余先生的指教,我开始临习王世镗的《章草稿诀歌》,果然得益匪浅。这封信使我想到,凡书画大家,他们对艺术的感受都不是泛泛而笼统的。只有像余明善这样的老先生才能一语道出如此明确的“行家之言”。

余先生在《学书简历》中特别讲到了书法的“变”。他说:“变是学术上的重要题目,如同在试验室做研究一样,具备了各种物质,具备了各种条件,做了无数次的试验,才能有新的发明。单纯无条件的求变和创新,那是无本之木,无源之水,这样的创新和求变,也是不可能的,也就是学而不思则罔了。”

唐代刘知几在《史通》里谈到,研究历史要具备才、学、识三种长处,才能有所发明,有所创造,研究书法又何尝不是如此?

当年,余先生赠我楹联曰:“江上飞云留北固,槛外修竹忆南屏。用秀先生教正,岁次己未嘉平,余明善于沽水之滨。”上下联为魏书,落款为行书,犹可见先生的功力与学养和他所形成的精神面貌。

黄寿昌："犹不能忘怀"

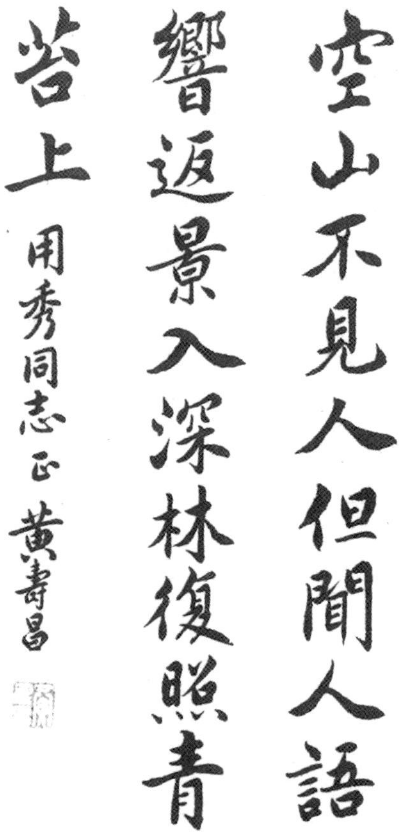

黄寿昌写给作者的行楷

1973年，笔者就学于天津师范学院外语系，暮春时节，前往女三中实习。该校当时叫红军中学，学校即在广东会馆内（今戏剧博物馆）。无意间，我见到学校会议室的墙上挂着一幅行书横幅，刚劲，秀逸，潇洒，如此佳作出自何人之手？一看落款方知此人姓黄，名寿昌，字介眉。

几年后，天津日报社副总编朱其华先生约我为“星期专页”版写一篇关于书法的稿子，我便想起了黄寿昌，随即访问了这位黄老先生，写成《谈谈书法——访书法家黄寿昌》一文。文章标有四个小题，即“鹰姿鸿态见精神”“虎卧龙飞笔下循”“古往书坛放异彩”“今朝翰墨更翻新”，连在一起恰是一首七言绝句。

黄寿昌住在老城里中营前大街，是天津的老户人家。独门独院，院落不大，却雅净至极。黄家距中营小学不远。一百年前，孩童黄寿昌与校长刘宝慈的故事一直为人们所乐道。

中营小学那时叫天津模范小学。一天放学后，校长刘宝慈立在学校门口，将新入学孩子一个个送到家长手里。校长叫了一声“黄寿昌”，那孩子应声跑到校长身边，可是半天不见家长来领孩子。刘宝慈又叫了一遍名字，还是无人答应。他探身把孩子拢到怀里。那孩子胆小要哭，校长哄道：“孩子，别怕，等会儿爸爸准会来的。”说着爸爸果然赶来，气喘吁吁，连声道歉，那孩子向校长咧嘴一笑。孩子长大了，后来他又将他的两个儿子送到模范小学，还是那位刘校长，校长得知两个孩子还没起学名，当即说道，大的叫“定一”，小的叫“贯一”，并解释说：“道，一以贯之，才能定天下，孩子是国家的，我们加倍爱护他们才是！”

我的那篇《谈谈书法》刊发后，黄老先生与我的关系愈加密切。先生77岁那年给我写过一封信，讲起他早年研习书法的事：“六岁，父亲督促习字甚严。七岁至十三岁在小学求学期间，每日放学前，父亲即将墨磨好，日课以元书纸写大楷三整幅，以白摺纸写小楷六行。初习欧体，复习颜真卿《多宝塔》，小楷习王羲之《黄庭经》及《曹娥碑》。可以说，我幼年习字和父亲付出的劳力是不可分割的，至今犹不能忘怀。”

信中还说：“小学毕业后考入南开中学，从此即主动每日临习魏碑《张黑女墓志》和《张猛龙碑》。年逾弱冠，父执辈多以临习行书相勉，初学颜真卿《争座位帖》不入，继学《怀仁集圣教序》，颇有兴趣，遂临帖不辍。复由同事介绍从王君石先生学汉隶《张迁》《礼器》《乙瑛》《曹全》《石门颂》《大三公山》《开母庙》等碑，每种临习百余通，并附临《怀仁集圣教》《书谱》《十七帖》等行草帖。后又拜张君寿为师，临习秦篆、石鼓文《琅琊台》及《说文解字》；钟鼎款识则临习《散氏盘》《毛公鼎》《盂鼎》《三颂》等。后以家境困窘，又拜华璧臣为师，蒙教导，订出润例，分发各南纸局，以写件收入，补助家庭用度，获益良多。”

20世纪70年代，黄寿昌见到吴玉如的书法，深为钦佩，决定拜吴先生为师。当时黄已年逾七旬，书法功力非同一般，吴仅比黄年长六岁。前人有云：“转益多师是汝师。”但老人拜老人为师，可谓天津文坛的千古佳话。黄先生对我说：“拜师之日，告诫习字须摒除一切名利思想，尤须多读书，并命临《龙藏寺碑》，以救行草书交代不清之弊。”按吴师指引，黄临习《龙藏寺碑》达百余通，能在貌似的基础上，一变为活，再变为厚，做到神似，从而把“二王”行草精神的东西，知道的学到越来越多，楷书精劲活脱，草书稳健奇丽，篆隶雄强劲拔，颇得玉如老师赞许。1977 年冬，玉如师赠《寄怀介眉老弟》诗一首：“经时不见介眉君，笔墨遥知切琢新。老去我欣逢畏友，精神礴练后来人。”

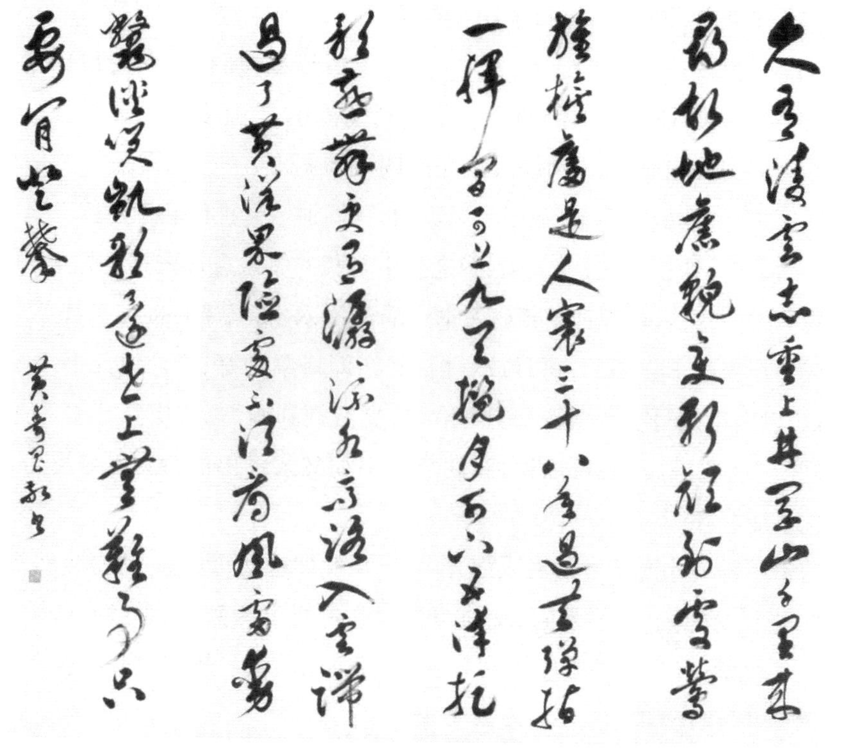

黄寿昌书法四条屏

我多次到黄的住所，看先生作书。先生写字都是在一小炕桌上，大字悬肘，小字悬腕，且用的是薄纸、淡墨，我深知这都是遵循吴师的临池之道。吴老执笔，主张高提管、悬肘、悬腕，这样可最大限度地发挥手腕和肘臂的气力，做到运笔自如，意到笔到；吴老用笔用墨讲究清润淡雅，“屋漏痕”迹显然，富有立体感。黄先生拜师一心一意，对吴师的见解心领神会，一丝不苟，惟其如此，他晚年的书法才又透出一种“凌云健笔意纵横”的高雅气韵。

黄寿昌先生为中国书法家协会会员，曾与人合著《新草诀歌》。余明善先生尝言："前岁与黄介眉先生论书，先生谓：'今人学书，畏难就易，避高就俗，不知欧虞褚者多矣，遑论钟王？只求赵董刘成，尚不为恶，或有等而下之者，以致流入甜俗软媚，迨四病已成，积弊不返矣。证之某某教子不其然乎？'斯言可为学者下一针砭而洞其病矣。"此为先生之论，或偏颇武断，或精深独到，可作参酌。1986年黄寿昌先生离世后，其书法作品集始终未能出版。哲嗣黄定一先生多年为病魔所累，虽身体不支，亦竭尽全力收集整理先父遗作，终将汇为一册。惟印数寥寥，坊间极难访到。

蓝云:“读出前人奥妙”

蓝云(1916—1992)字胜青,别署石斋主人、栖鹤亭长,著名书法、篆刻家。

从黄寿昌家出来,沿中营前大街南行是西门内大街,与中营前大街斜对着的是谢家胡同,胡同的另一头通向一个叫小马路的横向街道。谢家胡同又长又窄,骑自行车总怕撞墙,遇到行人就得赶快下车。当年,蓝云先生住的小院位于谢家胡同中段,北房三间,一明两暗,先生在西面的一间,与儿子兴武住对面屋。四十年前我常来这里看望先生。

蓝云生于1916年,原名宝儒,字胜青,别署石斋主人、栖鹤亭长,天津人。年少从祖父读书,即嗜篆刻,自学胡菊邻、吴昌硕。后师从俞品三、王雪民学汉印。与张穆斋研习古玺,又致力于书法研究,工甲骨文、金文、篆隶等。1942年,蓝云准备出版一套自己的印集,遂将印拓呈请齐白石审定,年届七十九岁高龄的齐白石对后学蓝云的作品给予高度的肯定,并欣然题写了《蓝云印存》书名。

20世纪30年代,中山公园二门内假山的右侧矗立着一座洁白素雅的西式风格建筑,这就是天津市立美术馆。多少年风雨沧桑,这座美术馆早已在人们心目中淡漠,但在蓝先生眼里,它依然是一座神圣的艺术殿堂。

1980年，先生在给我写的一封信里，特别提到了他与天津美术馆的情缘："我少年时代即酷爱印章艺术，但苦于无人指点，只得自己盲目摸索，常常收集报刊上的印章图样及家中所存字画上印章揣摩学习，直至16岁在津遇到了于子义（于止一）先生，他善画花鸟虫，懂得篆刻，在他的引导下，从商务印书馆买了本《六书通》（其中多有谬误，非起步者正路之书）如获至宝，从此自学篆刻，在这一阶段走过了许许多多弯路。后来，我进入了天津美术馆学习，顿觉耳目一新，逐步从歧途走入正轨，于22岁毕业于美术馆书法篆刻研究班，在此期间，老师俞品三先生主讲书法篆刻理论，介绍金石文物拓片等，使我懂得了篆刻学的渊源、流派，得到俞老师的教益匪浅。"

齐白石题《蓝云印存》

蓝云先生所言"书法篆刻研究班"，实为天津美术馆于1932年成立的篆刻研究会。这年5月26日《益世报》报道："美术馆附设之篆刻研究会，加入者甚为踊跃，昨日（25日）开幕，到者三十五人，馆长严季聪报告组织宗旨及希望，嗣由省政府杨秘书念功，美术馆秘书汪吾馨，相继演说，导师俞品三，报告科目之用意，及研究方法，随即摄影散会。此后即于每星期三、日，为开会日期，闻加入之会员，有研究者，有有志学习者，并有刻字业者，亦津市文化上一新发展也。"尤值得一提的是研究会的导师俞品三（名祖鑫），他是天津著名文字学家华石斧之婿。能书，精铁线篆。俞先生在美术馆教授篆刻，亲自撰写教材，蓝云、王九思等津门印家皆出其门下。他们的治印成就均起步于美术馆的篆刻研究会。

蓝云刻印大气磅礴，凝重无华，也得益于张穆斋、王雪民两位先生的导引。先生曾对我说："我在美术馆研习篆刻的同时结识了张穆斋老师。张先生善于刻三代周秦古印，我青年时代也最喜欢古玺，向张老师请教是很自然的。然而不幸的是，此时张先生身患重病，不能奏刀，我为他代笔三年之久，刻了大量古玺，很有长进。张先生一贯主以创作，正是他启发了我懂得艺术创新的可贵性，为我以后在篆刻艺术的道路上指出方向。由于青年时期有强烈求知欲，我又拜王雪民先生为老师，王老师善于刻汉印，独得静穆之气，每请教王老师，我必带去大批习作，其中多数为古玺，少数汉印，王老师批改我的习作时，认为我所刻的古玺高于汉印十年，如汉印不及时赶上，势必偏于一路，从此放下古玺，转入汉印。”蓝先生尊师爱师，对张、王二师亦是敬重有加。据张仲先生言：张穆斋先生一生落拓，贫病交加，1944 年寒风凛冽中，仍一袭洗得发白的单袍，是门人蓝云及崔彤霖兄弟予以解囊相助。

蓝云篆刻作品

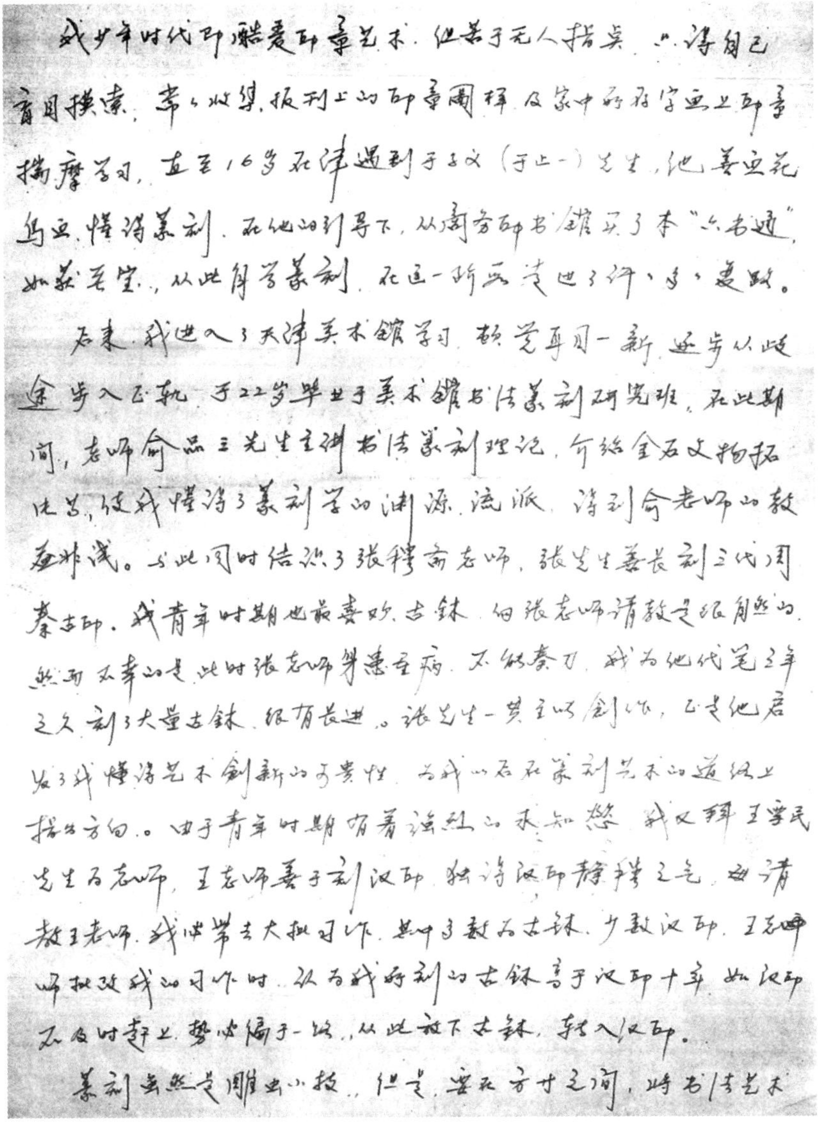

我少年时代即酷爱印章艺术，但苦于无人指点，只得自己盲目摸索，常常收集报刊上的印章图样，及家中所存字画上印章揣摩学习。直至16岁在津遇到于寿文（于止一）先生，他善画花鸟画，懂得篆刻。在他的引导下，从商务印书馆买了本"六书通"，如获至宝，从此自学篆刻，在这一阶段走过了许许多多弯路。

后来，我进入了天津美术馆学习，顿觉耳目一新，逐步从歧途步入正轨，于22岁毕业于美术馆书法篆刻研究班。在此期间，老师俞品三先生主讲书法篆刻理论，介绍金石文物拓片等，使我懂得了篆刻学的渊源、流派，得到俞老师的教益非浅。与此同时结识了张释斋老师，张先生善长刻三代周秦古印。我青年时期也最喜欢古鉨，向张老师请教是很自然的。然而不幸的是，此时张老师身患重病，不能奏刀，我为他代笔三年之久，刻了大量古鉨，很有长进。张先生一贯主张创作，正是他启发了我懂得艺术创新的可贵性，为我以后在篆刻艺术的道路上指出方向。由于青年时期有着强烈的求知欲，我又拜王学民先生为老师，王老师善于刻汉印，独得汉印静穆之气。每请教王老师，我必带去大批习作，其中多数为古鉨，少数汉印。王老师批改我的习作时，认为我所刻的古鉨高于汉印十年，如汉印不及时赶上，势必偏于一路，从此放下古鉨，转入汉印。

篆刻虽然是雕虫小技，但是，要在方寸之间，将书法艺术

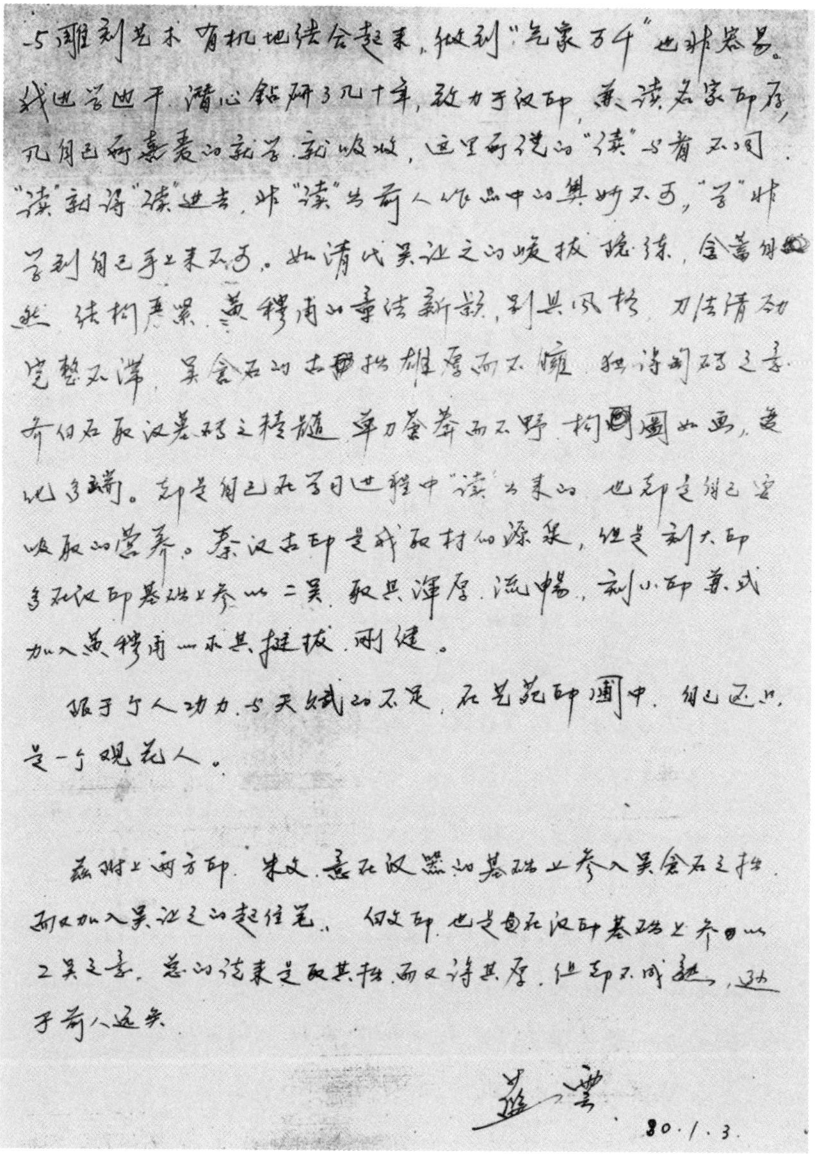

与雕刻艺术有机地结合起来，做到"气象万千"也非容易。我从学以来，潜心钻研了几十年，致力于汉印，兼读名家印谱，几月已将寒暑的就学、就收效，这里所说的"读"与看不同。"读"就得"读"进去，非"读"出前人作品中的奥妙不可，"学"非学到自己手上来不可。如清代吴让之的峻拔、挑练，全篇自然，结构严紧，黄穆甫的章法新颖，别具风格，刀法清劲，完整不滞，吴仓石的古拙雄厚而不犷，独诗词碑碣之气，齐白石取汉凿印之精髓，单刀豪放而不野，构图如画，是此多端。都是自己在学习过程中"读"出来的，也都是自己要吸取的营养。秦汉古印是我取材的源泉，但是刻大印多在汉印基础上参以二吴，取其浑厚、流畅，刻小印兼或加入黄穆甫一派其挺拔、刚健。

限于个人功力与天赋的不足，在艺苑印圃中，自己还只是一个观花人。

兹附上两方印，朱文，是在汉凿的基础上参入吴仓石之拙，而又加入吴让之的起住笔。白文印，也是在汉印基础上参以二吴之气，总的说来是取其拙而又得其厚，但却不成熟，逊于前人远矣。

蓝云
80.1.3.

蓝云自述

蓝云先生早在20世纪三四十年代即享誉印坛。迫于生计，先生长年从事打蛋厂及驻外埠营销办事处工作，曾在内蒙古从业几十年。业余时间他以研石为趣，孤灯相伴，神驰于九天之外，刀耕于方寸之中，进而开内蒙古篆刻之先河。此诚如朱其华先生所言:“从上世纪50年代至70年代,他作为‘大青山下客’,三十年与铁笔为伴,于无意中开北疆印学先河。晚年退居故里至1992年谢世,是他在天津印坛上大放异彩的十年。老骥伏枥,胜青先生创作热情空前高涨。在此期间,他的一些作品,如与汉铸印及吴让之、黄牧甫、吴昌硕、齐白石的名作并列,几乎令人难辨轩轾古今。——公平地说,乱真并不是他的追求。困守穷庐,刀耕不辍,其最高目标显然是推陈出新,营造自家风范,尽管他自己对此始终保持沉默。”(《蓝云印存·序》)

对治印的途径及篆刻艺术风格的形成,蓝云先生有深刻而独到的见解。他说:篆刻虽然是雕虫小技,但是,要在方寸之间,将书法艺术与雕刻艺术有机地结合起来,做到“气象万千”也非容易。我边学边干潜心钻研了几十年,致力于汉印,兼读名家印存,凡自己所喜爱的就学,就吸收。这里所说的“读”与看不同,“读”就得“读”进去,非“读”出前人作品中的奥妙不可,“学”非学到自己手上不可。如清代吴让之的峻拔隐练,含蓄自然,结构严谨;黄穆甫的章法新颖,别具风格,刀法清劲完整不滞;吴仓石的古拙雄厚而不臃,独得陶砖之意;齐白石取汉墓砖之精髓,单刀苍莽而不野,构图如画,变化多端,都是自己在学习过程中“读”出来的,也都是自己要吸取的营养。秦汉古印是我取材的源泉,但是刻大印多在汉印基础上参以“二吴”,取浑厚、流畅,刻小印兼或加入黄穆甫,以求挺拔、刚健。蓝先生在信里曾谦虚地对我说:“限于个人功力与天赋的不足,在艺苑印圃中,自己还只是一个观花人。”

蓝云生前系中国书法家协会会员、海河印社顾问、内蒙古“北疆印社”顾问。蓝云先生的高徒有孙家潭、王少杰、解新毅、旷小津、郑尔非、古志贤等,都能传其艺,学有所长。

刘云章："在艺坛上尚能斗争"

我家旧时有幅山水画，题为"柳荫闲话"，清雅风致，功力深厚，典型的"四王"笔意，作者刘云章。这当是清末或民国初年的作品，我想这幅画的作者肯定见不到了。然而，就在20世纪80年代初，一位朋友对我讲，西头有位老画家，此人叫刘云章，天天画画，你去访访他吧，老先生也很想见你。原来当年创作"柳荫闲话"的这位老画家如今还健在，而且又是如此硬朗，真是让我没有想到！我按照朋友给我提供的地址，东拐西拐，绕了很多弯，终于找到了刘老先生。

刘云章住在先春园街梁家嘴大会所西胡家胡同的一个小院内，不大的房间，一张床占去了一半，临窗是一张小书桌，屋内见不到什么陈设，地上靠近房角只摆放着一只尿盆。这可能就是老人的"画室"了。老人个头不高，满脸皱纹，那年他已经84岁。先生见到我，很是高兴，向我讲起他的人生遭际：在八国联军攻进天津时，我父亲被洋兵枪杀，遗妻、子四口。母居孀，与舅父种菜园维持生计。我童年时，先上私塾，由私塾转入放生院小学校，直至毕业。十七岁那年入东马路崇仁宫服务中学，免费求学。两年后，因校董雍剑秋病故，教育局无力接办，遂被遣散，但对国画的研究未尝稍息。先从师赵大年，后从师王云溪。俟后考取南审判厅充当清书，一年后又在张庄大同中学教授美术，后因病辞职，不得已卖画津门，收画的有宫南、宫北三立成、三合成画店以及德裕公画庄，直到解放以后。

此次交谈不久，先生给我寄来一封信，专门谈及他的绘画艺术。他说："因癖好书画，在校读书时即拜师学画。十余年间，在山水技法上，虽登堂入室，但脱俗入雅、书卷气象尚未得其奥。因自历心胜，节衣缩食，囊中有余，即去有正书局多

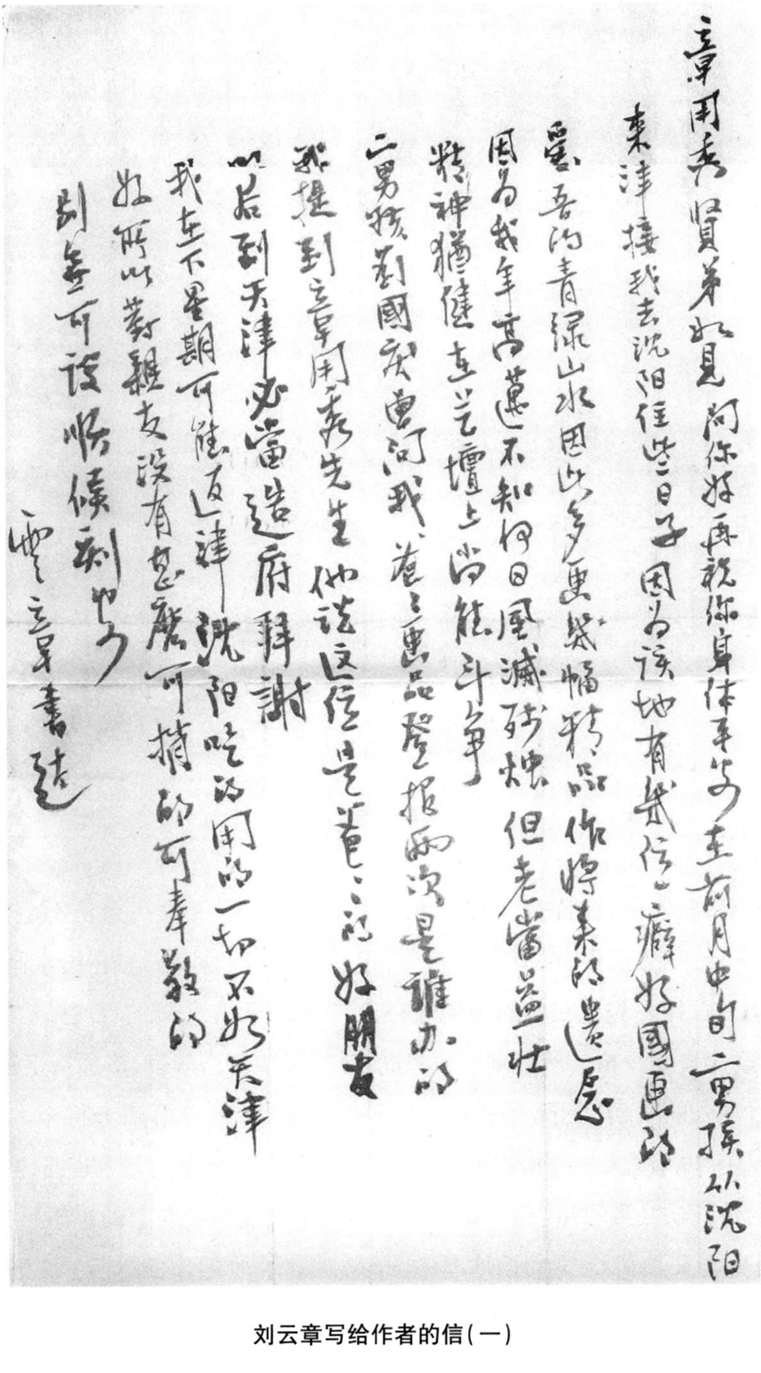

章用秀贤弟如见：问你好，再祝你身体平安。在前月中旬二男孩从沈阳来津接我去沈阳住些日子，因为该地有几位癖好国画的画友，吾们青绿山水因此多画几幅精品，作将来的遗念，因为我年高迈，不知何日风灭残灯，但老当益壮，精神犹健，在艺坛上尚能斗争。二男孩刘国安曾问我：爸爸画品登报两次是谁办的？我提到章用秀先生，他说这位是爸爸的好朋友，以后到天津必当造府拜谢。我在下星期可能返津，沈阳吃的用的一切不如天津好，所以对亲友没有怎么可捎的可奉敬的。别无可谈，顺候刻好。

云章书

刘云章写给作者的信(一)

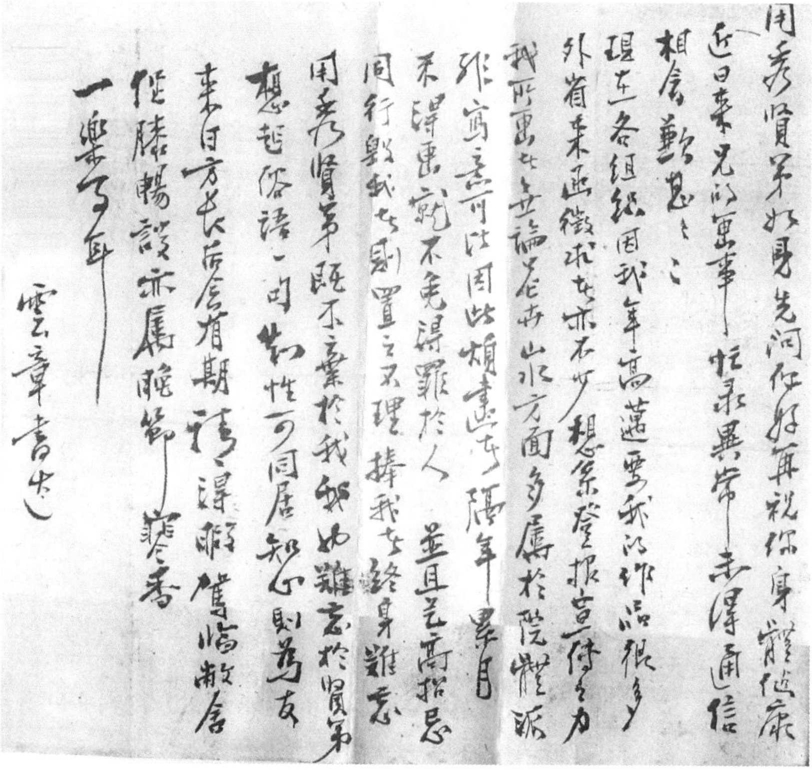

刘云章写给作者的信（二）

买些画册对临，模仿效法古人，如石谷、吴历、南田等。”又说：“余也不敏，禀赋拙笨，既登画坛，不无遗恨，惟有勤勉自立，追效古人，以善其后。在山水画所心得者多取法于石谷。”先生在信的结尾处自言：“我之学山水，先学石谷，后袁江，在求自然，晚年自变一格。所谓理、气、势尚多缺欠，望不吝教言、多加指正是盼。”

经过深入的采访，我撰写了一篇“特稿”，题为《丹青不知老将至》，刊登在1988年2月20日《天津日报》副刊上。文章介绍了刘云章的艺术道路，特别提到他深厚的传统功底和晚年“他开始用传统的画法表现积极向上的思想感情”。在其“格调高雅又新鲜活泼的山水佳作”，我列举了他创作的《苏东坡汲江煎茶图》。老画家读过苏东坡七律《汲江煎茶》后，情来笔落，挥毫写成一幅清新独特、令人神往的生活画面：明月当空，惊涛拍岸，火煎活水，松风忽作，表达一种旷达豪放的情怀。《豆棚瓜架》这幅作品，吸取了袁江界画的那种工整严密的画风，但又别开生面。这是一幅宽不盈尺的扇面小品，聊斋草堂，柳泉古井，严整规矩；行旅公差，车夫贩卒，神态各异；蒲留仙设茶备烟，让过往者驻足倾说，他则侧耳恭听，秉笔疾记，整个画面活灵活现，人物栩栩如生。

刘云章扇面作品之一

因那时媒体少，文章发表后，极易引起关注，刘先生的名气大了起来。听到社会反应，老先生接连给我发了两封信。一封信写道："用秀贤弟如见，近日来兄的画事忙碌异常，未得通信、相会，歉甚！现在各组织因我年高迈，要我的作品很多，外省来函征求者亦不少，想系登报宣传之力。我所画者，无论花卉、山水，多属于院体派，非写意可比，因此烦画者隔年累月不得画，就不免得罪于人，并且艺高招忌，同行毁我者则置之不理，捧我者终生难忘。用秀贤弟既不弃于我，我也难忘于贤弟，想起俗语一句'知性可同居，知心则为友'，来日方长，后会有期。请得暇驾临敝舍，促膝畅谈，亦属晚节寒香，一乐事耳。"

另一封信是先生从沈阳寄过来的。信里说："用秀贤弟如见，前月中旬二男孩从沈阳来津，接我去沈阳住些日子，因为该地有几位癖好国画的，爱吾的青绿山水，因此多画几幅精品，作将来的遗念。因为我年高迈，不知何日风减残烛，但老当益壮，精深犹健，在艺坛上尚能斗争。"

"在艺坛上尚能斗争。"这是老人的自勉，也是对我们这些晚辈的一种激励。

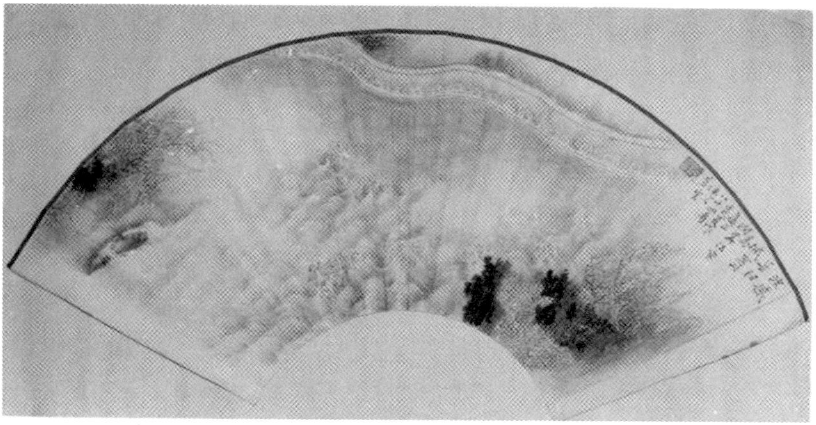

刘云章扇面作品之二

古人云:“老牛自知夕阳晚,不用扬鞭自奋蹄。”刘云章的这句话激励我们奋发图强,只争朝夕,对事业坚持不懈,不断进取。“斗争”还有一个含义,那就是对祖国绘画艺术的自信和对糟蹋祖国文化的抗争。刘云章尊重传统,继承传统,他的观念和作品对艺术乱象的制造者来说可能不屑一顾,其实他的艺术水准也正是那些胡涂乱抹、以丑为美的人所做不到的。

余明象:“实不足一盼”

1983 年夏日的一天,我到齐治源先生家中小坐,适逢另位先生前来齐宅造访。此公六十出头,学养风雅,性情真挚,他叫余明象,是书法家余明善的弟弟。三人聚在一起,谈古论今,十分融洽。先生住天拖南昌宁南里。分别后,他曾给我写过两封信。先生的字端秀精谨,生动流畅,一股书卷气息扑面而至,字里行间可见先生深厚的国学根基。

一封信是这年的 8 月 15 日发出的。信中说:“用秀同志:前于智园(即齐治源先生)处邂逅,匆匆未及细谈。《潘家口今昔》拜读,受益良多。顾宁人《昌平山水记》卷上似是:‘灰岭、滦河、古城三驿,并属兴州,右屯卫古城,今移大喜峰口,为朵颜入贡道,余并罢之。’是否有当,录供参正。”《潘家口今昔》是此前我因感怀潘家口水库建成而写的一篇文章,刊登在《天津日报》副刊。文章抚今追昔,并考证了的历史及典故。其中有一部分提到了喜峰口,曰:“明代,此地是防御北元后裔蒙古族贵族进犯的军事要冲。据顾炎武《昌平山水记》记载:‘灰岭、滦河、古城三驿并属兴州右卫屯,古城今移大喜峰口。’出喜峰口,经宽河(今河北宽城)、会州(今河北平泉县内),往北直通大宁城(今内蒙古宁城县内);在往北,便是西拉木伦河流域的兀良哈。明朝建立后,元宗室辽王阿扎失礼等来降,朱元璋便在这一地区设立朵颜、福余和泰宁三卫。靖难之变,朱棣又借助兀良哈三卫的骑兵为先锋,后来便因此允许他们在大宁地区放牧。但是,兀良哈仍怀有进犯的野心。”余先生细读了这篇文章,而对这段话中的引言尤为关注,他将他点校的顾宁人(即明末清初人顾炎武)这段话写在信中,“录供参正”。我对先生所言极为

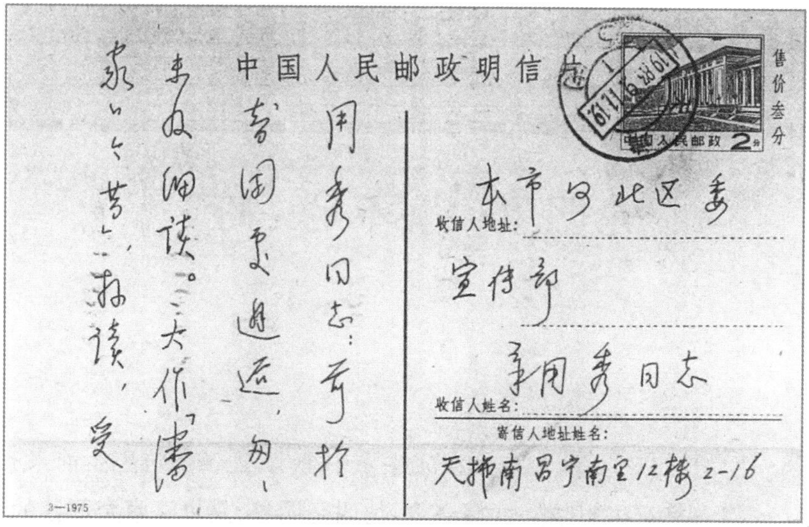

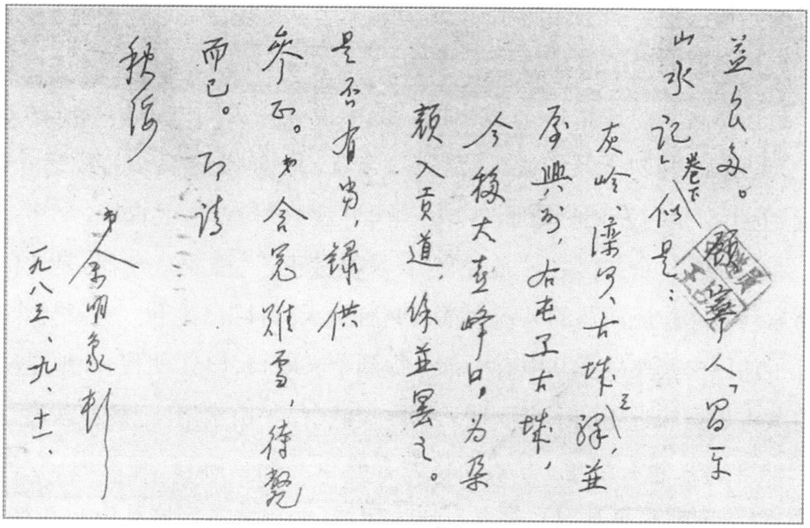

余明象写给作者的信(一)

重视，立即查阅了顾炎武的《昌平山水记》(北京出版社1962年点校本)，将我在文中所引的话与原书做了对照，发现我引用的话与原书并无差失，与先生的不同点在于标点断句上，或许是先生的书与我的书不是一个版本，或许是先生有他自已的理解，今已不得而知。不过由此也能看出先生对学术态度的精细与严谨。

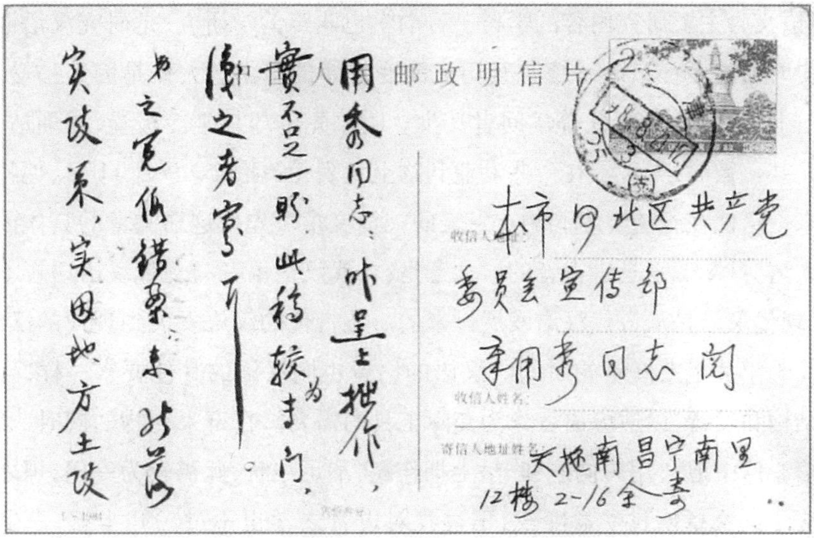

中国人民邮政明信片
收信人地址：本市向北区共产党委员会宣传部
收信人姓名：李用秀同志　阅
寄信人地址姓名：天栖南昌宁南里12楼2-16余寄

用秀同志：昨呈上拙作，實不足之一盼。此稿较为专门，懂之者寡耳。如之见何错误处，[illegible]实该策，实因地方主政

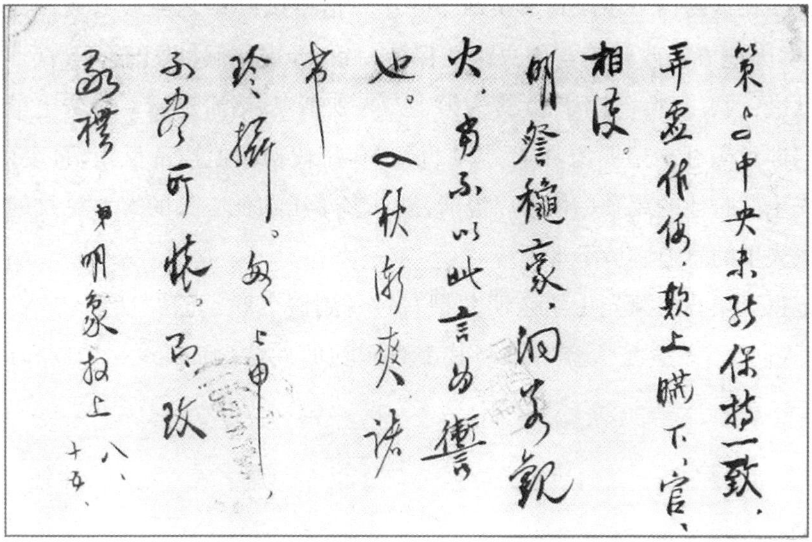

策与中央未能保持一致，弄虚作假，欺上瞒下，官官相护。明察秋毫，洞若观火，当不以此言为訾也。今秋渐爽，请书珍摄。匆匆上申，不尽所怀。即致敬礼

余明象拟上　八、十五、

余明象写给作者的信(二)

先生对训诂学、音韵学有深入的研究。训诂学是以古代书面语言为研究对象，以语义为主要研究内容的学科。音韵学也叫声韵学研究，是研究汉语语音各个历史时期的声、韵、调系统及其历史演变规律的科学。大概是因为枯燥，且非属“热门”，现今孜孜于此等学问者甚少。明象先生却甘坐冷板凳，对训诂、音韵致力尤甚。彼时，先生常在一些专业刊物上发表相关论文。9 月 11 日，他特意给我寄来一篇他在音韵学术刊物上发表的一篇文章。先生这篇文章的具体内容已记不太清，只知似乎是讲古音的。大意是：古代汉语语音与现代汉语语音不完全相同，现代汉语是从古代汉语发展过来的。从古代的汉语发展到现代的汉语，经历了几千年甚至上万年的时间。汉语的语音也同汉语的其他要素一样，逐渐改变其结构和发音，以适应语言作为交际工具的需要。在寄来刊物的同时，又写来一封信。信中道：“用秀同志：昨呈上拙作，实不足一盼，此稿较为专门，识之者寡耳。”先生的文章使我受益匪浅，不过我对古音之学也不过一知半解，先生所称“不足一盼”实在是高抬了我，由此也可看到先生的谦逊与博大。

先生在这封信中还谈到落实政策一事。信中说：“弟之冤假错案，未能落实政策，实因地方土改政策与中央未能保持一致，弄虚作假，欺上瞒下，官官相使。明察秋毫，洞客观火，当不以此言为詟也。入秋渐爽，诸希珍摄。匆匆上申，不尽所怀。即致敬礼。弟明象拜上。”20 世纪 80 年代初正值拨乱反正、百废待兴之际。先生期盼他的冤案尽快得以澄清，抛下多年压在他心头的这块沉重的巨石，余明象先生的急迫心情不难理解。

记得当年齐治源先生给余明象撰写过一副嵌名联，上联“明昭物异”，下联“善与人同”。先生之从容博雅与其率直刚烈的性情融而为一，真乃一介文人志者。

李鹤年："你是家达子"

壬辰暮春之初，上巳修禊之节。纪念李鹤年先生一百周年诞辰系列活动在津举行。在先生的书法艺术研讨会上，我说："李鹤年先生作为一个当代的大书法家，他的成就在很大程度上取决于李老的起点高，眼界高。"

作者与李鹤年等合影，左二为李鹤年，右一为作者

为筹备展览、出书等事宜，先生的子女不惮辛劳，多次找我，收集文章，了解情况。我也帮助他们整理、编辑有关先生的文稿，结集成书。至今他们还与我保

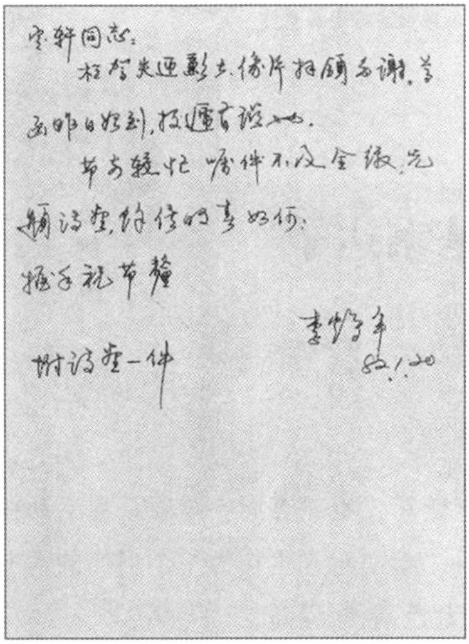
宋轩同志：
[illegible]
[illegible]
节前较忙，嘱件不及全缴，先
[illegible]
握手祝节釐
李鹤年
82.1.20
附诗笺一件

李鹤年致作者信

持着联系。

与李鹤年先生相识，是在和平书画会，到现在已有将近四十年的光景。据说那天他是从葛沽过来的。先生温文谦恭，恰恰煦煦，毫无自矜之色，与当下张狂摆谱而又处处显露出一派“名士风流”的“大师”有天壤之别。几次见面后，我专程到先生蜗居在重庆道的一个楼梯间与他聊起了书法。楼梯间小得可怜，坡顶，闷热，仅有一点点生活日用品。我那时正犯胃病，先生倒是有一罐麦乳精，忙沏上一杯递给我。

李先生的书法，清逸儒雅，极富书卷气。点画之间，毫无剑拔弩张之戾气、俗不可耐的市井气和江湖气。评论家说：其篆隶于邓石如已登堂入室，与吴让之、赵之谦可以并驾。特别是篆书，多年前吴玉如先生已有不及之许，也颇得日本友人之赏识。行书、楷书得吴门衣钵。尤善榜书，学校、商店匾额多出其手。此次造访，先生谈到他的学书经历：

“叔祖海楼、濬源，清末民初有名当地，五岁跟两公学执笔，开始临池。十八岁拜孟广慧为师学汉隶，不久又开始跟姻长王襄学篆书，自此五十年来未尝间断。随孟、王学习书法的同时，兼学甲骨、金文、碑帖考据之学。二十四岁在南开大学开始随吴玉如先生攻古典文学、小学，同时专心于行书、草书。四十年随侍左右，耳提面命，书学大进，遂能四体。解放后更师事方药雨考鉴汉唐碑版。与陈保之、胡厚宣、商承祚诸先生在师之间，不但书学更进，眼界亦愈开阔。”

李鹤年也是一位收藏鉴赏家。先生自言：“收藏亦富。”除书籍若干卷外，藏甲骨四五百片，《甲骨合集》均已收录。青铜及汉魏晋唐石刻墨本约七八千纸，其中如苏子瞻藏北宋琅琊刻石，经张彦如鉴定，推为海内第一；傅青主藏初拓汉《曹全碑》原为王懿荣旧物；宋拓汉《孔宙碑》，碑阴字，清晰得未曾有。至于影印善本

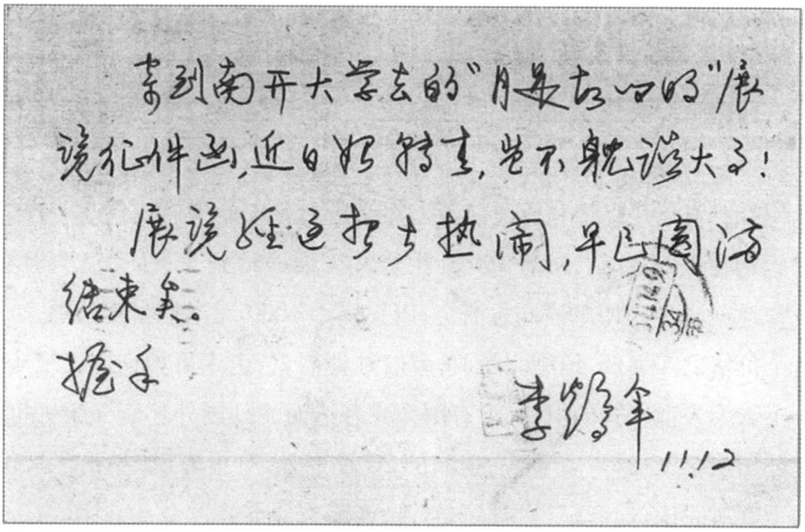

寄到南开大学去的"甲骨文四时"展览作件画，近日始转来，岂不耽误大事！

展览虽适逢大热闹，早已圆满结束矣。

握手

李鹤年

11.12

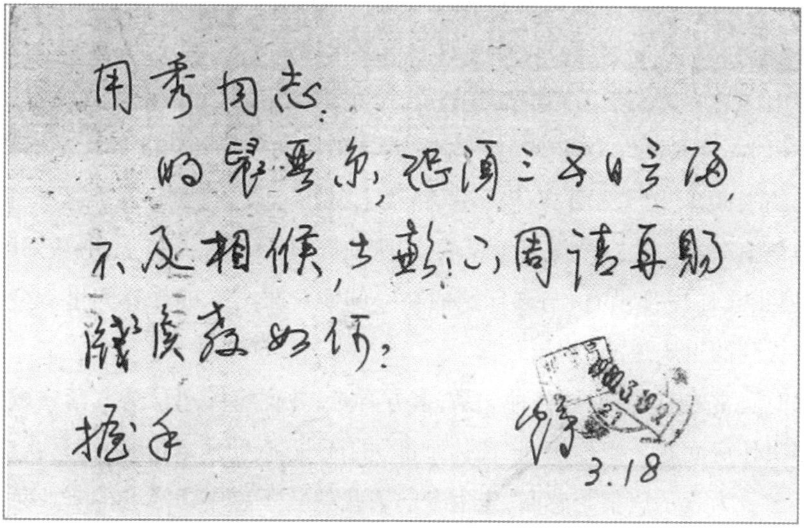

周秀同志：

明晨离京，逗留三五日即返，不及相候，去彭二周请再联系后处理如何？

握手

鹤

3.18

写给作者的部分明信片

之精之多，更无论矣。

鹤年先生珍藏的甲骨尤为珍贵。这批甲骨原是他的老师孟广慧的遗物，是孟用他叔叔给他去南方的旅费从范寿轩手里购得的，都是最早出土之品，文字甚精。孟故去后，李通过茹芗阁掌柜杨富村，将孟收藏的四百多片甲骨悉数购得。中华人民共和国成立后，李先生出于爱国之心，将珍藏的430片甲骨，自己留下30片，那400片决定交国家收藏。他写信与郭沫若联系，郭回信介绍他与文化部联系。他带着400片甲骨和郭老信函一并交给文化部的傅忠谟同志。李先生对我说："大约在1951年初，带着400片甲骨和郭老回信到北京团城（当时文化部的办公室地点），经与傅忠谟同志商定，以人民币1000元半捐半卖给国家。傅同志说这个价格确实太低，但刚刚解放，政府处处需款，也未可如何。我很庆幸，这第一批出土为人世所知的甲骨，没有因为我窘迫而流到国外。"李先生去世后，一家拍卖公司从李家征得"文革"后退赔的20片甲骨，有报道说"拍出了天价"，但先生的子女对我说，他们仅得到很少的钱，连零头都不够。

李先生本是在战争年代为革命事业做出过突出贡献的老"地工"，他以其就职的机关作为与来自解放区共产党干部接洽的据点，曾掩护了许多革命同志。先生曾对我说："1943年秋，我与我地下党组织建立了联系，这年的11月我被派往太行山区的麻田去学习。抗战胜利后，经组织决定，打入三青团天津支团部等国民党机关，获取过许多重要情报，做了大量工作。曾受到华北局社会部雷任民副部长的书面嘉奖。"然而，在极"左"路线下，他一直遭到不公正待遇，很长一段时间他被迫在葛沽的一个煤店卖煤球，刚刚粉碎"四人帮"那阵子，他从郊区回到市里，连正式住房都没有，与老伴蜷曲在一间5.7平方米的楼梯间里，这就是我在前文提到的重庆道的"蜗居"。

那时我常去看他，通过各种关系，多方奔走，敦促有关单位为其落实政策，并为他解决住房问题。当他接到"离休干部"的证书，激动地拿给我看时，我也为之兴奋不已。为表示庆贺与感谢，先生专门请我就餐于惠中饭店旁的宏业菜馆，只有我们两个人，先生特意将他精心书写的不同字体的册页赠给我，还送给我一副他写的小篆七言联，且有长题："定轩老弟祖籍山阴，鼎革后客居析津。其先世代读书。伯公浙柇先生精研乙部，著作等身。定轩承其家风，敏而好学。尝游我友牧石张君之门，从习词章、篆刻，论义信验，完极幽灏，有志之士也。"

几年后，由于形势的改变，找他写字的人越来越多，先生招架不了，在书房内挂一字条，上写“封笔”二字，不过先生对我说：“你是家达子，我愿意给你写。”从重庆道楼梯间到朝阳楼，又搬到体院北，我与李先生的交往一直未断，后来先生名气大了，我也很少去先生那里了，先生曾给我写过几封信。

这是 1982 年 1 月 20 日的一封短信：“定轩同志：枉驾失迎歉之，相片拜领多谢。尊函昨日收到，投递有误也。节前较忙，嘱件不及全缴，先题诗堂，余待明春如何？握手祝节釐。附诗堂一件。”

“定轩”是我的号，信中所称“定轩同志”是对我的尊称，当时人们家中大都没有电话，相互沟通不像现在这么便利，登门拜访遇主人不在而扑空的事是常有的，此信所言“枉驾失迎”是说我那天到先生家造访恰逢先生外出，未能相见，但先生却随这封信将我讨要的“诗堂”及时寄给我，这正应了先生前所谓“家达子”的承诺。

“诗堂”也称“诗塘”，系镶之于画的上方或下方的一块纸料，专用于题字、题诗，李先生随信寄来的诗堂上书大篆“寿客清供图”，款识为“定轩鉴家属题，李鹤年”，是与我收藏的那幅博古图相配的。

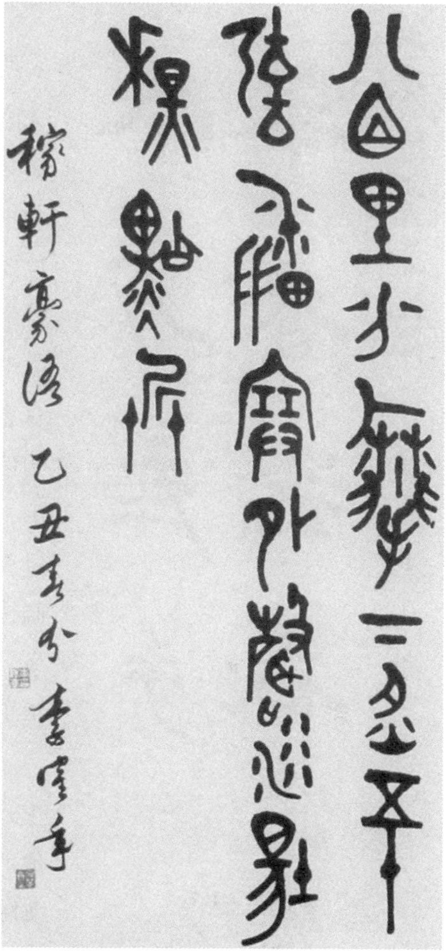

李鹤年书全文

另一封信写于 1983 年 3 月 24 日，讲他近日参加活动情况：“用秀，你来没见到为憾。应中国书协邀请参加在我们故乡——绍兴四月十五日举行的‘纪念王羲之撰写兰亭集序 1630 周年大会’，归途在南京拟住些时日，初步想六月初起身，特此奉告。”

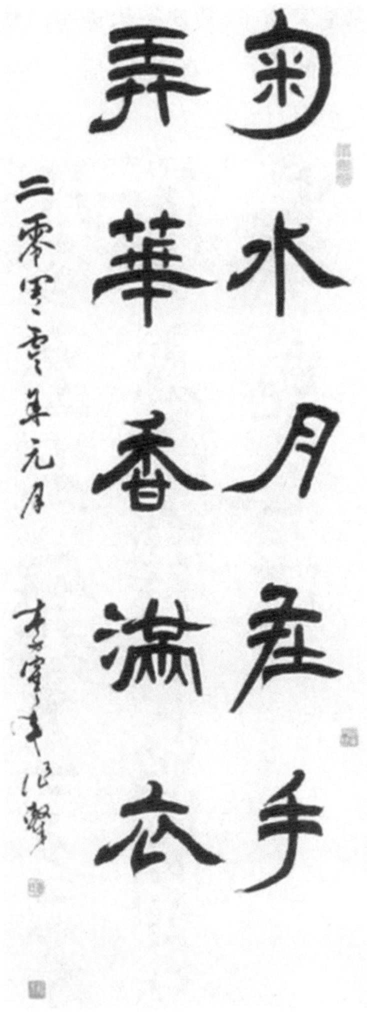

鹤年先生绝笔

我还存有几件先生写给我的明信片。其中写于1985年11月12日的明信片,说的是他在某次书画展上参展作品的事。

有关方面决定在中秋节期间举办“月是故乡明”书画展。然而,在书画展筹备过程中,有关方面却将给李先生的征件函寄到了南开大学。因为李是南大客座教授,并不常去校内,函件未能及时收到。幸而笔者先前从主办单位要来一份征件函,直接送往李先生手里,并且带着廖灿辉先生创作的一首思乡诗,由李先生书就后,直接带到展览会筹备处,才使这件有意义的作品在展览会如期亮相。李先生在明信片中所提的是“‘月是故乡明’展览征件函,近日如转去,岂不耽误大事!”正是指这个过程。他感叹道,倘若等到那寄往南大的征件函,恐展览“早已圆满结束矣”。这虽是一件小事,亦可见先生处事的认真和对社会事业的负责。

鹤年先生作为造诣非凡的书法家,无论是正式书法作品,还是日常书写便函,无不展现他那典雅古朴、清丽潇洒的书风。这些明信片实际上也是一组优美的硬笔书法佳作。

齐治源:“笔墨石刀日消磨”

长春道116号早先是经营书画和文房器物的老字号——天津荣宝斋,后来又成了闻名中外的杨柳青画店。经过“十年动乱”,一向冷清的杨柳青画店恢复了生机,这里不仅举办过几次书画和文玩展销,还挂起了笔单,其中就有齐治源先生的篆刻润格。因我特别欣赏先生的作品,便按润付费一次请先生刻了五方闲章。齐先生得知是我,认为找到了知音,颇感欣慰,于是请我到他家中,免费为我刻印,自此成了忘年交。

齐治源

中山路偏北一条叫福缘里的小胡同内,长条的院子有一间九平方米的房屋,这里便是齐先生的住所。先生的老伴已去世多年,大儿子在成都,二儿子在承德,先生同小儿子齐新和一个女儿住在一起。每次去先生家,几乎都见他伏在靠窗的一个小桌上刻印,或设计印文。有时还见他将青田石的原石用锯子破开,打磨成方形的石片,用来刻多字印。每刻一印,他都打一印样给我。多字印较大,钤起来很困难,他就在印面上打上印泥后,再将宣纸平铺在印面上,紧紧按住,用指甲磨蹭,这样打出的印样既清晰厚重又不错位。日积月累,先生精心钤给我的印拓至少也有一百多方。有时聊的时间长了,先生就留我吃饭,偶尔爷俩还喝上两盅。后来先生搬到了河西区复兴门，房间依然很小。我将先生的困难向相关部门做了反映，相关部门十分重视，便将先生的住房调到建昌道的一个偏单，先生的生活条件得到了改善。

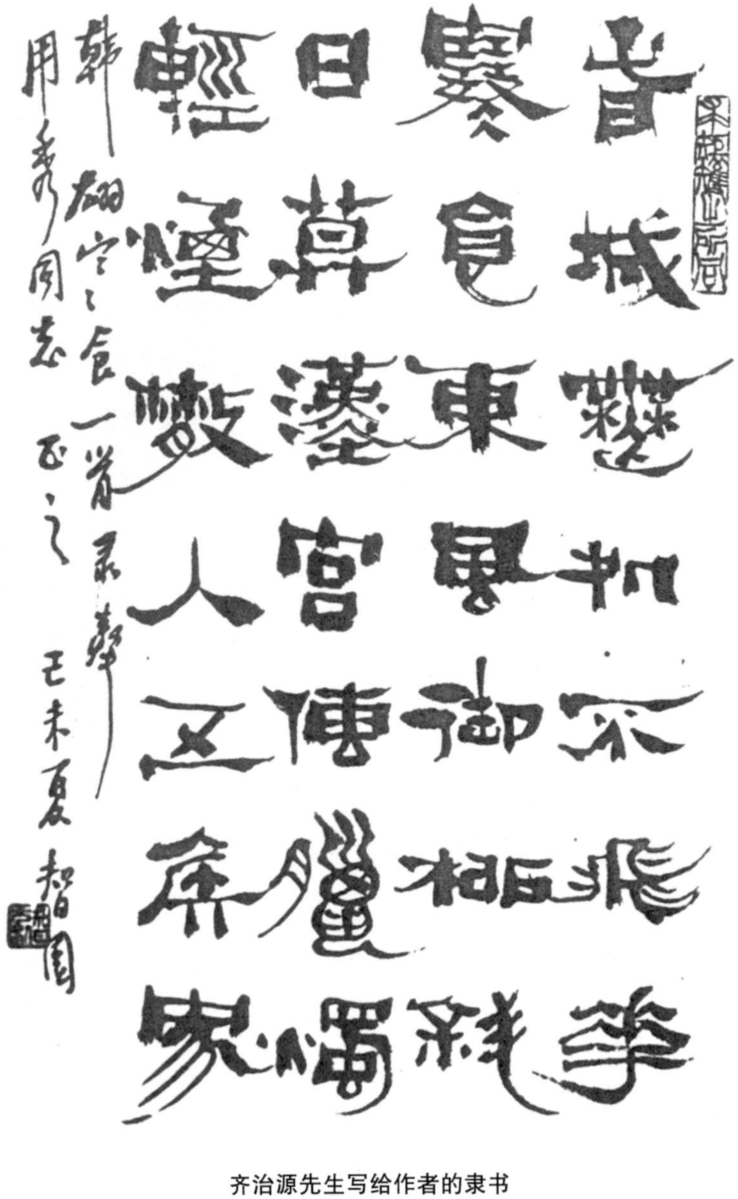

齐治源先生写给作者的隶书

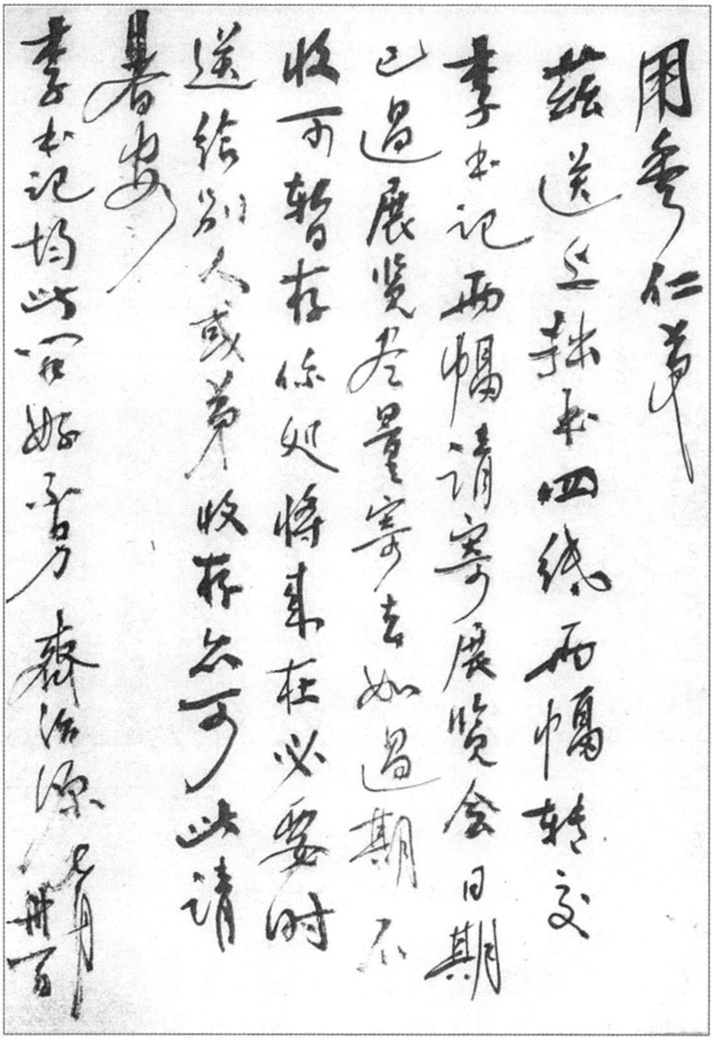

[illegible]仁弟：
兹送上拙书四幅，两幅转交
李书记两幅，请寄展览会，日期
已过，展览[illegible]寄去，如过期不
收，可暂存你处，将来在必要时
送给别人，或弟收存亦可。此请
暑安
李书记均此[illegible]
齐治源　七月卅日

齐治源先生致作者信

先生当年曾给我写过一份材料，他说他：“自幼嗜书法篆刻，十四岁即从武清丁老师学篆刻，为大小破墨法刻元明派之印。二十余岁师王雪民先生，遂弃前学，工秦汉，练基本功，师强调丝毫不苟，受益良多。今略有所得，实源吾师之严格教诲也。随即又师王纶阁（襄）研究甲骨、金文之学，对金石文字、古今小学各

家著述潜心钻研，具有独到见解。四十岁后，篆刻不拘师承而私淑近人乔大壮、钟子年、邓尔雅、寿印丐四家，号‘壮年雅丐’，兼取四家之长，以钟为主，参以己意，遂成自家风格。”

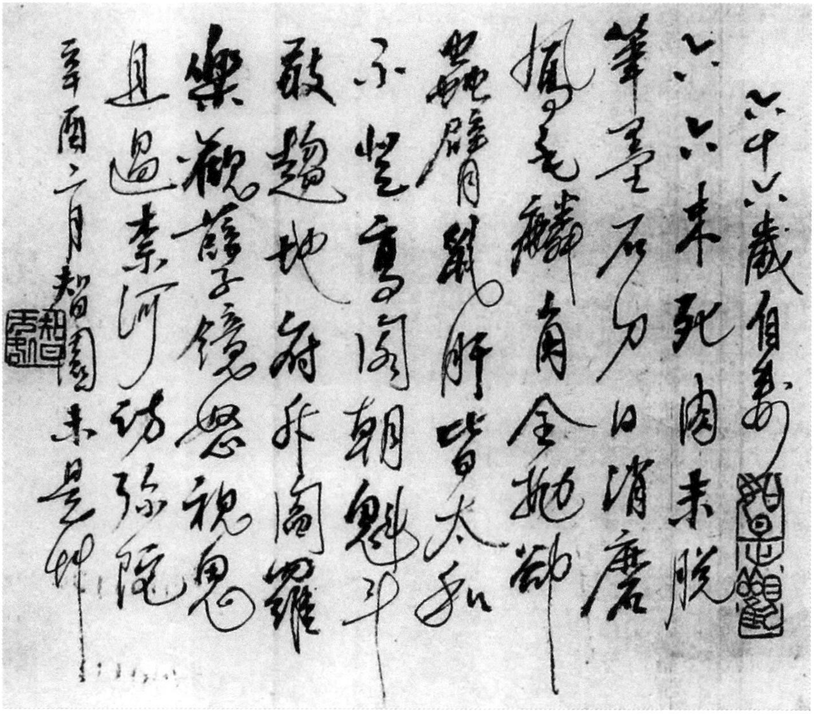

齐治源先生自作诗《六十六岁自寿》

齐先生曾对我说，他一生有一个最大的嗜好就是“花钱买印”。其所谓“买印”不是买已刻好的印章，而是按当时海内印家每字的润格付给人家现钱，自己出印石，自己确定印文，请印家为自己刻印，旧时称为“买笔单”。民国年间，凡在国内挂笔单的治印名家，不管其定件润例高低，他都以这种“买笔单”的方式，得到对方的篆刻作品。所得印家作品，来自大江南北，除北京、上海、南京等地，连香港的名家也不放过。先生坦言：“嗜金石书画成魔，收藏至富。篆刻一项，即遍寻南北百余家为制名号印千余方，搜集古今印谱百余部。”

齐先生还对我说：“花钱买印，实际上是花钱买眼。”通过购买各家笔单，他开阔了视界，提高了品位，治印水平也上升到一个更高的层次。他对黄牧父、王福厂、韩登安等近代印家所刻多字印作了分析比较，吸取他们的精华，曾治多字印数百方，宛然一幅书法。这都是他眼界大开而所致。先生的书法更是纵横挥斥，独具一格。有人称他的篆书为“草篆”，且以为是他的自创。

齐先生花钱买“眼”，不但成就了他的艺术创作，更使他见多识广而成为一位金石鉴赏家。先生尝言：“眼界既广，鉴别益精。”他曾对古今数百方印章和大量书法作品的真伪年代进行过断定，大都看得很准。先生在世时，我有些看不好的印章和字画便常求教于他。我有一方印款为“嘉靖辛亥秋日作文彭”的印章，印文为“倚松玩鹤”篆书。文彭在文人流派篆刻艺术发展史上具有举足轻重的地位。我将这方印拿给齐先生看，先生当即断为伪作。他说：“这方印从印文和印款上看均显得软弱、板滞而无生气；印石也是后人用火煅而做的旧，印石用火煅过一般就磨不掉了。这些都露出了伪装的破绽。”

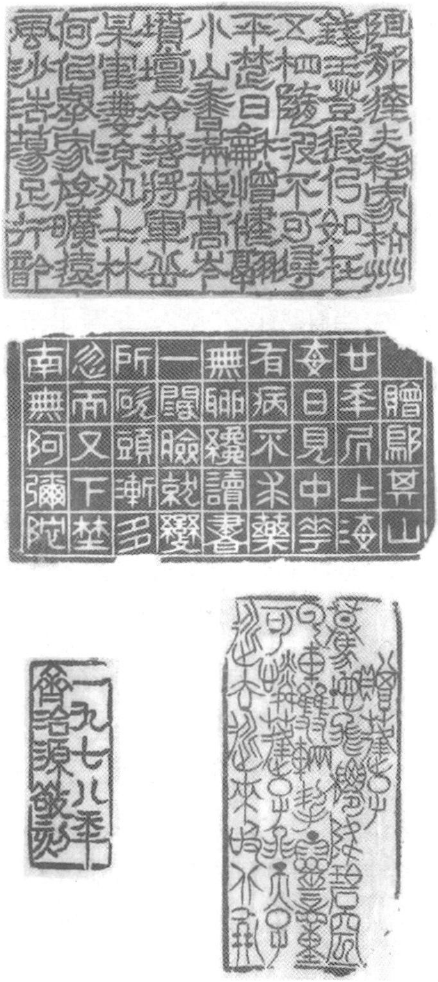

齐治源先生刻多字印

“文革”中，齐先生数十年所存印章连同他收藏的字画悉被查抄。20 世纪 80 年代初落实政策时，他当年“买笔单”所获的一部分自用印得以退还，虽说只是“十之一二”，也是不幸中之万幸了。那天我特意带了两本空白印谱，请齐先生将那些印章钤之于上。先生不假他人之手，亲自为我钤印，并亲题“智园自用印选”于书端。

1981年,齐先生六十六岁,先生写了一首七律《六十六自寿》送给我:“六六未死肉未脱,笔墨石刀日消磨。凤毛麟角全抛却,虫臂鼠肝皆太和。不登高阁朝魁斗,敢趋地府斥阎罗。乐观孽镜怒视鬼,且过柰河访弥陀。”我向先生建议:“您已经六十六岁了,何不将自己的书法、篆刻作品整理出来,搞一场个人作品展?”在笔者鼓励和支持下,齐先生于1982年5月在第二工人文化宫举办了他的个人篆刻作品展。这次展览共展出他的篆刻作品600多方,无论是名章还是闲章,都溯源古玺、汉印,布局新颖,变化多样,又兼以大篆、小篆、缪篆、甲骨、隶分、楷书等多种文字入印,运刀如笔,朴茂浑厚,一任自然的独特风格博得参观者好评。展出的作品中,还有不少是以老一辈革命家名言和唐诗、宋词为内容的多字印,这类印章,字数多、刻法复杂,但结构安排得妥帖、协调、富有整体感,气韵也十分生动。当时我化名“越人”撰写了一篇文章,题为《功深百炼 笔力千钧——齐治源篆刻展览观后》,刊登于《天津日报》副刊。

齐先生在从事书法篆刻艺术创作的同时,尤喜撰联,常作对联以自娱。1984年(农历甲子年),已近古稀之年的齐治源将他多年来创作的90多副对联书写在一本线装册子里,题为《智园偶语》赠送给我。这90多副对联实际上是先生大幅书法对联的缩写。按联语的形式分,有自勉联、题赠联、嵌字联、集句联,按字体分,则有甲骨、金文、小篆、隶书、行书,最长为十二言联,最短为三言联。这些对联,有的蕴含哲理,发人深省,有的抒发情怀,动人心魄,有的想落天外,异趣横生,具有极高的欣赏意味。

1990年7月,先生又给我写了一封信。信中说:“用秀仁弟:兹送上拙作四纸,两幅转交王先生,两幅请寄展览会,如过期不收,可暂存你处,将来在必要时送给别人,或弟收存亦可。此请暑安!”信中讲的是那年市里组织的一次书法家作品展、先生送展作品一事。此前我曾告诉齐先生,让他也去参展,因时间紧迫,作品送到时,恐日期已过,齐先生在信中所言:“如过期不收可暂存你处,将来在必要时送给别人,或弟收存亦可。”齐先生书法成就极高,但他从不吝惜自己的作品,更没想到拿自己的作品去换钱。由此信便可窥一斑。据我所知,无论给人写字、刻印或讲课,他都分文不取。这种情况在当时可谓习以为常,但在物欲横流的世俗眼里,简直不可思议。

2016年10月，有关方面于天津市文联美术馆举办纪念齐治源先生一百诞辰周年书法篆刻展，我在座谈会上发言说："齐治源先生治印自成面目，自不待言。其书法四体皆工，尤其是他的草篆，取法乎上，渊于碑版、简牍，熔篆、隶、行、草于一炉，更从明代赵宧光书中汲取养分，不解者或许还有褒贬之词，其实这才是'真正的创新'，真可称得上是书坛高手，至今亦无人可与比肩。"

刘维良:“取舍要有选择”

20世纪七八十年代,我于工作之余常到津门老画家刘维良家中小坐。先生早年参加湖社画会,工仕女、山水、花鸟。早在半个世纪前已享誉京津。尤其是他的工笔重彩人物画,在衣纹线条、色彩运用和装饰手法上具有深厚的功底,堪称独树一帜。我曾在30年代初发行的《湖社月刊》第67期上见有先生绘制的《杨柳岸晓风残月》。此画取宋人柳永《雨霖铃·寒蝉凄切》词意,画面上,一沦落者侧卧于孤舟,江面空寂寥寥,衰草萋萋,远山苍茫,一片朦胧,杨柳在清冽的晨风中摇曳,一种离愁别绪油然而生。画作旁特标明此作者乃“天津湖社分会会员”。在那个时候,

师生合影(前右二为刘子久,前左一为刘维良)

先生之作与金北楼、马企周等大家作品同载于一刊，足可见其绘画水准之高及在京津画坛的资历。在当时画坛的年轻画家中当属佼佼者。

维良先生为人耿介而又平易，说话办事乃至写信一向直来直去，率真而严谨，毫无世俗虚情。1980 年先生给我写了一封信，主要是讲他的一幅精心画作《屈原》的事。信中说："用秀同志您好！久违甚念，一定工作很忙吧。前河北区文化馆画我作品《屈原》立轴，不知用完否？希望得暇掷下。因有师资培训班需作范图，为此请您分神过问一下。"

20 世纪 30 年代初发行的《湖社月刊》第 67 期上刘维良绘制的《杨柳岸晚风残月》

《屈原》这幅画成功地运用了我国工笔重彩人物画的技法，栩栩如生地塑造了诗人屈原刚直不阿、大义凛然的艺术形象，体现了作者对传统技法的精深造诣。先生的这一杰作于 1980 年在工人文化宫举办的"老画家新作展览"中，吸引了许多观众。一些业余书画爱好者在展览会闭幕后，便通过河北区文化馆将此画借去临摹。但过了一段时间，又有不少爱好者也要临摹，刘先生于是决定将其带到学员中对图讲解，因我当时在区委宣传部工作，便委托我去文化馆索还此画。先生说：索图的目的，是"有师资训练班需要范图"。在那个年代无论单位还是个人，大都讲信用，经我一说并出示先生的这封信函，文化馆迅速将此画归还。后来据说这幅作品作为刘的代表作被一家博物馆征集。

"同声相应，同气相求"是中国的一句老话。刘维良作为画家，也结交了一批在艺术上有共同语言的书画名家。刘松庵就是其中的一位。1981 年 1 月 2 日刘维良先生写给我一封信,此信是介绍我与刘松庵先生会晤的。

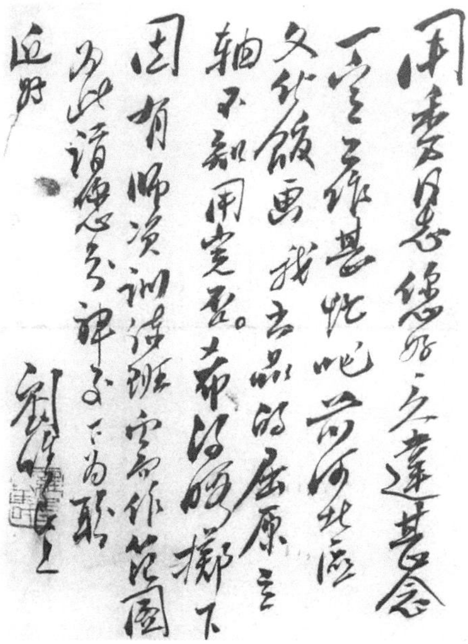

刘维良写给作者的信(一)

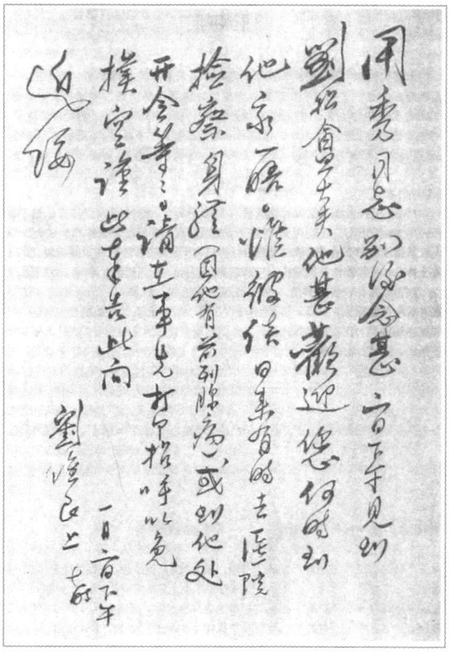

刘维良写给作者的信(二)

刘松庵当时是中国书协会员、天津书协名誉理事,在书法艺术领域,他是位了不起的人物。先生室名仰山庐。天津人。出身于津门名医世家,为清末四大名医之一施今墨弟子。行草宗《争座位帖》,并师法苏轼、刘墉。小楷则学《乐毅论》。家中藏书甚富。朝夕揣摩名碑帖,潜心研习明清法书,遂自成风貌。其书心窥魏唐,游于明清,瑰伟深穆,大气磅礴,跌宕中存含蓄,豪放而不失法度。

刘维良先生在这封信中说:“用秀同志,别后甚念。二日下午见刘松庵大夫,他甚欢迎您,何时到他家一晤。”并说“他有前列腺病”,有时去医院检查身体“或到他处开会”“请在事先打个招呼,以免扑空”。看来刘维良对刘松庵的情况,是非常了解也是非常佩服的。见到了刘松庵先生,果如维良先生所言。

刘松庵住在河北路南头的一座小楼内。他年逾七旬,身体欠佳,但性情开朗。房内悬挂着萧谦中等书画大家的精品,书桌上的文房用具古香古色,品位极高。当时他虽是市公安医院中医科主任，但论其书法绝对是精湛无比。据刘先生讲，民国时期，他曾多次与著名画家黄宾虹、王雪涛、汪慎生、颜伯龙、刘子久等一起，在一个展览会上展出作品。当年天津国华社、梦花室、荣宝斋等书画店，都挂过他的“笔单”。有一年，刘松庵同张大千、溥心畬等在国华社联合举办书画扇面展览。刘松庵展出的四件书法扇面，曾为津门四大书家之一的赵元礼全部买下，赵元礼称赞刘松庵作品很有明人的趣味，说要亲自登门拜访他。刘松庵听到后，很是过意不去。没等赵老登门，抢先看望了赵元礼。这件事，在当年书法界传为美谈。

刘维良绘《归汉承父志》

经过与刘松庵的一番畅谈，又经刘维良先生介绍，我写了一篇《二十鬻字三十悬壶》的文章，刊载于报端。

二十八个春秋弹指一挥，两位刘先生早已作古，想起与老先生们那种“其淡如水”的“君子之交”，实在令人感慨。

维良先生的绘画一如其人，大都出于真情实感，从不应景造作、故弄玄虚。张牧石对先生颇为赞赏，很早就对我讲：“刘先生的画好。”他还给刘先生刻了一方图章，让我带给刘先生，印文似乎是“维良所作”，朱文，极具黄牧甫的神韵。1979 年，刘先生为我画一幅仕女图，牧石先生览后，甚有感触，特在画上题诗一首：“竹篱芳径独盘桓，景物犹当带梦看。捐弃知随寒暖意，闲将身世问齐纨。维良先生为定轩绘仕女图属题，乙未大寒，牧石。”

先生在给我的信里也谈过他对中国画的理解。他说：“在继承当中主要是去粗取精，取舍要有选择，如何识别取舍和粗精，主要先具有明锐的感受力，不外是对古今中外的学术修养方面有所而决定的。”又说:“决不可一味求洋,破坏了传统技法的风格和面貌,即是我们经常认为的要有些‘国画味道’,但如泥于古法,故步自封,以为不可越雷池一步,是对推新不利的。”

2009 年,先生 100 周年诞辰之际,维良先生的后人为先生举办研讨会,并刊印《刘维良山水人物画集》。应家属之邀,我在研讨会上做了长篇发言。我说:维良先生在“古为今用”“推陈出新”上着实下了一番工夫。他的人物画除了吸取和继承唐寅、仇英等明、清著名画家的表现技巧外,还着意吸取现代绘画理念和技法;在题材选择上,则从现实出发,着力捕捉和描绘人民群众的生产和生活,创作了诸多工笔重彩的现代和历史人物画,格调鲜明,技法精湛,达到内容与形式统一、传统与现实的完美结合,在中国人物画的历史发展中留下了一位老画家的不断探索求新的足迹。

梁崎:“幸得识荆,快慰平生”

梁崎生于1909年,回族,字砺平,晚号聩叟,别署幽州野老、燕山老民、钝根人、燕山樵者、燕山樵等。生于河北省交河县,1945年移居天津。我与梁崎先生相识是在20世纪70年代末。

1978年梁崎先生(左)与作者交谈

那是“文革”以后,人们的思想刚刚解放,人民公园内居然举办了一次画展,展出了几位多年埋没于尘世间,几乎被人们遗忘的几位老一辈书画家的作品。

梁崎绘画作品

其中梁崎画的一幅《雄鹰》，尤其让我震撼。此作遒健奔逸，宕逸奇古，颇具八大、青藤的特点，尤显威严、浑古和凛然无畏的气势。看过展览不久，我即拜访了梁先生。

先生住在西北角大丰路房家胡同的一座小院里，距清真北大寺不远。住房一明一暗，里间屋，画室兼卧室。先生对我讲，他诗文书画皆源于家学。他说他家是交河的大户人家，家中十分富有，收藏许多法书名画，他从小耳濡目染，见多识广。他的祖父梁文翰、父亲梁汝楫均以诗文见长。梁崎自幼在父亲的教育督导下临帖习画。画家安佩兰寄居梁家对其多有指教。此外曾外祖刘光第，舅祖刘恩宠、刘恩溥都是当地知名画家。梁崎童年随祖母归省，得到外曾祖赠予的《十竹斋画谱》和《古今名人画稿》，遂成为幼年学画的启蒙范本。十岁又随舅祖刘恩溥学习楷书和指画。十九岁拜师苑麟阁，不仅临摹了八大山人、周之冕、华新罗等名家真迹，而且研读《桐阴论画》等画论名著，其国画作品自此闻名于世。

笔者翻阅《湖社月刊》合订本获知，梁先生于民国十九年（1930 年）冬月，经金潜庵举荐，成为湖社画会成员，证号 101，取号为“漱湖”，含“枕流漱石”之义，是年梁崎二十二岁。民国二十二年（1933

年）以梁松庵之名在《湖社月刊》第 938 页和第 1082 页发表两幅山水作品。民国二十四年（1935 年）以梁凝云之名在《湖社月刊》第 1590 页发表题为《松涧响》的扇面画。同年《湖社月刊》第 1577 页登载《麻雀劲竹》立幅花鸟画，署名梁崎。

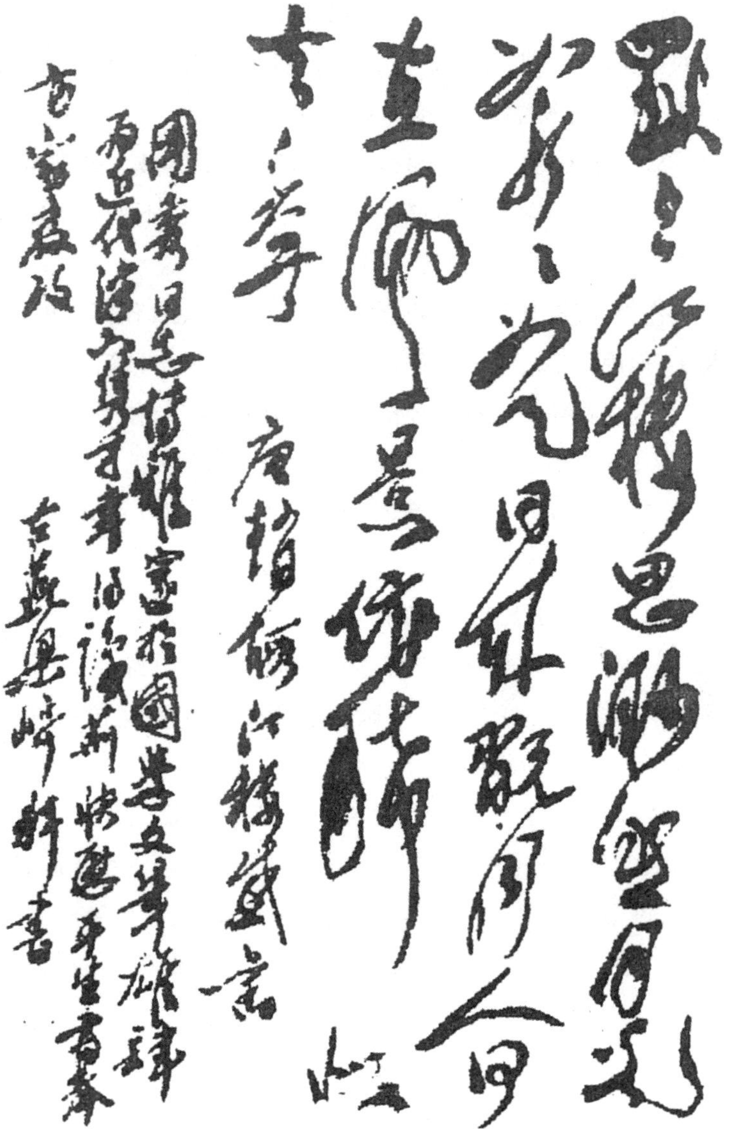

梁崎先生寄给作者的一幅字

梁崎绘画,大写意花鸟、山水、蔬果、人物、走兽无所不能。所画苍鹰,习惯以阔笔泼墨从背部画起,先确立总体动势,再画利嘴与劲爪,点睛尤重传神。其鹰或昂首雄视,或寂然休息,皆能得其神魄精灵,与徐悲鸿潇洒腾举之鹰、李苦禅豪怪拙劲之鹰、孙其峰英爽神峻之鹰拉开距离,显示出梁崎的人格特质。

梁先生对指头画造诣颇深。他早年就对高其佩、李鱓诸人的指画,进行过苦心的揣摩。为了保持指画的特色,他在指画的技巧处理上,强调不借助于毛颖和器具的功能。先生在一封信里曾向我坦言:“指画虽属小技。画理与笔画同,所不同者只工具和意境耳,学指画者必学好笔画方可为之,不是有指便能画,正如不是有笔便能书一样。”寥寥数语,道破了指头画的奥妙。

一次先生作指画《枫林猿栖》,我恰在先生身边,亲见其作画过程。先生作画全凭几个指头,他用无名指和小指准确勾出枫叶的枝干和叶筋,用手掌挥抹粗枝大叶,同时又在刻画猿猴的形态和神情中发挥指甲和指肚在表现方法上的特有功能,用食指指甲画筋骨,以小指画眼睛,使形象细腻、丰满,栩栩如生地表现了猿猴的神态,描绘出枫叶红透的深秋时节的动人景色,给人以淳朴古拙的艺术享受。

指画《杜甫诗意图》也是当着我的面画的。《登高》是唐代著名诗人杜甫寄寓夔州时,在重阳节那天到孤城江边登高望远时写的一首诗。如何表现那雄浑开阔的江边秋景?梁先生的这幅指头画是这样描绘的:江边山石古拙,气象阴森;山头林木萧疏,片片落叶随风而下;滚滚长江一泻千里,江对岸群山重叠。此画虽写古人诗意,但传画之情;构图虽简洁,但笔简意未简。

指头画用纸,生宣、熟宣均可。梁画这幅画用的是矾纸。指头画是以指头为主要作画工具,烘染设色也可用毛笔,但先生作此画,从始至终没有使用毛笔。他在画这幅画之前先对纸在心中构图,起手时,用指甲蘸墨勾出山形、树、石,以食指代替毛笔进行皴擦,以拇指点画苔痕。为了表现山石的向背,他用手指肚蘸墨在石的暗处落下大小疏密不一的苔点,光处则留下空白。在整个作画过程中,纯用自己的指掌,纵横挥洒,掌运心运,若不经心。他灵巧使用五指及掌心、掌背等各个部位,不拘破墨、泼墨等传统法式,随心所欲地画出各种效果。为了使画面和谐统一,这幅画的落款也用指书:“无边落木萧萧下,不尽长江滚滚来。用石涛法写工部诗意，用秀同志正之，梁崎指画。”点画清晰，笔道波折刚劲，如铁棍弯成。

高青畴云：“笔多工细，指多写意，然非笔画工细之极，指画不能善写共意。”潘天寿先生也指出：“要学指头画，还得从毛笔的基础入手，不能以指头画可以取奇偷巧而来玩玩墨趣。”梁崎先生则强调：“指画、指书必须以笔画、笔书为基础。”由高而潘，由潘而梁，他们有一个共同的观点，那就是学指头画必须具有坚实的毛笔画基础，否则是不可能画好的。无毛笔基础，信手涂鸦，只想以怪诞取胜，长此以往，必将指头画引入歧途。

梁崎先生为作者所绘指画《杜甫诗意图》

有感于梁先生高超的绘画造诣，我撰写了一篇文章，题为《古拙淳朴　独具一格——谈画家梁崎的指头画》，刊登在1980年2月7日的《天津日报》上。文章提到：“由于画家对写意画的专长，又具备熟练的造型技巧和新颖巧妙、不拘一格的构思能力，因而，徐渭的恣情奔放，朱耷的奇险洗练，华岩的俊逸清新，石涛的深沉苍茫，也在画家指画的构图和意境中同时体现出来。”这是第一篇报道梁崎的文稿，其后中央的一家媒体转载了这篇文章，再以后河北省的报纸刊出介绍梁崎的文章，稿件内容与我的文稿几无二致。一天我收到梁先生寄给我的一幅字，写的是唐代诗人赵嘏的诗《江楼感旧》:“默默江楼思渺然,月光如水水如天。同来望月人何处?风景依稀似去年。”诗后言曰:“用秀同志博雅邃于国学,文笔雄肆,为近代津门隽才,幸得识荆,快慰平生,书奉方家教正,古燕梁崎拜书。”所书以“二王”筑基,取鉴戴明说、王铎、王宠、傅山等明清行草名家的笔意神采,以羊毫大笔,纵意驰情,颇具遒健奔逸、宕逸奇古、雄杰无羁的书风。

自此以后,梁先生愈加忙了起来。他和吴云心等常被一些单位请去作画,一去就是好几天。我与梁先生见面少了。我最后一次见到他,是在红桥区洪湖里一个叫敦煌楼的居民区,先生得了半身不遂,被接到女儿家,住在一单元楼内。先生言语不清,手臂无法支配,但见在他的椅子上横着架起一条木板,先生对着木板看书,案头依然摆放着他喜爱的那方砖砚和那紫红色的窑变笔洗。

先生一生没有大富也没有大贵,然而先生去世后,他的画陡然升温,画价扶摇直上。一次一中年男子突然闯进我家,说要欣赏我的藏画,他看到了梁给我画的那幅指画《杜甫诗意图》,说要给我三千块钱换走,我不同意,他硬是将画卷走,跑得无影无踪。我进屋点钱,只有 2900 元。

黄耘石:“因有同趣,时相过从”

1960 年,经我的启蒙老师张云(白岩)先生介绍,来到十字街西中祥当东胡同 2 号,拜黄耘石先生为师,学习山水画。黄师寓所与张牧石师宅院毗邻。那年我刚满 13 岁,一般情况是,先去张师处学篆刻,再去黄师处学画山水,出了这院进那院。先生教我从画树、山石入手。先是先生画,我在一边看,然后按先生教的自己画。告别先生,携带先生的画稿,在家里临习,过几天再带着自己的习作请先生修正。先生教导我,画石要用干笔,先勾出边缘,再皴擦,一定要有变化,绝不可黑成一团。画树,枝要分布合理,叶要分出四季,松枝须疏密得当,画松叶有浓有淡,松叶的末梢尤不能在一条直线上。有时我将松叶的末端画得过于齐

作者与黄耘石先生(左)交谈

黄君碧 1942 年为黄耘石画的山水

黄耘石绘《山林飞瀑图》

整，或是将几棵树的树顶画成一样的高度，先生就用铅笔在上面画一条横线，告诉我这是不对的，让我以后一定要注意，千万别再犯这个毛病。

黄耘石先生是于非闇、黄君璧的嫡传弟子。先生曾给我提供一份资料，其中说道：“少年时即爱好绘画，曾从三祖父学画金鱼。画山水的启蒙老师是于非闇先生。于先生早年主要画山水，学黄子久、吴仲圭。抗战后，我到了重庆，在中央大学艺术系从黄君璧先生学画山水。我曾参加抗战期间在重庆举办的第四届全国美展和1944年中央大学旅昆校友的十年联合美展，并曾担任云南省民教馆美术国画教员。除继承黄君璧先生的山水技法外，临过一些古代名家的作品，其中有夏圭、马远、黄子久、倪云林、戴进、唐六如、沈石田、石涛、梅清，以及王石谷、吴渔山等，由于受黄君璧先生的影响，更喜欢黄鹤山樵、石谿的画法。在这期间曾接触过徐悲鸿、傅抱石、谢稚柳诸先生，受到教益。”

黄耘石绘《早行图》

在黄耘石的艺术生涯中，黄君璧先生对其影响最深，从中获益最大。黄君璧（1898—1991），广州南海人。原名允瑄，晚号君翁，本名韫之。中国现代著名国画艺术家、教育家。父仰荀，家藏甚富。早年毕业于广东公学，后从画家李文显游，并与粤东藏家交往。致力于山水画，尤以画云水、瀑布为长。1929年任广州市立美术专科学校教务主任、1937年后历任国立中央大学艺术系教授等。1949年迁居台湾，任台湾师范大学艺术系教授、主任。多次在国内外举办个人画展。传统功底深厚，经历了现代中国画的继承、演变、革新的过程。

黄耘石先生多次向我提及黄君璧对他的教诲与引导。他说：“由于有较深厚

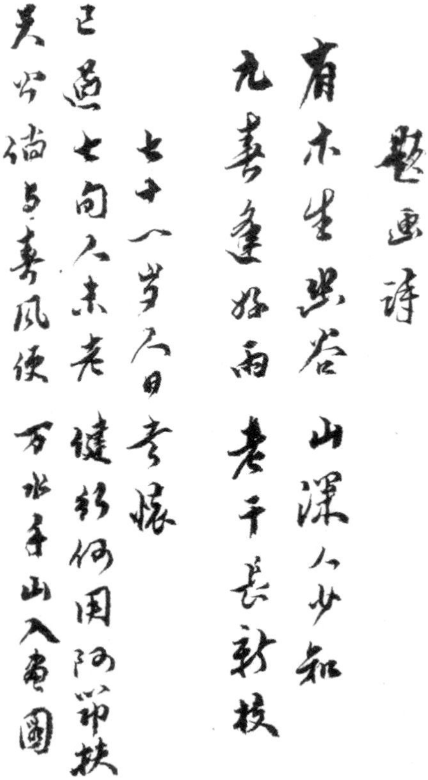

黄耘石自作题画诗

的传统基础，和‘外师造化、中得心源’道路，我曾多次随同黄君璧先生写生，对大自然有过深入的观察，经过刻苦的实践，山川水色云烟变化熟悉于胸臆，故所画富有生活气息，用笔随表现物象而变化，给人以美的感受。”

“最让我难忘的是1942年春季的一天。”耘石先生对我说。那是在重庆，正下着毛毛细雨，黄耘石踏着泥泞的山路来到柏溪分校教师宿舍看望黄君璧先生。在一间木结构的小屋里，画桌是用两张小办公桌拼成的，先生给他讲解清初四僧的绘画特点，又让他看了几张自己的近作，然后用贵州皮纸为他画了一幅拟石涛画法的山水画。上面画的是嘉陵江的风景，构图吸取石涛擅长的截断法，画中大部分景色都不是展现全貌，而是根据视域所及截取其最集中、最有代表性的一部分。先生作画，笔墨干湿并用，灵活多变，行笔忽急忽缓，随景而易。看先生作画，既是艺术的享受，又加深了对绘画艺术的领悟。先生画完这幅画，又在右上方题道：“壬午四月廿九日，耘石仁棣冒雨过访山中，畅谈绘事，余略拟石涛画法赠之。君璧并记于柏溪。”经过多少年的风风雨雨，黄耘石一直将这幅画珍藏在自己身边。后来耘石先生见我对此画深爱至极，特意给我临写一幅，并在款题中道出为我作此画之因由。细细观之，此画画风受石溪凝重谨严和西画的影响，虽如石涛一笔一画皆从自然中得来，同时又展现了黄师自己的独特风貌。

先生还曾向我讲起当年他在天津兴办美术学校的事和他与陈少梅的一段因缘：抗战胜利后，黄耘石定居天津。1946年春，中华全国美术协会天津分会在中原公司五楼举办联谊活动，经张伯苓之子张锡羊介绍，陈少梅与黄耘石相识，从此两人往来密切。他们都热衷于艺术教育事业，在他们相识的第二年便共同协商在天津兴办私立文华美术学校，并联合了一位西画画家于赤叶，三人共同筹划，经过一年准备，已选好校舍、聘请教师并制定了教学规划，于1948年初正式拟文呈报天津市教育局并得到批准。但由于经费等原因，学校尚未招生便夭折。

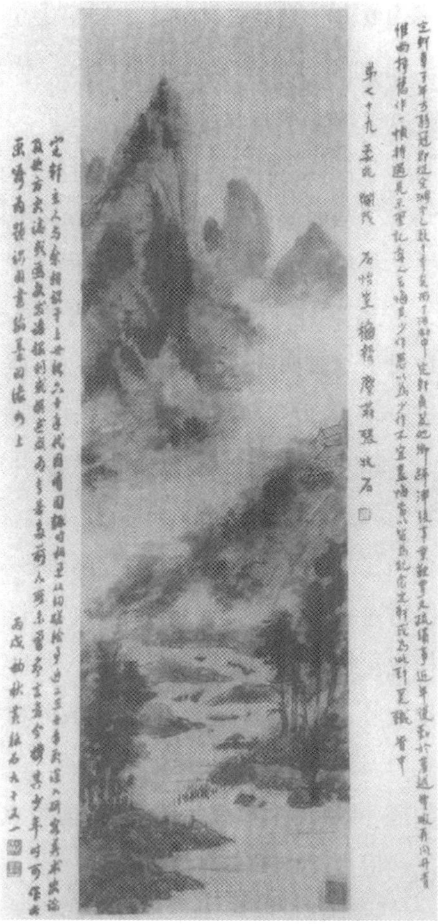

黄耘石、张牧石为作者少年时代所画山水题写边跋

黄与陈的交集并未由此而终结。1952年，陈少梅创作一幅现代人物画《狼牙山五壮士》，因对当年八路军穿什么样的衣服不甚了解，担心画得不对，丑化了八路军，会遭到质疑，于是将画稿拿给黄耘石，征询黄的意见。黄也了解得不是很清，提不出什么意见，陈便将画留给了黄。后来陈要调往北京，要黄替他“拿个主意”，黄未加可否。陈于1954年初调到北京，当年9月遽然病逝，从此两位亲密的画友阴阳两隔。“文革”来临，一向小心谨慎的黄耘石担心陈的《狼牙山五壮士》会惹来麻烦，便将那画偷偷烧掉了。

长期以来，黄耘石韬晦隐身，不为人知。他在一首题画诗中写道：“有木生幽谷，山深人少知。九春逢好雨，老干长新枝。”另有题画诗云：“岁到重阳山色好，经霜秋叶渐如霞。悬泉未忍空流去，点点滴滴润物华。”又一题画诗云：“蜀水巴山旧旅途，壮年游迹半模糊。何当再作嘉陵客，别样风光入画图。”这样的题画诗乃是先生深厚学养的展现，如今喧嚣的画坛里又有几个能写得出来？

令人欣慰的是党的十一届三中全会以后，有关方面为耘石先生落实了政策。先生于 40 年代后期在旧市政府当秘书期间参加了民革地下，天津解放前夕，他动员市长杜建时投降，并全力保护文件档案。但解放后先生却被定为“历史问题”，长期受到压抑。经取证核查，先生被确认为“离休干部”。作为弟子，我亦为先生尽些绵薄之力。1992 年春，我建议并组织有关部门在天津美术学院展览馆举办黄耘石个人画展。引滦工程竣工后，我委托相关单位带先生到山区、水库写生，先生创作了许多具有新时代气息的弘构力作。先生还收了几个学生。犬子章尺木幼时向先生学画，画些金鱼、熊猫之类，每每受到先生嘉奖。先生患病，住进医院，我爱人每天给先生送去可口的饭菜。

2009 年，先生溘然去世。我取出先生当年给我画的墨稿，装裱成一手卷，题为《黄耘石先生课徒画稿》留作纪念。这些画稿，诚如陈启智先生所言：“虽为课徒画稿，居然也近佳作。”课徒画稿多有先生题记。如在画树稿上题：“树分四歧，前后左右是也。画树枝叶最忌成‘非’字，若成‘非’字则成树之剖面，非完整之树也。树又有四时，春英、夏荫、秋毛、冬骨是也。画树枝叶应见向上之势，虽下垂枝叶，亦当有向上之意，否则成死树矣。”在一松树稿上题：“画松树枝干要挺拔有力，近者可画麟，远者略点而已，太远者不必点矣。此松针下笔顺序为：宜品字相搭，即所谓丛丛聚而者是也，远之点出树之形状即可。”先生课徒之尽心、授业之严谨由此可见一斑。

先生在世时曾为我少时一幅山水习作写了一段跋：“定轩主人与余相识于上世纪六十年代，因有同趣，时相过从，切磋绘事近二三十年。更深入研究美术史论及地方史志，或为文发诸报刊，或撰述成为专著，多前人所未尽言者。今携其少年时所作此画嘱为题识，因书翰墨因缘如上。丙戌初秋，黄耘石九十又一。”这句话道出了我与先生的师生之情，更可见先生之谦和及对后学的鼓励。

崔今纲:“定轩世讲雅正”

寒斋存有一把成扇,乌木股,一面是张牧石先生写的一首诗,另一面是崔今纲先生画的青绿山水。画中,远山如黛,连绵逶迤,一峰兀起,险崖壁立。峰顶,直树成行,比肩而立。山腰,云霭蒸腾,缠绕盘桓。一股江流奔泻而下,两岸奇石怪松,红树翠竹,尽显浓浓秋意,令人心旷神怡。画的上款为“定轩世讲雅正”。这幅扇面是崔先生留给我的纪念。

崔今纲是津门的一位老画家。生于1921年,卒于1986。号李庐、怡寿斋主人,天津市人。早年毕业于天津美术馆西画研究班及国画研究班,后师承津门著名画家刘子久、刘奎龄、萧心泉等学习中国花鸟画及山水画。20世纪50年代起即为天津美术家协会会员。时任天津市第二十一中学一级美术教师。与萧朗一同受聘为天津市中学美术课教研室成员,曾与梁崎同任教于天津美术馆国画班。60年代初曾与孙克纲诸先生一起应邀到人民大会堂作画。

我与崔先生结缘是在20世纪70年代末,那一年我在不经意间做了一把年轻的“月下老人”。

事情得从吾师张牧石先生说起。张牧石与崔今纲是老朋友,两人交往至深。崔先生有个女儿,秀美文雅,大家闺秀。崔托张为其择婿,然一直未能找到满意的“人选”。张先生亦曾托付于我,我突然想起我的一位好友。此人能诗能文,才华横溢,且与崔先生女儿年龄相仿。我就试探着给他们做了一次介绍人,见过几次面后双方都很满意,于是喜结良缘。从此我也便成了崔家的“老相识”。

崔先生的家在十字街靠近白衣庵胡同的一座小院内,距我家不远。一家人

崔今纲绘《竹林双鹤》

住在北房，是个里外间。先生面白，瘦弱，平日里老叼着烟斗。儿女多，家里并不宽裕。老伴在家画彩蛋，有时崔先生跟着一块儿画。所谓“彩蛋”实为出口工艺品，在椭圆的鸡蛋壳上画些花草鸟虫、小河流水之类，揽活换钱，补贴家用。那个时候，画家画这类东西并不新鲜。溥佐先生疏散到西郊张家窝不也画小书签吗？后来溥佐一家搬到宇纬路上的一间小房内，在房子上方搭出一个低矮的小楼，溥佐先生便在小楼里绘画。崔先生一家的生活条件比溥先生好不了哪去。除了光线好外，没有什么优越性。

崔今纲先生主要艺术成就在于工笔花鸟画。然其山水、小写意没骨花鸟画亦精。他的工笔花鸟画吸取宋元花鸟画技巧，又有新发展。他一生从事美术教育工作，注重中西绘画理论的结合，是一位既擅笔墨又明画理的文人画家。

先生在世时对我说：我是民国三十一年（1942 年）在天津特别市市立美术馆毕业的。天津美术馆筹建于 1929 年冬，第二年 10 月馆舍落成。在严智开主持下，除定期展览古今美术作品外，还办有绘画传习班，招收青年美术爱好者学画，采取堂上授课方式，直接培养美术人才。曾任北京湖社画会导师的国画名家刘子久于 30 年代初返回津门故里后，任秘书兼国画导师。上课时，刘先生边讲边做示范，一招一式的来龙去脉，都在现场的演示中一一交代，学生受益良多。画家刘继卣、刘维良、王为（颂余）、孙克纲、黄士俊、张鹤鸣、梁仲英、王宝铭、商彝、刘元方、赵文生、李叔宏、刘宏昌、俞嘉禾、李文渊、邵洁、刘燕年、李鸿樾等，都是该馆的美术班培养出来的。我也是其中的一个。因为当时天津还没有研习国画的官办机构，是天津美术馆赋予了我的艺术生命。

崔先生为人低调，不事张扬，淡泊名利，不像现在有些人，时刻证明自己的存在，“唯恐别人不知道”，其传世作品又不多见，故而知先生者未必很多。2004 年，政协河北区委员会欲出版《天津河北书画百家》，我承担编纂之责，在编务会议上，我特别关照工作人员：“崔今纲先生已离世十八年，一定要将他的作品收入书内。”征集到的作品是先生绘制的一幅《竹林双鹤》大中堂，绘画功底扎实，笔法精工细密。一向不肯逢迎他人的张牧石专门写了一份对崔的介绍：“其绘画构图合理，意境深邃，造型生动准确而稳健，敷色清雅高洁，线条精细、匀净、讲究。代表作《蜻蜓荷花》《鹭鸶》等曾于 1955 年、1956 年由天津分别选送参加全国美术展览并获奖,《蜻蜓荷花》当年由天津人民美术出版社出版年画在全国发行。所作没骨花鸟画《春柳飞燕》,北京著名书画家宁斧成看后,即题写‘柔风过柳,暗语敲华’名对以和之。另有《和平富贵》《石鸡图》《松鹰图》等,均为高雅而精致的传世之作。”

梁崎先生当年在鼓励其学生时称:“与今纲学画,他日亦有所成,青出于蓝也。”华非先生提起崔先生曾说道:“故人今纲先生,为人耿介,超凡脱俗,建业于美术教育,执教于工笔花鸟,授业有道,如青竹亮节君子心。”

先生每惠我书画,皆以“世讲”相称。今人对此或许不甚了了。“世讲”出自宋代吕本中《官箴》:“同僚之契,交承之分,有兄弟之义;至其子孙亦世讲之。前辈专以此为务,今人知之者盖少矣。”此谓两姓子孙世世有共同讲学的情谊。后称朋友的后辈为世讲。现今我与崔先生子女的关系依然如故,真乃“世讲”也。当年由牧石先生和我“牵线搭桥”的两位“有情人”——崔先生的爱女和那位诗人才子,虽已年近七旬,依然与我保持联系。数十年他们一直是“夫唱妇随”,感情深厚,育有一女,早已成家立业。“小两口”居然也成了“老两口”。